WARRIORS

貓戰士

新預言

二部曲之III

重現家園

Dawn

晨星出版

特別感謝凱特・卡里。

葉掌：琥珀色眼睛、白色腳掌、嬌小的淺褐色母虎斑貓。導師：煤皮。

蛛掌：琥珀色眼睛、四肢修長、肚子是棕色的黑色公貓。導師：鼠毛。

潑掌：琥珀色眼睛、嬌小的深棕色公貓。導師：刺爪。

白掌：綠眼睛的白色母貓。導師：蕨毛。

貓后　（正在懷孕或照顧幼貓的母貓）

蕨雲：綠眼睛、身上有深色斑點的淺灰色母貓。

長老　（退休的戰士和退位的貓后）

霜毛：藍眼睛、漂亮的白色母貓。

斑尾：灰白色的母虎斑貓。

長尾：蒼白帶有暗黑色條紋的公虎斑貓，因視力退化而提前從戰士退休。

本集各族成員

雷族 *Thunderclan*

族長　火星：有火焰般毛色的薑黃色公貓。

副手　灰紋：灰色的長毛公貓。

巫醫　煤皮：暗灰色的母貓。見習生：葉掌。

戰士　（公貓，以及沒有年幼子女的母貓）

鼠毛：嬌小的暗棕色母貓。見習生：蛛掌。

塵皮：黑棕色的公虎斑貓。見習生：鼠掌。

沙暴：淡薑黃色的母貓。

雲尾：白色的長毛公貓。

蕨毛：金棕色的公虎斑貓。見習生：白掌。

刺爪：金棕色的公虎斑貓。見習生：潑掌。

亮心：白色帶薑黃色斑點的母貓。

棘爪：琥珀色眼睛、暗棕色的公虎斑貓。

灰毛：深藍色眼睛、灰白色帶深色斑點的公貓。

雨鬚：藍眼睛的深灰色公貓。

黑毛：琥珀色眼睛、淺灰色的公貓。

栗尾：琥珀色眼睛、玳瑁色加白色的母貓。

見習生　（六個月大以上的貓，正在接受戰士訓練）

鼠掌：綠色眼睛、暗薑色的母貓。導師：塵皮。

風族 *Windclan*

族長　**高星**：尾巴很長的黑白花公貓。

副手　**泥爪**：雜毛的暗棕色公貓。見習生：鴉掌。

巫醫　**吠臉**：尾巴很短的棕色公貓。

戰士　**一鬚**：棕色的公虎斑貓。

網足：暗灰色的公虎斑貓。見習生：鼬掌。

裂耳：公虎斑貓。見習生：鴞掌。

金雀尾：有褐色前爪的公貓。

見習生

鴉掌：藍眼睛的灰黑色公貓。導師：泥爪。

鴞掌：之前叫小夜鷹。導師：裂耳。

鼬掌：有白掌的薑黃色公貓。導師：網足。

貓后　**灰足**：灰色母貓。

長老　**晨花**：母玳瑁貓。

影族 *Shadowclan*

族長　**黑星**：白色大公貓，腳掌巨大黑亮。

副手　**枯毛**：暗薑黃色的母貓。

巫醫　**小雲**：非常嬌小的公虎斑貓。

戰士　**橡毛**：嬌小的棕色公貓。見習生：煙掌。

褐皮：綠色眼睛的母玳瑁貓。

見習生

煙掌：暗褐色公貓。導師：橡毛。

貓后　**高罌粟**：有雙長腿、淡褐色的母虎斑貓。

夜翅：黑色母貓。

長老　**鼻涕蟲**：矮小的灰白色公貓，之前是巫醫。

圓石：很瘦的灰色公貓。

族外的貓 *cats outside clans*

大麥：黑白花色公貓，住在離森林很近的農場裡。

烏掌：烏亮的黑貓，和大麥一起住在農場裡。

柯蒂：藍眼睛的虎斑色寵物貓。

莎夏：黃褐色的母無賴貓。

史莫奇：友善的黑白胖貓，住在森林邊緣的一棟小屋裡。

公主：淺棕色虎斑貓，胸口和掌上有亮白色的毛，是寵物貓，火心的妹妹。

煤炭：黑色的無賴公貓。

其他動物 *other animals*

午夜：一隻懂占卜的母獾，住在海邊。

河族 *Riverclan*

族長　**豹星**：帶有少見斑點的金色母虎斑貓。

副手　**霧足**：藍眼睛的暗灰色母貓。

巫醫　**泥毛**：淺棕色的長毛公貓。見習生：蛾翅。

戰士　**黑爪**：煙黑色的公貓。

暴毛：琥珀色眼睛的深灰色公貓。

鷹霜：肩膀很寬的深棕色公貓。

見習生

蛾翅：琥珀色眼睛、漂亮的金色母虎斑貓。導師：泥毛。

急水部落 *The Tribe of Rushing Water*

部落巫師　尖石巫師：琥珀色眼睛的棕色虎斑貓。

狩獵貓　（負責獵捕食物的公貓和母貓）

溪兒：棕色的母虎斑貓。

護穴貓　（負責守衛洞穴的公貓和母貓）

鷹爪：棕色的虎斑公貓，曾經是被放逐的貓兒們的領袖。

鋸齒：暗灰色的公貓，曾經被放逐過。

飛鳥：棕灰色的母虎斑貓，曾經被放逐過。

無星之夜：黑色母貓。

貓媽媽　（正在懷孕或照顧幼貓的母貓）

翅影：灰白相間的母貓。

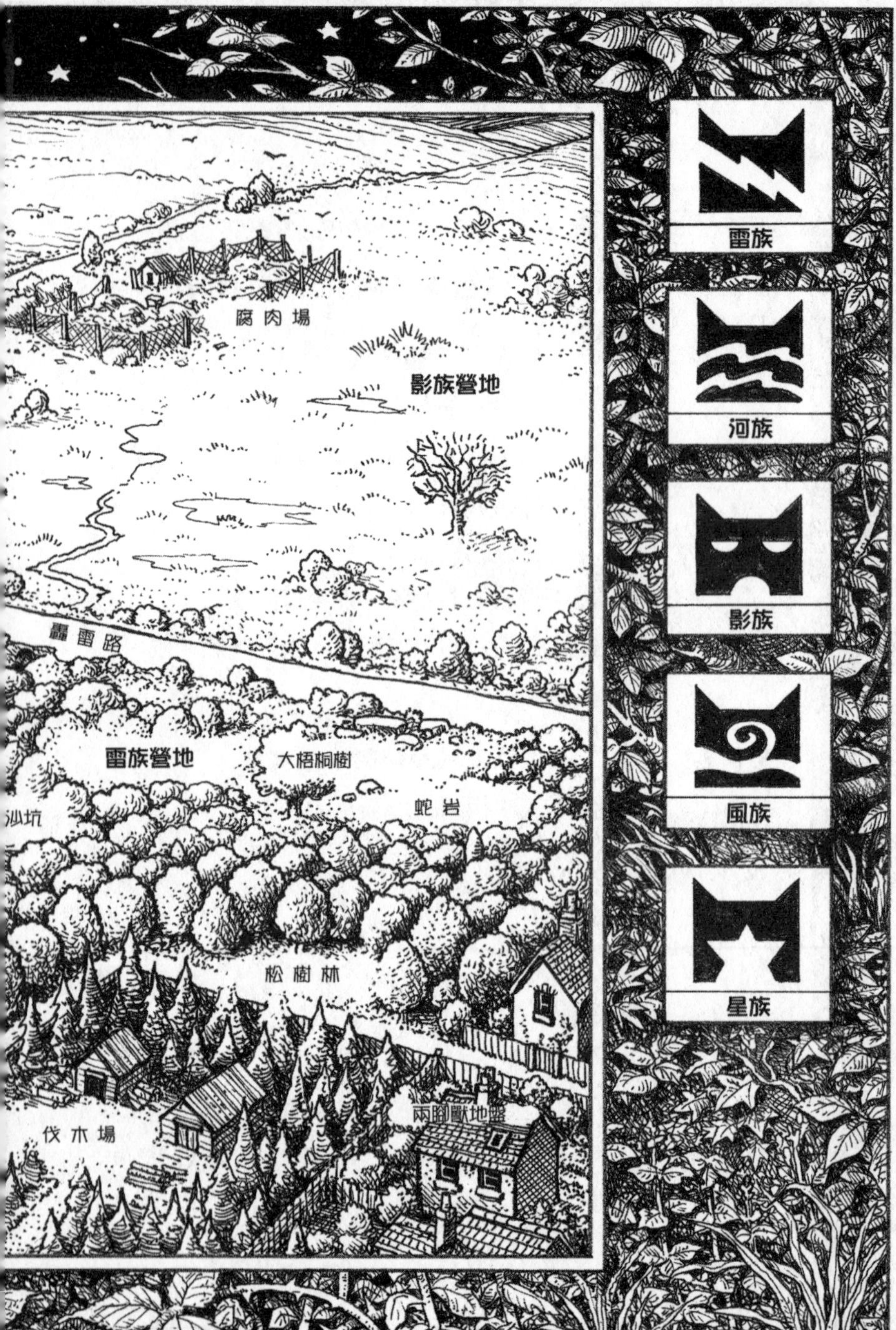
腐肉場
影族營地
轟雷路
雷族營地
大梧桐樹
蛇岩
沙坑
松樹林
兩腳獸地盤
伐木場
雷族
河族
影族
風族
星族

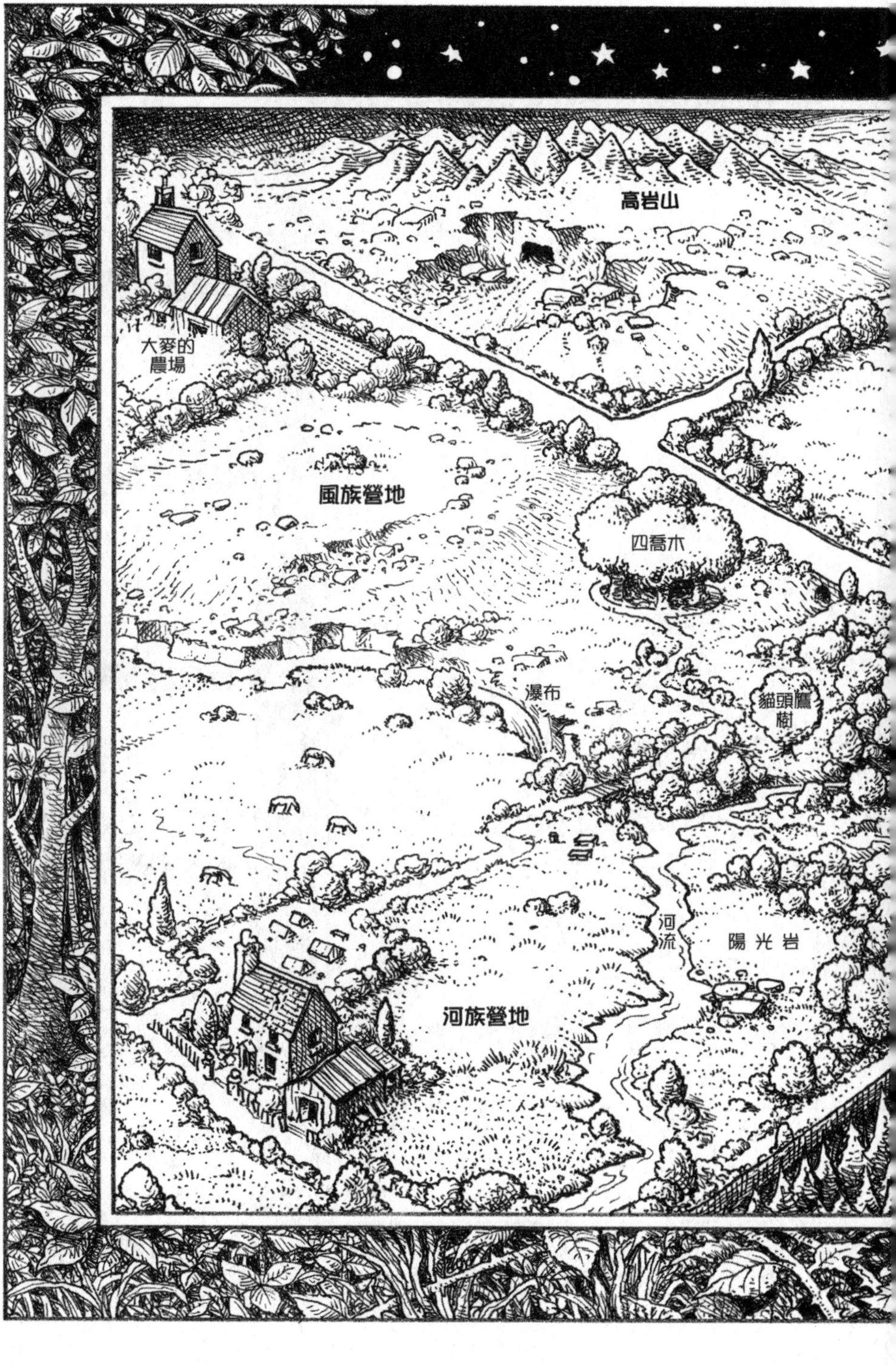

高岩山
大麥的
農場
風族營地
四喬木
瀑布
貓頭鷹
樹
河流
陽光岩
河族營地

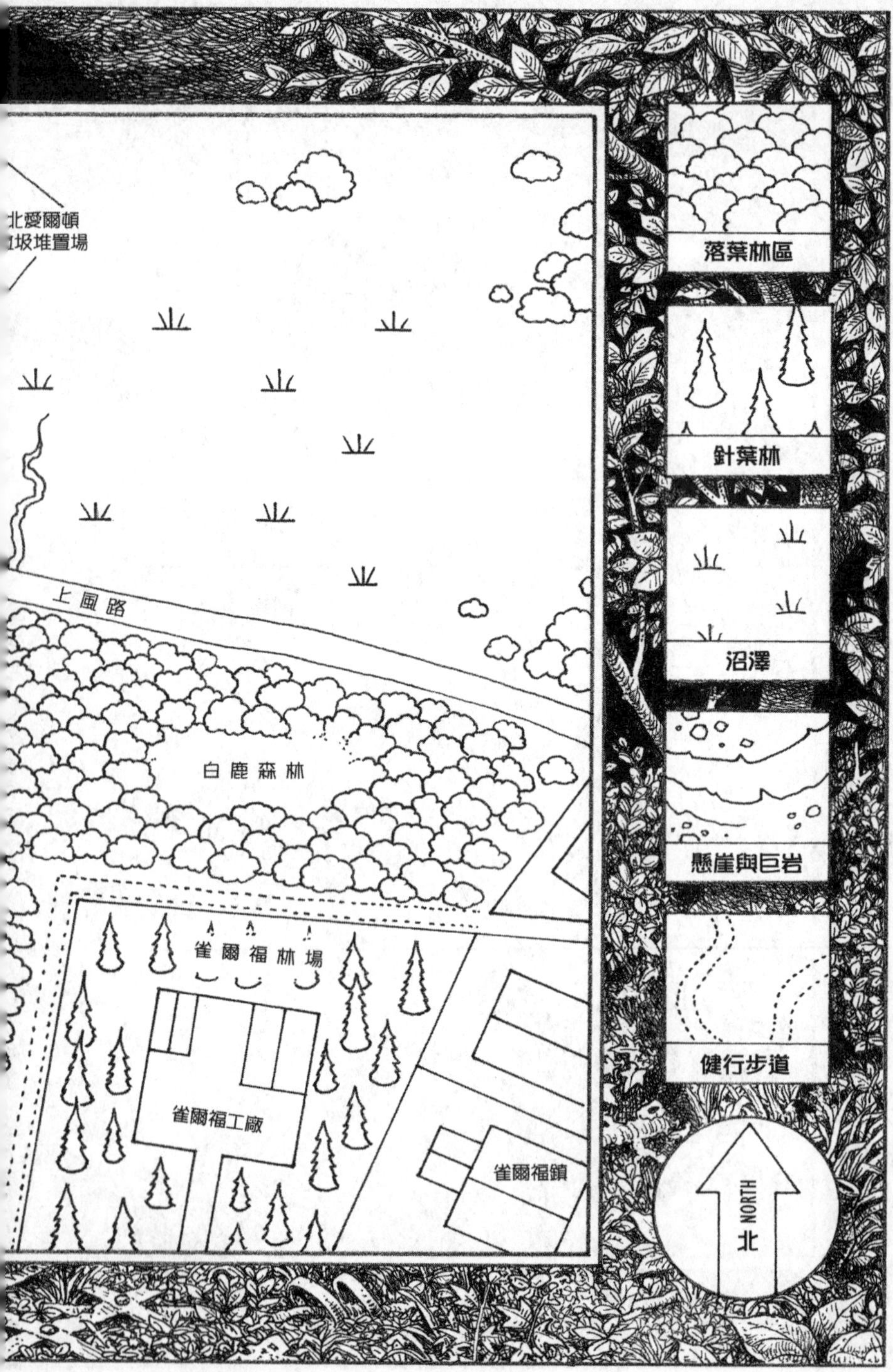
北愛爾頓
圾堆置場
上風路
白鹿森林
雀爾福林場
雀爾福工廠
雀爾福鎮
落葉林區
針葉林
沼澤
懸崖與巨岩
健行步道
NORTH
北

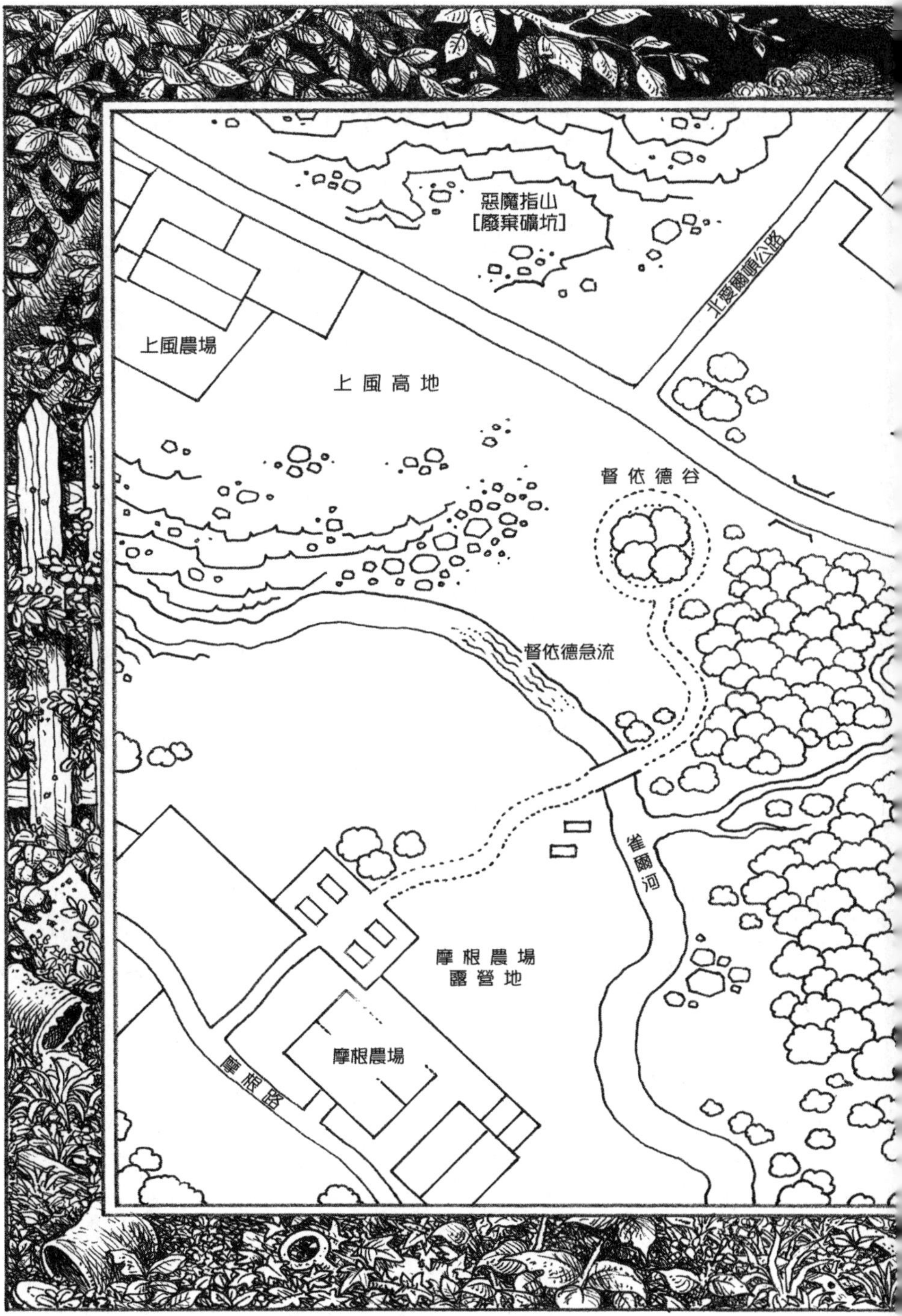
惡魔指山
[廢棄礦坑]
北愛爾頓公路
上風農場
上風高地
督依德谷
督依德急流
雀爾河
摩根農場
露營地
摩根農場
摩根路

序章

冷冽的星光照耀在因嚴寒的落葉季而光禿蕭瑟的森林裡。矮樹叢間有陰影在移動，那一個個因夜間寒涼露水浸濕毛髮所造成的精瘦身形在樹幹之間穿梭遊走，有如溪水汩汩流過蘆葦叢間，這些貓兒身上的毛髮不再像以前一樣隨著肌肉起伏如波浪般擺動，反而緊緊黏在骨瘦如柴的身軀上。

毛色淡黃的公貓走在這群無聲隊伍的最前方，他抬起頭嗅聞空氣裡的味道。即便黃昏的到來已讓兩腳獸的怪獸安靜下來，但惡臭的氣味仍緊緊黏附在正逐漸凋萎的葉片和枝椏上。

當公貓聞到身旁伴侶的氣味，頓時覺得舒坦多了。伴侶身上傳來的熟悉味道和令人討厭的兩腳獸臭味混雜一起，也算聊勝於無地些許降低了原本難以忍受的強烈氣味。母貓執意緊跟在後，但那蹣跚的步伐早就洩露出她正處於挨餓狀態而且睡得很不好。

「火星，」她氣喘吁吁地問道，但他們不

斷前進的腳步並沒有停下來。「你想我們的女兒回家後，會找得到我們嗎？」

毛色淡黃的貓兒像是踩到刺一樣突然縮了縮身子，「沙暴，我們只能求老天保佑了。」他輕聲說道。

「可是她們知道到哪裡找我們嗎？」沙暴回頭看看一隻肩膀寬闊的公貓。「灰紋，你認為她們會知道我們到哪兒去了嗎？」

「我相信她們會找到我們的。」灰紋承諾道。

「你憑什麼那麼篤定？」火星咆哮道，「其實我們應該再派一支巡邏隊去找葉掌的。」

「難道要我們再折損更多的貓嗎？」灰紋喵聲說。

火星的神情悲痛，但他只能沿著幽暗的小徑快步前行。

沙暴急速抽動自己的尾巴。「這是他這一生中最困難的決定。」她低聲告訴灰紋。

「他必須把部族的利益擺在第一位。」灰紋不滿地說道。

沙暴閉上眼睛好一會兒。「這一陣子，我們失去了好多貓。」她喵聲說。

或許是風向的關係，她的話傳進火星耳裡，他轉過頭，眼神堅定。「那麼也許這次的大集會裡，其他部族應該會同意我們必須聯手合作這件事。」他咆哮道。

「聯手？」一隻公貓發出不以為然的聲音。「難道你忘了上次提到這事時，其他部族有什麼反應嗎？風族明明在挨餓，搞不好是在靠吃族裡的小貓維生，卻還死要面子，不肯承認他們需要幫助。」

「但是塵皮，現在的情況更糟了。」沙暴爭辯道，「要是連小貓咪都養不活，部族怎麼可能強大呢？」但她的聲音卻愈說愈小，因為她突然警覺到自己說錯了話，「塵皮，對不起。」她喃喃說道。

「雖然小葉松死了，」塵皮吼道：「但這不表示我就得讓其他部族來指揮我們雷族該如何行事。」

「別的部族指揮不了我們的。」火星堅稱道：「但我還是相信大家必須彼此合作。禿葉季已經快到了，兩腳獸和牠們的怪獸把大部分的獵物都趕跑了，就算有留下來的獵物，也被牠們毒死了，我們根本吃得不安心；但我們也不能孤軍奮戰。」

突然間，林子裡的颼颼風聲竟換成震耳欲聾的怒吼聲。火星放慢腳步，豎直耳朵。

「那是什麼聲音？」沙暴低語道，眼睛睜得老大。

「四喬木那兒出了狀況！」灰紋大聲嚷道。

他開始狂奔，火星也跟了上去，其他族貓則緊跟在後。所有貓兒都在斜坡頂端煞住腳步，往下探看陡峭山谷裡的究竟。

自古以來便為偉大的貓族守護著這塊神聖之地的四棵巨大橡樹，如今竟暴露在比月光還要刺眼的強烈光線下，而這些強光都是從集結於空地邊緣的怪獸眼中射出來的。原本供部族領袖在滿月時分的大集會裡登高一呼的巨大灰色岩塊——巨岩——如今竟赤裸裸地癱在空地上，看起來彷彿縮小許多，有如被棄置在轟雷路上的小貓咪一樣。

兩腳獸們繞著山谷跑來跑去，相互叫嚷。突然一種從未聽過的聲音劃破空氣，發出尖銳刺耳的聲響。一隻兩腳獸在刺眼的強光下舉起巨大的前爪，瞬間折射出奪目耀眼的光芒。接著那兩腳獸便將前爪插進離牠最近的橡樹幹裡，塵屑瞬間揚起，猶如鮮血自傷口飛濺而出。那隻亮晃晃的前爪一邊邪惡地將古老的橡樹開膛剖肚，一邊發出可怕的嗥叫聲，牠節節深入樹幹的中心，這時兩腳獸突然大聲示警，山谷裡出現劇烈作響的霹啪折斷聲，回聲之大，幾乎淹沒了怪獸們的隆隆聲浪。巨大的橡樹開始傾斜，起初只是慢慢搖晃，然後愈來愈劇烈，最後竟轟然一聲倒在地上。當光禿的樹枝瞬間撞上冰冷的地面時，發出了嘩啦嘩啦的巨大聲響，然後漸漸歸於靜止，最後一片死寂。

「求求星族，快點阻止牠們！」沙暴喵聲道。

但顯然祂們的戰士祖靈們並未瞧見四喬木的慘劇。當兩腳獸往下一棵橡樹走去，打算用尖銳刺耳的前爪展開下一場屠殺時，高掛在紫色天空上的星群仍兀自發出冷冽的光芒。

貓兒們只能眼睜睜看著那隻兩腳獸在空地上一路弒殺，直到最後一棵橡樹也轟然倒地。四喬木——這座曾是四大部族世世代代的聚會場所，如今已被鏟平得片甲不留；四棵巨大的橡樹橫躺地上，樹枝不斷晃動，最後一切歸於死寂。兩腳獸的怪獸在空地邊緣咆哮作響，早就伺機準備進場切割這些剛被宰殺的樹木，至於斜坡頂上的那些貓兒早就被嚇得一動也不敢動。

「整座森林都死了。」沙暴喃喃說道：「我們已經沒希望了。」

「振作一點。」火星轉身面對他的族貓，眼睛閃閃發亮。「只要我們這個部族依然存在，就會有希望。」

第一章

鴉掌最先聞到高地荒原的味道，當晨起的太陽正將乳脂般的光芒灑向被露水浸潤的草原上；雖然他沒出聲，但鼠掌看見他豎直雙耳，也感覺到他稍稍擺脫了自羽尾喪命以來一味消沉的意志，深灰色的風族貓加快腳下的步伐，往斜坡快步走去，那兒的霧氣仍籠罩在長草坡上。鼠掌張嘴深吸一口氣，終於聞到冷冽的晨間空氣裡那熟悉的金雀花和石楠味道，於是也趕緊跟上前去，後頭則緊跟著棘爪、暴毛和褐皮。現在他們都聞到高地荒原的味道了，漫長艱辛的旅程終於接近尾聲。

這五隻貓兒什麼話也沒說，但卻不約而同地在風族領地的邊界上停下腳步。鼠掌看看她的同族夥伴棘爪，再看看影族的母貓褐皮；而她身邊的河族灰色戰士暴毛，此刻正瞇起眼睛頂著迎面而來的颼颼冷風。在他們之中，只有鴉掌最激動地注視著這片廣漠崎嶇的草原，畢竟這裡是他出生和生長的地方。

「如果沒有羽尾，我們根本回不來。」他低聲說道。

「她是為了救我們才死的。」暴毛同意道。

河族戰士的悲痛語調令鼠掌臉部肌肉不由自主地抽動起來。羽尾是暴毛的妹妹，如今她的身體冰冷地躺在急水部落瀑布附近的亂石底下，湍急的山泉水聲將伴著她一路前往星族天堂。

「那是她命中註定的。」褐皮輕聲下了一個註解。

「她命中註定要和我們一起完成這趟旅程。」鴉掌嚎叫道，「星族要她和我們一起去找太陽沉沒的地方，傾聽午夜的訊息。她根本不該為了其他部族的預言而命喪黃泉。」

暴毛緩步走到鴉掌身邊，用鼻頭推推風族見習生。「膽識和犧牲本來就是戰士守則的一部分，」他點醒他。「難道你要她做出別的選擇嗎？」

鴉掌獨自凝視在寒風中枝椏亂顫的金雀花叢，沒有答腔。他的耳朵不斷抽動，彷彿正努力從風中傾聽羽尾的聲音。

「走吧！」鼠掌突然往前一躍，跳過矮小的青草叢，急著想走完這趟旅程。她在遠行之前，曾和父親火星大吵一架，她不知道父親現在看到她回來時，會有什麼反應，一想到這兒，她的爪子就不安地戳動。當時她和棘爪離開森林時，並未告訴部族裡的貓兒他們要去哪裡，也沒告訴他們離開的理由；只有鼠掌的妹妹葉掌知道每個部族都有一隻貓兒被星族用託夢的方式告知，必須前往太陽沉沒的地方，傾聽午夜的訊息。他們哪裡料想得到所謂的午夜竟然是指一隻智慧很高的老母獾，又哪會知道她所帶來的訊息竟然如此令人震驚。

鴉掌匆忙趕過她，跑到前頭帶路，畢竟他比誰都熟悉這塊領地。他帶著他們進入一長排的金雀花叢，沿著兔子走的小徑消失在彼端，褐皮緊跟在後；鼠掌跟著走進狹窄的隧道，一路低著頭，深怕耳朵被荊棘刺到；棘爪和暴毛則緊跟在後，她聽見腳爪踩在泥土上的聲音。

她四周淨是金雀花叢，記憶像一雙黑色翅膀在她腦海裡不斷拍打，她又再次想起那些可怕夢魘——夢裡總是漆黑一片，小小的空間裡充滿恐懼的氛圍。鼠掌知道這些惡夢多多少少和她妹妹有關。她告訴自己現在她回來了，相信一定可以找到葉掌的所在之處——但一股新的恐懼卻無來由地襲上心頭，她趕忙向光亮處急奔而去。

一直到走進開闊的綠草地時，她才放慢腳步。棘爪和暴毛緊跟而上，身上毛髮不斷被金雀花叢的尖刺給掃過。

「我現在才知道妳這麼怕黑。」好不容易跟上來的棘爪打趣地說道。

「我哪有怕黑?!」鼠掌反駁道。

「我從來沒見過妳跑這麼快過。」他喵嗚說道，鬍鬚不斷抽動。

「我只是想趕快回家。」鼠掌固執地說著，並沒注意到走在她身邊的棘爪和暴毛這時互看了一眼。這三隻貓兒一路跟著褐皮和鴉掌，而前者已經消失在石楠叢裡。

「如果我們告訴火星有關午夜的事，你想他會怎麼說？」鼠掌好奇地大聲問道。

棘爪抽動自己的耳朵。「誰知道？」

「我們只是信差。」暴毛喵聲說：「我們能做的只是告訴他們，星族要我們知道的事。」

「你認為他們會相信我們的話嗎？」鼠掌問道。

「如果午夜說得沒錯，那我相信要說服他們，應該不是難事。」暴毛嚴肅地說道。

鼠掌知道她現在什麼也不想，只想趕快回家。她本來已經拋開森林即將有大禍的這個念頭，但暴毛的話再度提醒她，使得她的心又因恐懼而糾結。午夜的可怕警訊言猶在耳：**兩腳獸要建造新的轟雷路，牠們很快就會帶著怪獸進入森林，大石會被碾碎，整片大地都將被牠們撕裂，片甲不留。如果你們繼續留在那裡，就算怪獸不毀了你們，你們也會因捕不到獵物而餓死。**

她的胃因恐懼而緊縮不已，他們會不會回來得太晚了？會不會已經無家可歸了？

她試圖冷靜自己，因為她又想起午夜後面說過的話：**不過你們不會沒有嚮導的，等你們回到家，站上被銀毛星群光芒所籠罩的巨岩，就會有一位垂死的戰士告訴你們該怎麼走。**鼠掌深吸一口氣，還是有希望的，但他們得先回家。

「我聞到風族戰士的氣味了！」

棘爪的聲音讓鼠掌一下子跌回現實。「我們得趕快跟上鴉掌和褐皮！」她氣喘吁吁地說道。遇到危險，一定要和同伴們並肩作戰，這已經成了她這一路上養成的習慣和直覺動作了，反倒忘了鴉掌本身就來自於風族，所以就算遇到風族的貓兒，也不會有危險。

她從石楠叢裡跑了出來，衝進空地，但差一點撞上一隻骨瘦如柴的風族見習生。她站在那裡動也不動，很驚訝地瞪著他。

這個見習生是一隻很年幼的公貓，從外貌來看，他根本不到該離開育兒室的年紀。此刻的他正蹲在空地中央，後背高高弓起，毛髮倒豎，但即便如此，他的體型還是比鴉掌及褐皮小上許多。鼠掌從石楠叢裡突然現身，讓見習生嚇得縮了一下身子，但依然是很勇敢地留在原地不動。

「我就知道我聞到入侵者的味道。」他生氣地說道。

鼠掌瞇起眼睛。難道這個可憐的小不點，真以為自己對付得了三隻成年的貓兒？鴉掌和褐皮很冷靜地看著眼前這隻風族見習生。

「小夜鷹！」鴉掌喵聲說：「你不認得我了嗎？」

見習生偏過頭，張開嘴巴，嗅聞空氣裡的味道。

「我是鴉掌！小夜鷹，你在這裡做什麼？你不是應該待在育兒室裡嗎？」

年幼的見習生輕彈尾巴，「我現在改名叫鴞掌了。」他厲聲說道。

「可是你不可能當見習生啊！」鴉掌驚訝地說道：「你還不滿六個月耶！」

「那你也不可能是鴉掌，」小公貓咆哮道：「鴉掌跑了。」但顯然已經放鬆原本備戰中的緊張肌肉，往風族貓兒緩步走去，鴉掌則沉穩地站在原地，任由見習生在他身上四處嗅聞。

「你的味道好奇怪喔！」鴞掌大聲說道。

「我們旅行了很久。」鴉掌解釋道：「但我們回來了，我必須和高星談一談。」

「是誰要找高星談？」一個挑釁的聲音出現，鼠掌嚇了一跳，她轉身一看，只見一隻風族戰士從石楠叢裡走了出來，他抬高腳爪，以免被刺到，後面還跟著兩個戰士。鼠掌驚訝地看著來者，他們也都好瘦，瘦到幾乎可以看清毛皮下的嶙峋肋骨。難道這些貓兒最近都沒抓到東西吃嗎？

「是我！鴉掌！」風族見習生喵聲說，不斷抽動尾尖。「網足，你還認得我嗎？」

「我當然認得。」這隻戰士答道，語調非常冷漠，這讓鼠掌不禁同情起她的朋友。這和他們想像中的回家方式不一樣——更何況鴉掌還沒把壞消息告訴他的同族夥伴呢。

「我們還以為你死了。」網足喵聲說。

「我沒死。」鴉掌眨眨眼。「部族還好嗎？」

網足瞇起眼睛。「這些貓來這裡做什麼？」

「他們和我一起去旅行。」鴉掌答道，「我現在沒辦法解釋，但我一定會把事情的原委一五一十地告訴高星。」他補充說道。

網足對鴉掌的說詞似乎不感興趣，而鼠掌也感覺得到這隻骨瘦如柴的戰士厲聲說話的同時，正以目光掃視著她。「把他們趕出我們的領地！他們不該來這裡。」

鼠掌不禁好奇，要是他們硬是不走，網足真有足夠體力對付他們嗎？但這時棘爪卻跨前一步，向風族戰士點頭說道：「我們當然會離開。」

「反正我們也要回自己的部族。」鼠掌言詞尖銳地補一句，卻被棘爪警告性地瞪了一眼。

「那就快走啊！」網足厲聲說道。他看看鴉掌，「走吧！」他咆哮道：「我帶你去見高星。」他轉過身，往空地的彼端走去。

鴉掌不斷抽動自己的耳朵。「你確定營地是往這個方向？」他喵聲說，並不忘指指另一個方向。

「我們現在住在以前的養兔場裡。」網足告訴他。

鼠掌看見鴉掌眼裡有一閃即逝的困惑與焦慮。「我們搬家啦？」

「只是暫時的。」網足答道。

鴉掌點點頭，但眼裡仍充滿狐疑。「我可不可以先和我朋友道別？」

「朋友？」另一個戰士開口說道，那是一隻淺棕色的公貓。「難道你現在只效忠其他部族的貓？」

「當然不是！」鴉掌堅持道：「可是我們已經一起旅行一個多月了。」

風族戰士顯得有些猶豫，他們互看彼此，但沒有說話，鴉掌根本不管三七二十一，直接走向褐皮，他用鼻頭輕觸她雜色的毛髮，然後又很感性地輕輕刷過棘爪和暴毛。最後伸出鼻頭，輕觸鼠掌的鼻頭，她很意外他的道別方式竟是如此溫柔。鴉掌本來是他們當中最不合群的一個，但畢竟他們曾共同經歷一切，如今就連他也能感受得到他們之間所建立起來的深厚友誼。

「我們一定很快就會見面的。」棘爪低聲說道：「就像午夜說的，在巨岩上碰面。我們必須見到那位垂死的戰士，才會知道下一步該怎麼走。」他輕彈尾巴。「但要說服各部族相信午夜說的話，恐怕不容易。族長們不會想聽見貓兒們得離開森林的這件事實，但如果我們能見到那位垂死的戰士……」

「我們也可以帶族長去啊！」鼠掌喵聲說：「如果讓他們親眼見到那位垂死的戰士，他們就會相信午夜說的話了。」

「我不相信豹星會跟我去。」暴毛提醒道。

「黑星也不可能，」褐皮同意道：「現在不是滿月時分，所以四個部族之間並無休戰協定。」

「這件事很重要，」鼠掌堅稱道：「他們一定得來。」

「我們應該試試看，」棘爪作下決定。「鼠掌說得沒錯，這或許是告知他們消息的最好方法。」

「好吧！」鴉掌喵聲說：「我們明天晚上在四喬木碰面，不管族長們會不會來，我們都要如期赴約。」

「四喬木！」網足突如其來的聲音嚇了鼠掌好一大跳，顯然風族的戰士已經偷聽到他們的談話；雖然她知道他們的計畫並非要出賣自己的部族——甚至完全相反，是要幫助自己的部族，但還是覺得很有罪惡感。然而網足恐懼的似乎是別的事情。

「你們不能在四喬木碰面，那裡什麼都沒有了。」他不屑地說道。

鼠掌只覺得寒意上身。

「你這話是什麼意思？」褐皮質問道。

「在兩個月升時分之前，所有部族都前往那裡，打算參加大集會，結果卻在那裡親眼目睹兩腳獸毀了四喬木。兩腳獸和牠們的怪獸剷除了所有橡樹！」

「牠們剷除了所有橡樹？」鼠掌重複一遍他說的話。

「我話已經說得夠清楚了，」網足咆哮道：「但如果你們還是笨到執意要去那裡，那就自己看著辦吧！」

鼠掌此刻更顯歸心似箭，她急著想看到自己的族貓、父親、母親，還有妹妹。她的腳爪不安地抽動，一心想回森林去，其他貓似乎也和她一樣歸心似箭——棘爪的眼神相當堅定，至於暴毛則不耐地用爪子搓摩地面。

鴉掌看看他的同族夥伴，再把目光放回朋友身上，「那就祝你們好運嘍。」他輕聲說道：「就算老橡樹倒了，明天晚上還是要在那裡碰面。」棘爪和暴毛點點頭，於是鴉掌轉身跟著網足走進石楠叢裡。

棘爪一直等到風族貓們都消失在視線中，這才開始嗅聞空氣裡的味道：「我們走吧！」他指揮道，「褐皮，我們要越過以前獾的老巢，往河邊的方向走，可是我認為妳最好和我們同行，直到抵達風族邊界再分道揚鑣。」

「但如果我現在就往轟雷路走會比較快。」褐皮爭辯道。

「在我們離開高地荒原前，最好一起走比較安全。」暴毛喵聲說，「才不會因為落單而在風族領地裡被逮到。」

「我才不怕風族呢！」褐皮厲聲說道，「再說那些戰士根本沒有力氣打鬥。」

「但我們也不應該挑釁啊！」棘爪警告她，「他們還不知道我們去過什麼地方，也不知道我們要告訴他們什麼。」

「更何況我們也不曉得兩腳獸在這裡做了什麼。」暴毛補充道，「萬一不小心遇到牠們的怪獸怎麼辦？最好還是集體行動比較妥當。」

褐皮凝神注視她的同伴好一會兒，這才點點頭。

鼠掌眨眨眼，鬆了一口氣。她可不想這時候又得和另一個朋友道別。

棘爪帶著他們穿過高地荒原，其他貓兒緊跟在後。他們一路奔跑，穿越草地，但落葉季的微弱陽光根本無法烘暖鼠掌背上的毛髮；他們無聲地奔跑，但她感覺得到他們的心情有如烏雲蔽日般灰暗。自離開山區之後，他們就一心趕回森林，渴望回到自己的家，但鼠掌這時卻不禁揣想，也許繼續旅行……繼續永無休止地在陌生的領地裡流浪，都比回到家去面對自己的責任，告訴族貓必須離開家園，不然就得面臨可怕的死亡劫難……要來得容易點；但無奈他們還有一個預言必須完成——垂死的戰士——所以他們一定得做完這件事。

他們漸漸接近邊界，她開始聞到怪獸的嗆鼻臭味，這裡沒有任何獵物的蹤跡，天空也沒有鳥兒飛翔，金雀花叢裡更是聞不到兔子的氣味。雖然風族這塊領地本來就不容易狩獵，但以前卻總能從風中或土裡嗅聞到獵物的氣味，如今卻連常在高地荒原上方展翅盤旋的鷲鷹也不見了。

四隻貓兒爬上高聳的土堆，鼠掌困難地吞吞口水，這裡的怪獸臭味更強烈了，她忍住反胃的念頭，深吸一口氣，強迫自己往下看。原本的荒野被硬生生地開鑿出一片空地，那裡不再是他們起程時所見到的開闊草原，取而代之的是塵土飛揚、零星破碎的黃土大地。遠方的怪獸正轟隆作響地穿過空地，用那巨大有力的前爪不斷地在地面上翻攪，所到之處，淨是被蹂躪過的黃土痕跡。

鼠掌全身顫抖，低聲說道，「難怪風族要搬到養兔場，八成是兩腳獸毀了他們的營地。」

「牠們已經毀了一切。」棘爪吸了口氣。

「我們離開這裡吧！」褐皮不滿地說道。鼠掌從她的語調裡聽得出來她有多憤慨，她看見她把長長的爪子深深戳進草地裡。

但棘爪還在眺望著那片被蹂躪的大地。「真不敢相信牠們竟然毀了這麼多東西。」

鼠掌的喉頭一緊。看見棘爪痛心的神情，就像看見這片荒原被摧殘一樣令她難過不已。「我們走吧！」她催促道，「我們還得回家，看族裡有沒有出事。」

他點點頭。鼠掌看見他肩膀繃得好緊，彷彿肩上真的扛著沉重的訊息必須帶回族裡，然而棘爪沒再多說什麼，只是帶頭往斜坡下方走去，盡量避開兩腳獸的怪獸。當他們好不容易終於穿過那一大片被翻攪蹂躪過的黃土空地，鼠掌心想，好險今晚天氣乾冷，地上的泥巴都很堅硬，萬一下雨的話，這裡一定會變成一條波濤洶湧的黃泥巴河，水深絕對足以吞沒小貓咪，就連腿長的戰士也可能被淹到腹部的地方。

等他們抵達風族邊界與森林的接壤處時，褐皮停下了腳步。「我在這裡和你們分手好了，」她喵聲說，語調雖然平靜，但眼裡卻洩露出不捨的心情。「不管兩腳獸做了什麼，我們明天都要在四喬木見。」她承諾道。

「祝妳好運，希望妳能順利說服黑星。」棘爪喵聲說，並用鼻頭摩搓他姊姊的臉頰。

「我不需要好運，」她很酷地答道：「我會盡我所能地說服黑星和我一起去，我們的旅程還沒結束，為了部族著想，我們一定要堅持下去。」

龜殼色的戰士快速往影族邊界走去，這時鼠掌突然覺得自己的活力又回來了。「我們也會說服火星的！」她在她身後大聲叫著。

棘爪、鼠掌和暴毛愈來愈接近河族邊界，腳下的青草開始變得柔軟豐潤。沒多久，鼠掌便聞到界標的味道，還聽見遠方峽谷傳來的嘩嘩水聲。河族的領地就在彼端，只要過了這座峽谷，便可見到兩腳獸的橋樑，到時暴毛就能過河回家了。

棘爪停下腳步，以為暴毛會在這裡和他們分道揚鑣。不料暴毛只是看著他。「我和你們一起回雷族營地。」他輕聲說道。

「和我們一起回去？為什麼？」鼠掌大聲問道。

「我要告訴我父親有關羽尾的事。」他答道。

「可是我們會幫你轉達啊。」她提議道，她為暴毛分擔他肩上的重擔，她會幫他告知灰紋——也就是雷族副族長——女兒的死訊。話說很久以前，灰紋愛上了河族的母貓銀流，他們有了愛的結晶，但銀流卻因生產而過世，雖然暴毛和羽尾是在河族長大，但他們從小就知道自己的父親是雷族的貓。

暴毛搖搖頭。「他已經失去了我們的母親，」他點醒鼠掌。「所以羽尾的事應該由我自己來告訴他。」

棘爪點點頭。「那就跟我們一起走吧！」他喵聲說。

於是這三隻貓兒排成縱隊，沿著小徑離開峽谷，走進林子。鼠掌滿心期待，毛髮開始倒豎，她聞到落葉的腐味，他們快到家了。她加快腳步，愈走愈快，最後竟飛也似地在柔軟的林間地上奔跑起來；她感覺到棘爪毛髮輕拂過她的身邊，原來他也在加快腳程，趕過了她。

然而鼠掌的奔跑並不是出於興奮或開心回到家，而是有某種東西在召喚她回去——這種東西遠比兩腳獸和怪獸的威脅更令她憂心忡忡。最近常讓她睡不好覺的可怕惡夢再度浮上心頭，有如老鷹的嘯叫預警，在腦海裡揮之不去。**一定出了什麼事了！**

第二章

「斑葉！」葉掌絕望地向林子裡呼喊，但沒有回答。以前這隻深具智慧的巫醫總會在夢裡指點她迷津，而此刻的葉掌最需要的就是祂的協助。

「斑葉，祢在哪裡？」她又喊了一次。

雖然有風，但樹木卻完全靜止。在陰暗中，根本聽不見獵物的任何聲響，這片無聲死寂像爪子一樣撕裂了葉掌的心。

突然一個陌生的叫聲在她耳裡迴盪，穿進自己的夢境。葉掌猛然睜開雙眼，剎那間，她突然想不出來自己身在何處。一陣冷風吹亂她的毛髮，腳下沒有柔軟的青苔臥鋪，而是奇怪冰冷又閃閃發亮的網狀物；她驚恐地站起身，耳朵一不小心便被網狀物給刮傷；不管她此刻究竟身在何處，但這絕對是一個很小的空間，高度只和她相當。她深吸口氣，強迫自己看清周遭環境，這時所有記憶突然一一湧現。

原來她被困在一個小小的洞窟裡，洞窟的

牆面、底部和頂部都是由冰冷、堅硬的網狀物製成，她只有一點點站立和伸長四肢的空間。這個小洞窟和其他小洞窟一起被整齊排放在兩腳獸木製巢穴裡的各個牆邊。

葉掌渴望看見星群，渴望在星族的夜空下呼吸到新鮮空氣，渴望知道祂們現在正守護著她，可是當她抬頭的時候，卻什麼也沒瞧見，只有巢穴上方的尖形屋頂，唯一的光線來自於巢穴遠處牆上的一個小洞，溫柔的月光自那裡流瀉而下。她所在的洞窟被疊放在其他洞窟的上方，下面那個洞窟是空的，但再下面的那個洞窟，卻隱約可見一團暗色的身影。是別的貓嗎？應該不是森林裡的貓吧！因為那個味道很陌生。那團身影動也不動，應該在睡覺吧?!如果他還活著的話，葉掌冷冷地想道。

她再度豎耳傾聽剛剛夢裡聽見的叫聲，但那隻貓兒現在卻不出聲了，她只聽見其他洞窟裡傳來輕輕的啜泣聲和坐立不安的聲響。她嗅聞空氣裡的味道，但什麼也聞不出來，兩腳獸的惡臭味道充斥著整座巢穴，卻無法掩蓋隱約流竄的驚恐氛圍。葉掌張開爪子，感覺到自己正緊抓著閃亮的網狀物。

星族，我們在哪裡?她突然有個念頭，會不會是自己死了?但不由自主顫抖的身體卻讓她拋開了這個念頭，她的爪不停摩擦著底部的網洞。

「妳終於醒了。」一個很輕的聲音突然出現。

葉掌嚇了一跳，伸長頸子，看看後面。在她旁邊的洞窟裡有一團虎斑色的身影，她聞得出對方身上有寵物貓特有的兩腳獸臭味。雖然那隻母貓的聲音很親切，但葉掌卻嫌惡地不想回答，因為那難堪的回憶不斷出現在她腦海，她終於想起來兩腳獸是如何趁她和栗尾狩獵時，設陷阱捕捉她，再把她帶到這可怕的地方。如今她被迫和自己的部族分隔兩地，困在黑暗中。她絕望地低下頭，將鼻子埋在自己的腳裡，閉上眼睛。

有個聲音從更遠的洞窟裡傳出。周遭太安靜了，聽起來格外分明，但是感覺上很熟悉。葉掌抬起鼻頭，聞聞空氣，結果只聞到酸腐的臭味，這讓她想起煤皮常用來清理傷口的那種藥草。那個聲音又出現了，這次葉掌豎耳傾聽。

「我們得想辦法離開這裡。」那隻貓兒喵聲說。

遠遠的那一頭，有另一隻貓兒答腔。「怎麼逃？根本逃不出去。」

「我們不能坐以待斃！」第一個聲音堅持道：「這裡還有其他的貓，我聞得到他們的味道，也感覺得到他們十分驚恐。我不知道他們遭遇過什麼，但肯定把他們嚇得半死。我們一定要逃出去，才不會成為一群成天擔心受怕的可憐蟲。」

「根本逃不出去的，你這個鼠腦袋！」一個粗糙刺耳的聲音響起。「閉上你的嘴巴，我們要睡覺！」

這些話令葉掌更加愁苦害怕，她不想死在這裡！她放平耳朵，閉上眼睛，希望自己能睡得著。

「起床了！」一個聲音在葉掌耳邊響起，嚇得她從惡夢中驚醒。

她抬頭看看四周，淡淡的陽光自牆上小洞穿透而入，卻無法驅走她身上的寒意。在昏暗的晨光下，她終於可以比較清楚地看見隔壁洞窟的虎斑色母貓，這隻陌生的母貓氣定神閒，毛髮梳理得很整齊，葉掌看著她，不禁意識到自己身上的毛髮一定已經亂成一團，想必對方一定是隻寵物貓，因為在那虎斑色的毛髮底下，清楚可見渾圓鬆軟的肌肉。

「妳還好嗎？」寵物貓睜大眼睛問道，眼裡有擔憂的神色。「妳好像在很痛苦地呻吟。」

「我在做夢。」葉掌嘶啞答道。她覺得自己的聲音很怪，彷彿有好幾天不曾說話，但當她開口時，那些可怕的夢魘卻如排山倒海地湧來——染紅鮮血的暴漲河水、張著利爪的巨大禽鳥自天空俯衝而下。有那麼一瞬間，葉掌彷彿看見羽尾隱身幽暗中，被星光所籠罩，她不明白這是什麼意思，四隻腳不禁顫抖起來。

一頭兩腳獸的怪獸在外面發出怒吼聲，突地將葉掌拉回現實世界，原來她還在木製巢穴中這難以伸展四肢的小洞窟裡。

「妳看起來不太舒服，」寵物貓說道，「妳得吃點東西才行，就在妳籠子的角落裡。」

籠子？葉掌很好奇這個奇怪的名詞。「這個洞窟就叫籠子？」寵物貓隔著兩個「籠子」之間的網狀物，朝某個容器點頭示意，容器裡面裝了一些臭臭的丸狀物。

葉掌滿臉嫌惡地看看兩腳獸的食物。「我才不吃那種東西呢！」

「但至少妳得坐起來，把自己梳洗一下。」寵物貓催促道：「自從工人把妳帶來這裡，妳就像隻受傷的老鼠一樣縮在那裡。」

葉掌動動自己的肩膀，但還是沒有移動身子。

「牠們在抓妳的時候，有沒有傷到妳？」寵物貓問道，語調很關心。

「沒有。」葉掌咕噥說道。

「那妳就起來梳洗一下自己吧。」她繼續催她，「妳把自己搞成這樣，對自己或別的貓有什麼好處呢？」

葉掌根本不想起身梳洗。籠子底部的網狀物磨傷了她的腳掌，其中一隻腳爪已經滲血；外面怪獸吐出的穢氣，不斷灌入這間巢穴，她的眼睛因此感到十分灼痛；星族到現在都還沒降下任何旨意來寬慰她這顆因絕望恐懼而糾結成團的心。

「妳快點起來！」寵物貓又在叫她，但這次語氣嚴厲多了。

葉掌轉頭看她，只見寵物貓緊盯她的目光不放。

「我們要想辦法逃出去。」她喵聲說，「但如果妳不起來活動自己的肌肉、喝點水、吃點東西，到時一定沒有體力。我可不想把妳丟著不管，自己逃走。」

葉掌瞇起眼睛。「妳知道怎麼逃出這裡嗎？」

「我還不知道。」寵物貓承認道，「但如果妳振作起來，或許可以幫我想到法子。」

葉掌知道她說的很對。如果只是繼續縮在這裡等死，根本解決不了任何問題；再說，她也不打算現在就加入星族的行列。她是一隻正在見習的巫醫——她的部族此刻需要她，而他們就在森林裡，不管那座森林現在還剩下什麼。

她奮力甩開原本啃蝕她元氣的悲苦心情，勉強自己站起來。當她伸直尾巴，活動四肢筋骨時，久未活動的肌肉竟像發出抗議聲一樣輕輕地咯吱作響。

「這樣才對嘛！」寵物貓開心地說道，「現在轉過身去，因為那個方向比較有空間伸展。」

葉掌很聽話地轉過身，將前爪伸直，直到碰到籠子的角落，再緊抓住網狀的籠底，固定好自己，接著伸長身子，把胸部向下壓，不斷縮放自己的肩膀，僵硬的肌肉才終於感到放鬆許多。現在她覺得好多了，於是開始梳洗起自己。她伸出舌頭，慢慢舔洗自己的毛髮。

寵物貓緊靠著她們之間的籠網而坐，用那一雙明亮的藍色眼睛瞧著她。「我叫柯蒂，妳叫什麼名字？」

「葉掌。」

「葉掌？」柯蒂重複一遍，「好怪的名字哦！」她聳聳肩繼續說道：「唉，葉掌，妳運氣怎麼這麼背，竟然被抓到。妳也弄丟自己的項圈嗎？如果我沒把它扯掉的話，今天也不會在這裡了——不過那東西真的很討厭！原本我還以為我很聰明，竟然能自己扯掉那東西，但如果我現在還戴著它，那個工人就會把我送回家，而不是帶到這裡來了。」她縮起下巴，開始舔她胸前那團凌亂的毛髮。「我的主人一定擔心得快要瘋了，要是我午夜前沒回到家，牠們就會衝進花園，拿著裝有丸子的碗到處喊我的名字。牠們那麼在乎我，當然是不錯啦，不過我可以自己照顧自己。」

葉掌忍不住笑了出來。「寵物貓想自己照顧自己？要是沒兩腳獸拿東西給妳吃，妳準餓死的。」

「兩腳獸？」

「對不起。」葉掌為了怕寵物貓聽不懂，趕緊糾正自己的說法。「我是說妳的主人。」

「那妳是從哪裡找到食物的？」柯蒂問道。

「自己抓啊！」

「我以前也抓過一隻老鼠……」柯蒂為自己辯解道。

「我的食物都是自己抓的。」葉掌反駁道。有那麼一會兒，她幾乎忘了自己是被困在令她窒息的籠子裡，彷彿眼前就是綠油油的森林，到處可以聽見各種獵物的細微動靜。「而且我也會幫長老們捕捉獵物。」

柯蒂瞇起藍色的眼睛。「莫非妳就是史莫奇口中那些森林裡的野貓？」

「我是一隻部族貓。」葉掌說道。

柯蒂的眼神滿是疑惑。「部族？」

「森林裡總共有四個部族，」葉掌解釋道：「各有各的領地和作風，但我們全都信奉星族。」她看見柯蒂睜大眼睛，於是繼續說道：「星族是我們的戰士祖靈，祂們住在銀毛星群裡。」她用尾巴輕彈籠頂，表示天空的意思。「所有部族的貓，總有一天都會成為星族一員。」

「史莫奇從來沒提過什麼部族的事。」柯蒂喃喃說道。

「誰是史莫奇？」

「他是隔壁花園裡的貓，他以前有個朋友，本來是隻寵物貓，後來跑進林子，加入那群野貓了……呃，我是說部族。」

「我父親出生時，也是隻寵物貓。」葉掌喵聲說：「後來他離開兩腳獸，投效雷族。」

柯蒂整個身子貼近中間的籠網。「妳父親叫什麼名字？」

葉掌看著她。「妳認為我父親就是妳朋友說的那隻貓？」

柯蒂點點頭。「那可說不定，他叫什麼名字？」

「火星。」

柯蒂搖搖頭。「史莫奇的朋友叫羅斯提。」她嘆口氣。「不叫火星。」

「可是他以前不叫火星，」葉掌喵聲說：「那是他在部族裡的名字，是他辛苦得來的族長封號，就像他得努力贏得戰士的封號一樣。」

柯蒂若有所思地看著她。「對你們部族來說，名字很重要是不是？」

「非常重要，我的意思是，每隻小貓咪都有一個別具意義的名字，代表他的與眾不同。」她停頓一下。「我想應該這麼說，我們得到的都是名副其實的封號。」

「妳父親是做了什麼才得到火星這個封號？」

「他的毛髮像火焰一樣紅，」葉掌告訴她。「所以他剛來到雷族時，雷族的族長就稱他為火……」她突然停住，因為她看見柯蒂很訝異地瞪著她。

「他一定是史莫奇的朋友！」她倒抽一口氣。「史莫奇常說，羅斯提身上的毛髮紅得發亮，他這輩子從沒見過那麼紅的毛髮。妳是說他現在是你們部族的族長?!天啊！我真想趕快告訴史莫奇。」

葉掌突然覺得一陣傷感，因為她實在很懷疑柯蒂還有機會見到史莫奇嗎？或者說她自己還有機會再見到父親嗎？**哦，求求星族保佑我們！**

柯蒂看看籠底，彷彿也感染葉掌的傷感思緒。「妳的耳朵好像也該梳理一下了。」她喵聲說，試圖改變話題。

葉掌舔舔自己的腳掌，再用腳掌順順其中一隻耳朵，這時柯蒂繼續說道，「妳父親應該也在納悶妳跑到哪兒去了。我猜他一定很擔心妳，就像我的主人擔心我一樣。」

「對啊！」葉掌同意道，不過她私底下卻很懷疑，兩腳獸和寵物貓之間的感情，真的有如她和自己同類一樣那麼好嗎？葉掌提醒自己，柯蒂似乎很在乎那些養她的兩腳獸，從她的語氣中感覺得到，她很關心牠們，就像她關心自己同類一樣。「我們一定得想辦法逃出這裡。」她的語氣很堅定。畢竟火星已經夠擔心鼠掌的事了，現在竟連另一個女兒也失蹤。

她注視著巢穴遠處牆上那個可以透光的洞，心想不知道它夠不夠大，能不能讓貓兒穿過去？也許她可以，但恐怕得扯掉一些毛髮。但她要怎麼逃出這個籠子呢？她仔細端詳鎖住籠門的鉤子。

「沒有用的。」柯蒂順著她的目光看過去，喵聲說：「我試過要把爪子伸出去，但就是搆不到那個鉤子。」

「妳知不知道兩腳獸為什麼要設陷阱捉我們？」葉掌問道，目光不再放在籠門上。

柯蒂聳聳肩。「我想是因為牠們覺得我們妨礙到牠們在森林裡的工程。」她喵聲說，「我是為了抓一隻松鼠才意外闖進林子深處，結果在那裡被牠們抓到。當時有一頭怪獸在林子裡橫衝直撞，嚇死我了，害我根本沒注意到四周都是工人，其中一個工人把我抱起來，放進這裡。雖然我沒戴項圈，但那個工人也太笨了吧，竟然把我當成森林裡的野貓！」她因憤怒而毛髮倒豎，但因瞬間捕捉到葉掌的眼神，而趕緊恢復原狀。「對不起，我不是那個意思，我的意思是，妳比我原先想的要好太多了。」她話轉得很硬。

葉掌聳聳肩，不管是林子裡的野貓也好，寵物貓也好，還不是一樣都被抓到。「我也很少來到這邊的林子。」她喵聲說，「我是來這裡找雲尾和亮心的，他們和我是同一個部族。」

柯蒂好奇地偏過頭。

「他們不久前失蹤了。」葉掌解釋道，「有些族貓說他們跑走了，但我認為他們不會丟下自己的小貓。」

「妳認為是兩腳獸抓到他們，所以才到這裡找他們？」柯蒂猜道。

「我根本不知道兩腳獸在設陷阱抓貓。」葉掌喵聲說，「我只是循著線索找到這裡，我也聞到河族貓的味道，那隻貓之前也失蹤了。」

她停了下來，毛髮突然倒豎。要是雲尾、亮心和霧足都被兩腳獸設下的陷阱給抓到，那麼他們也可能在這裡啊！她緊張地四處張望，巢穴裡的光線正隨著晨光漸強而明亮起來，她終於看見她一心尋找的身影，即便是藏在陰暗的角落，也看得出來那團雜褐色的熟悉身影。

「亮心！」葉掌試圖叫喚她的名字，這時卻突然出現別的聲響，她趕緊噤聲不語。巢穴的門打開了，更多光線透了進來。葉掌連忙趁機掃視所有籠子，想看看還有沒有其他熟悉的貓兒，這時一個兩腳獸走進巢穴。

牠逐一打開籠門，丟了一些東西進去。等輪到她這個籠子時，葉掌趕緊跳到後面，害怕得全身發抖，雙眼緊盯兩腳獸把新鮮的丸狀物丟進前方的碗裡，又在旁邊容器裡注入難聞的水；

然而當兩腳獸打開柯蒂的籠子時，那隻寵物貓竟然用自己的身體輕刷對方巨大的前爪，而且當兩腳獸搓揉她的毛時，她竟然還發出愉悅的喵嗚聲。

兩腳獸關上柯蒂的籠門，離開巢穴，所有籠子再度陷入幽暗。

「妳怎麼可以讓牠碰妳？」葉掌不屑地說道。

「或許那個工人就是我們最好的逃跑工具啊！」柯蒂直言道：「如果我能讓牠相信我不過是一隻可憐、迷路的寵物貓，或許牠會讓我離開。妳也應該試試看！」

葉掌一想到要讓兩腳獸碰她身體，就不禁全身發抖，她相信她同族的夥伴也和她有一樣的想法。她再度試圖尋找那個好像有亮心身影的籠子。

「亮心！」她大喊道，焦急地抽動尾巴。

「我在這裡。」那個聲音非常小心。「誰在叫我？」

葉掌緊貼前方的籠網，儘管隔著毛髮，她仍感覺得到那籠網的冰冷與堅硬。「我是葉掌！」

「葉掌！」有個聲音從巢穴某處傳出，她認出那是雲尾的聲音，不禁開心地發出低沉的喵嗚聲。她逐一掃視籠子，終於找到那白色的身影。

「你們兩個還活著！」葉掌大聲說道。

「他們就是妳在找的貓？」柯蒂問道。

葉掌點點頭。

「葉掌嗎？」幽暗處傳出另一個聲音。「我是霧足。」

「霧足！」葉掌重複道，「我被抓到前，曾聞到妳的足跡。妳怎麼會離河族邊界這麼遠呢？」

「要不是為了追那隻跑到我們領地來偷獵的風族戰士，我根本不會被可惡的兩腳獸抓到。」

下面突然傳來發顫的聲音。「我躲進去的時候，根本不知道那是陷阱。」

「你是誰？」葉掌問道，並往下探看。

「我是風族的金雀尾。」對方這樣回答。

「這裡還有其他部族貓嗎？」葉掌大聲問道，但其實心裡並不希望還有更多的部族貓答腔。雖然發現同族的夥伴和朋友都還活著，讓她鬆了好大一口氣，但她卻寧可他們沒被兩腳獸抓到，包括她自己在內。這時她聽見其牠被囚的貓兒正卡滋卡滋地嚼碎丸狀物，那聲音非常規律。

「這裡的無賴貓和部族貓數量大概旗鼓相當。」霧足厲聲說道。

「什麼是無賴貓？」柯蒂語帶驚惶地輕聲問道。

「他們就是不加入部族、也不投效兩腳獸的貓。」葉掌解釋道。

「他們只想到自己。」霧足補充道。

「是哦，既然這麼關心你們的同族夥伴，怎麼會落到這步田地呢？」一個不以為然的聲音自巢穴地板附近響起。

葉掌努力睜大眼睛，只見一個全身髒亂、耳朵有傷痕的老貓蜷伏在地板上的籠子裡。

「別理他，」柯蒂很不屑地說道：「那傢伙根本一無是處。」

「妳認識他？」葉掌訝異地問道。

「他以前常到我主人丟的垃圾堆裡偷東西，」柯蒂解釋道：「他也許是用無賴貓或其他字眼來稱呼自己，但其實他連一隻老鼠都不如。」

「你住在兩腳獸的地盤嗎？」雲尾向柯蒂喊道：「那妳認不認識一隻叫公主的貓？」

「你是指有白色腳爪的虎斑貓嗎？」

「沒錯！」雲尾的眼睛在幽暗處閃閃發亮。「她是我母親！她過得怎麼樣？」

「她真是了不起！」柯蒂答道：「隔壁屋子裡住了一隻狗——哦，超愛亂叫的——結果公主很快就讓牠見識到那塊地盤誰是老大。她站在籬笆上，對著牠嘶吼怒罵，結果牠就夾著尾巴跑了！」

「喂！」霧足斥道：「我知道這些故事都很感人，但我們可不可以先想辦法逃出去啊？」

「有誰知道兩腳獸打算拿我們怎麼辦？」亮心的聲音粗嘎，聽得出驚魂未定。

「妳覺得牠們要拿我們怎麼辦呢？」那隻無賴貓低語道，「難不成妳以為牠們把我們抓來，鎖在這間臭屋子裡，純粹是因為牠們喜歡貓啊？」

「至少牠們有餵我們吃東西啊。」柯蒂即刻反駁，「只不過不像我以前吃的那種那麼好吃。」

葉掌看了她一眼。「我同意霧足說的，我們應該先想想該怎麼逃出去。」她喵聲說。

「拜託你們全都閉嘴好不好？」無賴貓嘶聲怒罵，「你們再這樣喵來喵去地說個不停，準會把兩腳獸又引來了。」

就在他開口抗議的同時，門外出現沉重的腳步聲。葉掌嚇得動也不敢動。兩腳獸拎著另一個籠子走進來，她趕緊向後縮起身子，緊貼籠子後方。葉掌可以從巢穴內的恐怖氛圍中嗅聞得到，蜷縮在籠子裡的是一隻母貓，但她無法辨識對方的味道。她鬆了一口氣，至少她可以確定這隻剛被捉到的受害者，絕不是部族貓，不過這想法讓她多少有點罪惡感。

又是另一隻無賴貓吧！當兩腳獸把籠子放在雲尾籠子的上方時，葉掌這麼想著。**從無賴貓剛剛的言行舉止來看，我想這個新來的也是半斤八兩，根本無助於我們的逃脫計畫。**

但兩腳獸才剛離開巢穴，她便聽見霧足驚訝地大叫，「莎夏！」

第三章

鼠掌一馬當先地跑在棘爪和暴毛前面，直接往雷族所在的金雀花叢處疾奔而去。空氣中到處瀰漫著兩腳獸怪獸的嗆鼻味，這時她突然聽見正前方有震天作響的隆隆聲浪，整顆心不禁急速下沉。

「牠們已經來到這裡了！」她低聲說道。猛然一看，這兒的光線亮得很突然；原本圍住溝壑的樹叢如今竟出現一個大缺口——以前這裡有茂密的林子一路蔓延到陡峭的斜坡邊緣，雷族營地就在斜坡下方。

棘爪慢慢爬到她身邊，從林子裡往外探看。鼠掌感覺得到他的毛髮輕拂而過她的身邊。「小心一點。」他低聲說道，沒有看她。

林子裡硬生生地挖出一道很寬的泥巴路，這裡原本有蕨葉叢層層覆蓋，頂多只留下貓兒們無數個月升月落以來踏下的足跡，但如今卻凹凸不平、泥濘不堪，和高原上的情況如出一轍，整塊大地就像被開膛剖肚過。前往金雀花叢的路被怪獸阻絕，牠們一路發出怒吼，摧殘更多樹木。躲在蕨葉叢下的鼠掌不禁縮緊身子，平貼兩耳。

「午夜早就警告過我們，情況會很糟。」棘爪提醒她。那語調異常冷靜，鼠掌把身子挨近他，試圖從他溫暖的毛髮裡尋求一絲安慰。「我們不能直接穿過這裡。」他繼續說道，「太危險了，我們得繞過去，從另一頭進入營地。」

「你來帶路。」暴毛提議道，「這兒你比我熟。」他又看看鼠掌。「妳還好吧？」

鼠掌抬起下巴。「我沒事，我只想趕快回家。」

「那就走吧！」棘爪喵聲說。他快步出發，離開了那塊正慘遭兩腳獸蹂躪的地方。

他們轉身離開怪獸，穿過林子，加快腳程。鼠掌跑向沙坑訓練場，以前她還是見習生時，曾在這裡受過訓練，她邊跑邊納悶，雷族離兩腳獸和怪獸這麼近，怎麼可能住得下去？高掛天空的太陽所灑下的陽光並不溫暖，反而在沙坑訓練場上投射出十字狀的光影。鼠掌踩在柔軟的沙地上，忽地卯足勁，衝過棘爪和暴毛，沿著通往金雀花叢隧道的小徑，一路狂奔，胸口幾乎因恐懼而快要喘不過氣來。她一刻不停地低下頭，直衝進荊棘叢裡。

「火星！」她一跑進空地，便縱聲大喊。

但空無回應，營地一片死寂，沒有貓兒的動靜，雷族的氣味有些陳腐，不再那麼強烈新鮮，顯然已經荒廢了一段時日。

鼠掌四肢顫抖地走進她父親的洞穴，就在那塊灰色大岩石底下，以前他常站在岩石上頭向族貓們說話。有那麼一瞬間，鼠掌還以為火星可能會無視於溝壑邊緣正逐步進逼的危險，執意留在這裡不走；但顯然他的青苔臥鋪已經受潮腐敗，多日未曾使用過了。鼠掌鑽出岩石底下的洞穴，不自覺地往育兒室跑去，小貓和長老們是最不可能離開營地的，因為再也沒有別的地方比這裡安全，育兒室位在藤刺叢的正中央，曾世代守護過雷族的子子孫孫。

但裡面什麼也沒有，只有狐狸的惡臭味，那種臭味幾乎完全掩蓋小貓和貓媽媽們遺留在這裡的原本味道。她的胸口無來由地抽痛起來。樹枝突然窸窣作響，棘爪現身在她旁邊。

「狐……狐狸來過這裡！」她結結巴巴地說道。

「別擔心！」棘爪向她再三保證。「那個味道已經是很久之前的味道了，所以想必是那狐狸來這裡碰過運氣，以為雷族會把沒有防衛能力的小貓丟下不管。這裡沒有血……呃，我是說沒有打鬥痕跡。」他趕緊糾正自己的說法。

「可是他們去了哪裡呢？」鼠掌悲痛地問道，其實她知道棘爪本來要說血跡這兩個字。但若硬要說這整個部族完全是在不見一滴血的情況下憑空消失，似乎又不太合常理。**星族，求求祢們告訴我，究竟發生了什麼事？**

棘爪的眼裡閃爍著恐懼的神色。「我不知道，」他承認道：「但我們一定可以找到他們。」

暴毛也走了過來。「我們回來得太晚了嗎？」他嘶啞地低聲說道。

「我們應該早點回來的。」鼠掌抗議道。

暴毛環顧這個已遭廢棄的育兒室，不禁搖搖他灰色的腦袋，「我們一開始就不該離開。」他咆哮道：「我們應該留在這裡幫助自己的族貓才對。」

「我們本來就該去！」棘爪嘶聲吼道，出鞘的爪子陷在厚厚的青苔裡。「那是星族的旨意。」

「可是我們的族貓到哪兒去了？」鼠掌哭喊道。她推開那兩隻貓，直接跑進空地，她聽見他們緩步跟在後面的聲音。這時刺藤不小心劃過暴毛的毛皮，他低聲咒罵著。

河族戰士慢慢走了過來，站在鼠掌身邊。他環目四顧整座營地良久，沒去管被刮傷的後腿。「到處都沒有血跡，也沒有掙扎打鬥的痕跡。」他低聲說道。

鼠掌跟著他目光掃視一遍，這才明白暴毛說得有道理。即便是在外面的空地上，也沒有被攻擊的痕跡。這表示整個部族在撤營時是毫髮無傷的嗎？「他們一定是搬到比較安全的地方了。」她滿懷希望地說道。

棘爪點點頭。

「我們應該循著氣味繼續找。」暴毛建議道：「他們也許會留下線索，讓我們知道他們去了哪裡。」

「我去看看煤皮的洞穴。」鼠掌提議道。說畢，馬上朝通往巫醫穴前空地的蕨葉叢通道跑去，只不過這塊被蕨葉叢環繞的小空地也像營地其他地方一樣死寂。

她繞到空地邊緣，把鼻頭伸進蕨葉叢裡。以前煤皮常把這裡壓平，做成小臥鋪，供生病的小貓休息，但現在卻聞不到新鮮的味道。她轉身往空地盡頭的石縫走去，那裡是煤皮自己住的地方，也是她儲存藥草和保持藥草乾燥的地方。

幽暗處裡的樹根和藥草味道依舊辛辣強烈，但煤皮的氣味卻已變淡，就像在火星洞穴聞不到火星的味道一樣。

鼠掌失望地退出岩縫，神情落寞地環視空地。這時她突然恍然大悟，而胃部也因這種恍然大悟而抽得更緊：煤皮留在這裡的味道已經很淡了，而她妹妹留下來的味道卻更淡。所以不管雷族去了哪裡，葉掌一定比雷族還早離開了這裡。

上方突然傳來一陣嘶鳴聲，打斷了她的思緒。鼠掌才剛見到一團黑影，便被那隻從上方跳下來的貓兒壓住背部，定在地上。憤怒造成那影子全身毛髮倒豎，她瘋狂地用爪子刨抓，還好拜這趟長途旅程之賜，鼠掌已經變得更精瘦、更強壯。這時她聽見對方為了使力壓住她而有些氣喘吁吁，她俐落地翻了個身，攻擊者砰地應聲倒地，爪子輕掃過她的毛皮。

鼠掌憤怒地嘶聲怒吼，她身手矯捷地轉身過來，正面迎向那個偷襲者，頸背上的毛髮根根豎立，下顎緊縮。

對方也趕忙跳起來應戰，尾巴毛髮完全膨脹。「妳是不是想偷我放在這裡的東西？」她斥聲問道。

「煤皮！」鼠掌驚訝地大叫。

巫醫的眼睛瞬間睜大。「鼠掌！妳……妳回來了！」她差點說不出話來，趕緊走上前去，用鼻頭搓搓鼠掌的臉頰。「妳去哪裡了？棘爪和妳在一起嗎？」

「大家都到哪兒去了？」鼠掌急忙問道，反倒忘了要先回答煤皮的問題。

蕨葉叢隧頭傳來沉重的跑步聲，打斷了她的問話，棘爪和暴毛雙雙衝進空地。

「我們聽見打鬥聲。」棘爪喘吁吁地說道。當他看見原來是煤皮時，驚訝地不斷眨著眼睛。「妳們兩個都沒事吧？」

「棘爪！見到你真讓我開心！」煤皮帶著狐疑的眼神看著暴毛。「你在這裡做什麼？」

「他和我們一起的。」棘爪簡單地解釋道：「誰攻擊妳們？」他四處張望，頸臂毛髮倒豎。「妳們把牠們趕走了嗎？」

「老實說，是我啦！」煤皮承認道，「當時我站在岩石上頭，所以沒認出她是鼠掌，我還以為她要偷我的藥草，我只是回來這裡拿些藥草……」

「回來？」棘爪重複說道：「大家在哪裡？」

「我們不得不離開這兒。」煤皮解釋道，眼神中帶著悲痛。「那些怪獸離我們愈來愈近，所以火星命令我們全營撤離。」

「什麼時候的事？」棘爪驚訝地瞪大眼睛。

「兩個月升時分之前的事了。」

「你們去了哪裡？」鼠掌焦急問道。

「陽光岩。」煤皮很煩躁地環視空地。「我只是回來拿些庫存的藥草，現在少了葉掌幫我採集新鮮的藥草，所以常常短缺……」

鼠掌的心糾成一團。「她怎麼了？」

煤皮同情地看著她。鼠掌一見到她憐憫的神色，當下真想轉身離開，不再聽下去。「兩腳獸一直在設陷阱抓我們。」她說道，「葉掌是在我們撤營的前一天被抓走的，栗尾在現場目睹一切，但卻無能為力。」

鼠掌瞬間四肢無力，整個身子搖搖晃晃。就在那一瞬間，她突然明白為什麼自己老是會做被困在某個幽黑的角落，無法動彈的惡夢。

「兩腳獸把她抓到哪裡去了？」棘爪的聲音感覺好遙遠。鼠掌全身發抖，驚魂未定，彷彿有急流將吞沒她，她試圖甩開這個念頭。

「我們不知道。」

「火星有沒有派搜救隊去找？」

「栗尾一回報，他就派搜救隊出去找了，但她被兩腳獸抓到的那個地方，到處都是怪獸在砍樹，根本沒有葉掌的蹤跡。」煤皮往前跨上一步，用臉貼緊鼠掌。「後來就沒再去找她了，因為太危險了。」她低聲說道。鼠掌身子縮了回去，但煤皮還是緊盯她的眼睛，鼠掌只覺得巫醫好像在對她施展魔法，要她完全諒解。

「妳父親得為整個部族著想。」她喵聲說，「他不能再派其他貓兒去冒險。」她轉頭看著遠方繼續說道，但鼠掌聽得出來她的痛苦。「我也想自己出去找，但我知道我沒有用。」她憤怒地看著自己的後腿，那是她當年在轟雷路上受過的傷，這個傷到現在仍令她餘悸猶存。煤皮太清楚兩腳獸的怪獸會對貓兒的脆弱身軀造成什麼傷害。

這是鼠掌第一次注意到巫醫的毛髮鬆垮垮的，骨瘦如柴。

棘爪八成也注意到了。「部族裡的貓都還好嗎？」他問道。

「不太好。」煤皮承認道，「小葉松死了——因為蕨雲沒有足夠的奶水餵她。現在很難找到獵物，我們一直在挨餓。」她憂傷的聲音顫抖著。「花尾也死了，她吃了一隻兩腳獸下毒過的兔子。」她的眼神閃過一絲警覺，「你們沒吃過什麼兔子吧？」

「我們連一隻兔子也沒看見。」暴毛說道，「就連在風族領地裡也沒瞧見。」

煤皮急速地揮動尾巴。「兩腳獸把這裡的一切都毀了！亮心和雲尾也不見了——我們猜他們應該也是被兩腳獸抓走了，就像葉掌一樣。」

棘爪垂眼看著泥濘冰冷的地面。「我沒想到會這麼糟。」他喃喃低語，「午夜警告過我們，可是……」鼠掌很想安慰他，但她真的不知道該說什麼或做什麼，才能使他感到好過些。

煤皮滿臉困惑地瞪著棘爪。「午夜警告過你們？」她重複說道，「這句話是什麼意思？」

「午夜是一隻獾。」鼠掌解釋道，「我們就是去找她的。」

「你們去找一隻獾？」煤皮看看四周，深怕身後的矮樹叢會突然竄出一張兇猛殘忍，黑白條紋的臉。

鼠掌很能理解她的反應。貓向來討厭獾，牠們是很暴躁的動物，行為舉止完全不可預料，這是眾所皆知的事情。想當初旅行的六貓在剛得知他們在找的竟然是隻獾時，也是花了很長時間才克服心理上的障礙與衝擊。

「就在太陽沉沒的地方。」鼠掌繼續說道。

「我不懂你們的意思。」煤皮喃喃說道。

「星族派我們去的。」暴毛插話道。「每個部族都有一隻貓被派遣前往。」

「祂們要我們去太陽沉入海裡的地方。」棘爪補充道。

「星族派你們去的？」煤皮喘息著，「我……我們還以為祂們已經放棄我們了。」她瞪著棘爪問道，「是星族直接告訴你的？」

「託夢告訴我的。」棘爪輕聲承認道。

暴毛正搓著地上的泥土，他的毛髮倒豎。「羽尾也被託夢。」

「還有鴉掌和褐皮。」鼠掌補充道。

煤皮眼睛睜得老大，緊緊盯著這三隻貓兒。「你們一定要把所有詳情告訴火星。自從出現火和老虎的預言之後，我們就沒再收到任何來自星族的訊息了。」

「火和老虎？」鼠掌驚訝地重複這四個字。

「你們馬上就會懂的。」煤皮沒有看她。「快跟我來，我們得讓族貓們聽聽你們的故事。」

第四章

「陽光岩是最安全的藏身所。」在蕨葉叢裡迂迴行進的煤皮，這樣告訴他們。

但鼠掌卻感到訝異。「可是那裡沒有可供遮蔽的地方啊！」陽光岩是一座很空曠的岩坡，就在河族邊界附近，那裡沒有樹木或灌木叢，只零星分布了一些矮草叢。鼠掌知道暴毛就在她身後幾步之遙，因此刻意降低聲量問道，「那河族呢？他們不是公開說過，那是他們的領地嗎？難道火星不怕他們可能攻過來？」

「河族最近並沒有挑釁我們。」煤皮答道，「在我們領地裡，陽光岩是距離兩腳獸和那些怪獸最遠的一塊地方了，而且也離森林那些僅存的獵物比較近。」

煤皮雖然走得一拐一拐的，但仍無視自己的行動不便，硬是加快腳程，然而鼠掌還是不免注意到費力行走的巫醫，竟是如此地骨瘦如柴。棘爪也正瞇起眼睛，很擔憂地看著煤皮。

「我們的情況比她好多了。」鼠掌向他低語道。

「那是因為這趟遠行把我們鍛鍊得更強壯。」棘爪解釋道。

鼠掌心中突然升起一股罪惡感，她沒料到這趟遠行竟讓他們比留在老家的貓兒更加保障了自身的安全，而且吃得比他們還飽。蔚藍的天空下，太陽正緩緩西沉，一陣冷風襲來，樹頭上枝椏不住地搖擺，頑強不肯離枝的樹葉也被吹得不斷擺盪。鼠掌停下腳步，仔細傾聽。幾隻鳥兒正吱喳合鳴，遠方不斷傳來怪獸的聲響，有點像是被激怒的蜜蜂嗡嗡叫個不停，牠們的臭味瀰漫在大氣中，甚至沾黏在她的毛髮上，揮之不去。鼠掌知道她終於回到森林，只不過這座森林不再有家的味道和聲音。它成了一個陌生的地方，一個不再適合貓兒居住的地方。午夜的預言似乎已經應驗了。

林子盡頭依稀可見龐大灰白的陽光岩。鼠掌隱約看見有貓兒在岩間活動的身影。突如其來的嗥叫聲讓她嚇了一大跳，她看見一團白色和薑黃色的毛絨身影在矮樹叢之間飛馳，才一會兒功夫，栗尾和蕨毛便從灌木叢裡衝了出來，站在他們面前。

「我就知道我聞到很熟悉的味道。」栗尾上氣不接下氣地說道。

鼠掌看著這兩位戰士，他們的毛髮也像煤皮一樣凌亂；至於棘爪也是驚訝地瞪大眼睛，打量著形容枯槁的他們。

「我們沒想到你們會回來。」蕨毛喵聲說。

「當然要回來啊！」鼠掌反駁道。

「你們去了哪裡？」栗尾急著問道。

「我們去了很遠的地方。」暴毛喃喃說道，「遠到連森林裡的貓都沒去過。」

蕨毛很狐疑地瞪著這位河族戰士。「你應該回你家去吧？」

「我得先找灰紋談談。」

蕨毛瞇起眼睛。

「讓他一起來吧。」煤皮建議道：「他們有很多事情要告訴我們。」

蕨毛的鬍鬚抽動了一下，但隨即低下頭，轉過身，帶頭穿過樹叢，往岩石處走去。

「來吧！」栗尾喵聲說，緩步走在蕨毛後面。「其他貓兒一定很想趕快見到你們。」

鼠掌跟在她身邊，試圖甩開焦慮不安的感受，那種心情就像飢餓一樣不斷啃蝕她的胃。看來他們這趟遠行根本白費功夫了，就算聽過午夜告知的訊息，一切也為時太晚，根本沒來得及幫助自己的部族。她只能暗中祈禱那個垂死戰士的預言還能解救他們。她瞄瞄身旁的栗尾，只見這隻雜褐色的戰士垂著尾巴，神情疲憊地看著地面。

「煤皮告訴我有關葉掌的事了。」鼠掌低聲說道。

「我當時根本救不了她。」栗尾無精打采地答道，「我不知道牠們帶她去了哪裡，我本來想去查看，但第二天，我們就搬家了，根本沒機會。」她停頓一下，看著鼠掌，眼裡突然出現一絲希望的光芒。「你們遠行的時候，有沒有見到她？你們知道她在哪裡嗎？」

鼠掌的心糾成一團。「沒有，我們沒有看見她。」

空氣中瀰漫著濃烈熟悉的雷族氣味。鼠掌好想趕快衝上前去，和族貓們團聚一堂，但直覺卻告訴她要小心接近他們。她站在那裡靜止不動好一會兒，只希望那撲通撲通的緊張心跳聲，別被陽光岩裡的貓們給聽見。

在她眼前是一大片平滑的岩坡，上頭刻蝕著狹窄的溝床與凹洞。其中一邊以樹林為界，另一邊則是陡峭的斜坡。鼠掌望眼看去，許多樹木的頂端沿著河流一路綿延到四喬木——或者該說曾經是四喬木——冰冷的岩石如今在禿葉季寒風的吹掠下，竟成了族貓們歇憩的家園。鼠掌看看栗尾的腳爪，竟見爪間的白色毛髮有觸目驚心的乾涸血跡。她還記得之前急水部落裡的那些岩塊是如何磨破她的腳爪。

這裡不像以前的營地有大空地可供族貓們齊聚一起。大家只能三兩為伍，自成一小團體。這時鼠掌瞧見她導師塵皮的暗色身影，就藏身在一塊突石底下。旁邊是鼠毛，她的體型看起來比以前瘦小多了，毛髮也凌亂不堪，毛髮下清楚可見她瘦削的肩膀；霜毛和斑尾這兩位長老雙雙蜷伏在極深的溝床裡，即便藏在陰暗處，但鼠掌仍清晰可見她們的毛皮糾結成團，毫無光澤，上頭還沾著些許青苔和乾泥巴。更下方的溝床變得比較開闊，塵皮的伴侶蕨雲正弓起淺灰色的身子，陪著他們僅剩的兩個孩子。

「那地方比較能遮風蔽雨。」煤皮順著鼠掌的目光為她解釋，「但那些貓后因為早已習慣刺藤叢裡的育兒室了，所以還是嫌那裡有些顯眼；至於見習生的巢穴是在那邊的洞穴裡。」她繼續說道，同時舉起鼻頭，指指某個岩縫。鼠掌認出潑掌的棕色毛髮，他是蕨雲生的第一個孩子，如今正毛髮凌亂坐在寒風中。

鼠掌看到棘爪向她輕輕點個頭，但眼裡藏不住焦慮。棘爪開始緩步登上斜坡，肩膀不由得緊繃；鼠掌則緊張地跟在他後頭。當她經過蕨雲身邊時，貓后抬頭瞄了她一眼，綠色眼睛霎時變得陰鬱不快。

鼠掌的身子瑟縮了一下。難道族貓們把這一切都怪到他們頭上？

其他貓也都看到他們。坐在斜坡頂端附近山溝的刺爪，這時站起身，平貼雙耳，發出恐嚇的噓聲；雨鬚則緩步從岩石邊緣的裂縫裡走了出來，這隻暗灰色戰士的眼睛閃過一抹稜光，完全沒有一絲暖意，毫無歡迎他們的意思。

暴毛在岩石間不斷掃視，尋找灰紋的身影。鼠掌也跟著他的目光游移，但既沒見到雷族副族長，也沒看到自己的父親。她真想立刻轉身，逃回森林裡，甚至回到山區裡，都比這裡好，但她努力壓下那股衝動，一臉委屈地迎向棘爪的目光。「他們根本不歡迎我們回來。」她低語道。

「等我們向他們解釋之後，他們就會明白了。」他保證道。鼠掌也希望他說得沒錯。

一陣急促的腳步聲在他們身後響起，她連忙轉身。淺灰色的戰士灰毛在她跟前緊急煞住腳步。她搜索對方的眼睛，深怕又看見怒火，還好沒有，只有驚喜。

「你們回來了！」他的尾巴抬得老高，並伸出自己的鼻頭，與鼠掌互搓。

鼠掌覺得輕鬆多了。至少還有貓兒歡迎他們回來。

潑掌從洞裡爬出來，跨過岩石，朝他們跑來，白掌也緊跟在後。

「潑掌！」鼠掌大叫一聲，試圖讓聲音聽起來像是只去了幾天的高岩山一樣。「訓練課程進行得怎麼樣了？」

「我們練得很勤快。」潑掌上氣不接下氣地來到她跟前說道。

白掌也在他身邊煞住腳步。「我們本來可以參加生平第一次的大集會，要不是兩腳獸毀了四……」

灰毛眼帶警告地瞪了那隻白色母貓一眼。「他們還不知道這件事。」他噓聲說道。

「沒關係。」棘爪插嘴說道：「我們知道四喬木的事了，網足告訴我們的。」

「網足？」灰毛瞇起眼睛。「你們去過風族的領地了？」

「我們是從那個方向回來的。」鼠掌解釋道。

「從哪裡回來？」潑掌喵聲說，但鼠掌沒有答腔。她看見塵皮和鼠毛從他們的臨時巢穴裡走了出來，黑毛也從某個洞裡爬出來，緊跟在後。所有戰士現在都往這裡靠攏，有如自幽暗處悄悄飄出的鬼魅一樣。當他們走下岩石時，鼠掌不禁全身發抖，動都不敢動。她往後退一步，毛髮拂過棘爪，甚至感覺得到暴毛也戒慎恐懼地靠過來。這種場面讓她想起當他們第一次遇見急水部落的貓時，也是類似的畫面。心中的恐懼油然而生，她突然明白這座森林已經變了，她認識的族貓都變得不一樣。

「說說看啊！你們去了哪裡？」一個威嚴的聲音響起，霜毛已經從長老所在的上方溝床裡爬了出來。這隻年長的母貓早已失去雪白毛髮的原有光澤，但冰冷的目光還是令鼠掌心生畏懼。

「我們旅行了很久。」棘爪開口說道。

「看不出來嘛！」蕨雲也離開小貓，走到他們跟前。「你們似乎吃得比我們好。」

鼠掌承認他們的確在這趟旅程中捕食到很多獵物，但她不想讓這種事成為什麼不光彩的事。「蕨雲，我聽說小葉松的事了，我很遺憾……」

蕨雲根本沒心情聽她解釋。「我們怎麼知道你們不是因為怕和我們一起面對可能挨餓的禿葉季，就自己獨自跑了？」她厲聲說道。

鼠掌聽見鼠毛和刺爪喵聲同意，但這次她終於忍無可忍地開口發飆。「你們怎麼會這麼想？」她生氣地說道，毛髮倒豎。

「哼，你們的忠心顯然是給了別的部族。」鼠毛咆哮道，眼睛瞪著暴毛。

「我們的心一直都是向著自己的部族。」棘爪平靜地答道：「這也是我們當初會離開的原因。」

「那怎麼會有一個河族的貓跟在你們身邊？」塵皮質問道。

「他有事情要告訴灰紋。」棘爪喵聲說，「他說完就會走了。」

「他現在就得走。」鼠毛嘶聲說道，往前跨出一步。

煤皮連忙擋在鼠毛和棘爪之間。「快告訴他們有關星族預言的事。」她催促道。

「預言？星族有預言？」族貓們全都像飢腸轆轆的狐狸一樣瞪著她和棘爪。

「我們必須先告訴火星。」鼠掌輕輕地說道。

「火星在哪裡？」棘爪大聲喊道。

「他出外狩獵了。」是沙暴的聲音。

這時鼠掌連大氣都不敢吭，心情憂喜參半地等在原地。只見那薑黃色的母貓緩步朝她女兒走了過來，最後在離她一個尾巴之遙的地方停下來，定定地看著她。

「我們回來了。」鼠掌搜尋著她母親臉上的表情，不確定她是否歡迎她回來。

「你們回來了。」沙暴驚訝地重複一遍。

「當初我們之所以離開，是因為星族不讓我們有其他選擇。」棘爪為鼠掌辯解道，他趨身向前，靠在她身邊，讓她覺得很溫暖。鼠掌很想向自己的母親招認，其實當初星族並沒有託夢給她，是她自己堅持要去，棘爪根本是被迫帶她去的，然而她心中的恐懼卻讓這些話說不出口。

沙暴的鬍鬚有些顫抖，她跳上前去。「我的寶貝之一終於回來了！」她喵聲說，滿心喜悅地用臉頰摩搓著鼠掌。

鼠掌只覺得鬆了一口氣。「對不起，我當初不告而別，可是……」

「回來就好。」沙暴喵聲說：「這就夠了。」她溫暖的鼻息令鼠掌有如沐春風的感覺。

「我本來以為再也見不到妳了。」

這時鼠掌聽見她母親喉間發出顫抖滿足的喵嗚聲，這使她突然想起自己還待在育兒室時，和妹妹一起躲在母親懷裡的那種感覺。葉掌，妳到底在哪裡？

一個低沉的喵嗚聲打斷她們倆的談話。「我的見習生好像回來了。」塵皮說道。他也像其他戰士一樣骨瘦如柴，狼狽憔悴，可是當他上前打招呼時，眼裡卻充滿溫暖。

「不管妳去了哪裡，都可以想見妳吃得還不錯。」當他看見鼠掌肌肉結實，毛色光滑時，不禁睜大了眼睛評論道。

棘爪急急抽動自己的尾巴。「我們很幸運，一路上都有充足的獵物可吃。」

「我們現在最需要的就是新鮮的獵物。」塵皮喵聲說：「如果你們能找到好的狩獵地點，應該要告訴我們。」

「那地方很遠。」棘爪警告著。

塵皮抽抽耳朵。「那就沒辦法了。」他喵聲說：「我們的家在這裡。我們不能再讓兩腳獸和怪獸把我們趕走。」此話一出，竟像漣漪效應似地在其他貓兒之間引起迴響和認同。

鼠掌很訝異。他們應該要離開這裡才對啊！午夜曾說過，四部族都得去找新的家園——垂死的戰士會為他們指引方向——而她本來以為雷族被迫棄營之後，就會比較好說服。

這時她突然看見岩頂上出現一個身影，那幽暗的身影在滿天紅霞的背景下屹然挺立，難以辨識毛皮顏色，但從結實的肩膀和抬得高高的長尾巴來看，即可知道來者是誰。

「火星！」鼠掌大喊道。

「鼠掌！」火星跳下岩石，隨即止住腳步。他的鬍鬚先是抽動一下，這才伸頭過去舔舔鼠掌的耳朵。她閉上眼睛，發出滿足的喵嗚聲，一時之間竟也忘記森林裡的大禍。她終於回家了，這才是最重要的。

火星退後一步。「妳究竟去了哪裡？」

「我們有很多事情要告訴你。」她很快地答道。

「我們？」火星複誦這兩個字。「棘爪也在這裡嗎？」

「沒錯，我在這裡。」棘爪穿過貓群，走上前去，站在鼠掌旁邊，低頭以示敬意。其他貓兒都不敢吭氣，連風也止住，彷彿也在屏息以待。

「歡迎你回家，棘爪！」鼠掌總覺得她父親的眼裡有小心戒慎的神色，這讓她心中不禁升起一股寒意。

突然一個灰色身影抓住她的視線，不一會兒，那個身影有如旋風般衝下光線漸暗的斜坡。灰紋在火星身旁及時煞住腳步。「原來是火和老虎回來了。」

「火和老虎？」鼠掌重複念了一遍。灰紋這麼說是什麼意思？

「等一下再談這件事。」火星低聲說道，目光掃過眼前的族貓。

「對，你說的對。」灰紋點頭說道，但這時眼神又突然亮了起來。「你們有沒有遇見我那兩個孩子？」他一臉期盼地看看鼠掌和棘爪。

鼠掌點點頭。「他們也和我們一起去，」她開口欲解釋，「暴毛……」

「我在這裡。」暴毛穿過群眾，走了過來。

灰紋又驚又喜地抽抽耳朵。「暴毛！」他趕緊上前，用快樂的喵嗚聲歡迎他兒子的到來。「你平安回來了！」他回頭看看鼠掌和棘爪。「你們都平安回來了，我真不敢相信。」

鼠掌心頭一緊。

「羽尾呢？」灰紋的目光越過暴毛，以為可以看見等在岩石底下的淺灰色母貓。

鼠掌低頭看著自己的爪子，心裡很同情暴毛，因為他得同時向河族和雷族的貓兒說出那個最可怕的惡耗。

「她在哪裡？」灰紋很困惑的問。

「她不在這裡。」暴毛答道，眼睛緊緊盯著自己的父親。「她在半路上死了。」

灰紋不可置信地看著他。

火星抬起下巴。「我們給灰紋和暴毛一點空間平靜心情。」他大聲對族貓們說道。

鼠掌很感激她的父親。至少他們不必在族貓們的灼灼目光下，向灰紋說明這整起事件。於是火星領著族貓們走上斜坡，她則緊靠棘爪身邊而立。

灰紋瞪著腳下的岩石，彷彿自己正踩著一條豬鼻蛇，深怕一放鬆，他就會一口咬上來。

「我們沒來得及救她。」暴毛告訴他，並用鼻頭輕搓他父親的肩膀。

灰紋對著棘爪用力搖頭。「你不該帶她去的！」他的眼裡充滿怒火。

鼠掌彈了一下尾巴。「不是他的錯！是星族挑中羽尾，要她加入這趟旅程，不是棘爪要她去的。」

灰紋閉上眼睛，肩膀下垂，整個身子像是萎縮了一半。「對不起。」他喃喃低語。「老天為什麼這麼不公平？她這麼像銀流……」

灰紋說著，他的聲音也愈來愈小。暴毛用鼻頭抵住灰紋的身體，「羽尾是壯烈犧牲的，她是個偉大的戰士。」他告訴灰紋。「是星族選中她，要她參加這趟旅程，但卻也被殺無盡部落給挑中，為祂們完成預言。你應該以她為榮，她不只拯救了我們，也拯救了那個部落。」

「部落？」灰紋複誦道。

鼠掌可以聽見其他貓在斜坡上方竊竊私語的聲音。那個聲音愈來愈大，愈來愈不耐，直到火星出言喝止他們，而聲音就迴盪在岩石之間。「我知道你們都想知道棘爪和鼠掌去了哪裡，」他喵聲說：「我會先聽他們怎麼說，再把所有詳情告訴你們。」

「我想知道我的見習生為什麼會離開家？」塵皮大聲說。

「還有他們提到的預言是什麼意思？」鼠毛質疑說道：「我們一定要弄清楚那到底是什麼意思。」

棘爪用鼻頭輕觸鼠掌耳朵。「看來我們最好過去說個明白。」他看看暴毛。「你要一起來嗎？」

「不了，謝謝你，棘爪。」暴毛回答：「我想我還是回去好了。」他看著灰紋，「他們會告訴你事情的始末，但我希望你知道，你應該以羽尾為榮。」他說道：「她是為了救我們才犧牲生命的。」

灰紋眨眨眼睛，沒有答腔。

暴毛轉身面對鼠掌和棘爪。「我知道這不容易，」他低聲說，「但我們一定得堅持下去，繼續走對的路。別忘了午夜曾告訴過我們什麼。這一切都是為了部族著想。」

棘爪一臉嚴肅地低下頭。鼠掌則傾身向前，用鼻頭抵住暴毛的臉頰。「明天在四喬木見嘍。」她低聲說道。由於馬上就要和最好的朋友道別，她的爪不禁顫抖起來。這段日子以來，她早就忘了去區分他是河族的貓，而自己是雷族的貓——在她眼裡，他們都是夥伴，曾在這場旅途中出生入死，只為拯救森林裡所有的貓。

當暴毛緩步踱下斜坡時，鼠掌突然看見斜坡上方的鼠毛和刺爪正用責備的目光看著她。她知道她對河族戰士的友好舉止看在族貓眼裡有多刺眼，但她心情真的很難過，也很疲倦，根本不想再解釋什麼——他們不會懂六隻貓兒共同前往太陽沉沒的地方，但回到家時卻只剩下五隻貓的那種複雜心情。

「好吧！」火星說道，「資深戰士可以加入我們，一起聽聽鼠掌和棘爪所要說的話。煤皮，請妳也一塊參加。」他用鼻頭指著一塊突岩，那是鼠掌之前看見塵皮和鼠毛的藏身處。「我們到那裡開會吧！」

鼠毛哼地一聲轉身往突岩處爬了上去，灰紋和塵皮也緊跟在後。火星、煤皮和沙暴也慢慢跟上去，但鼠掌卻站立不動好一會兒，任憑冷風吹掠過她的毛髮。她不在乎自己冷不冷——就某種層面來說，她愈冷，就愈能感受得到族貓們所遭受的痛苦。而此刻，冷颼颼的寒風正不斷凌厲無情地吹颳起他們的毛髮。

突然她聽見刺爪發出一聲咆哮。她警覺地轉頭一看，赫然驚見暴毛嘴裡叼著一條肥美的魚，站在岩坡底下。

「你又來這裡幹什麼？」刺爪對著他大吼，「你的部族不要你了嗎？」

河族戰士把魚擱在前腳下方。「我送來河族的禮物。」

「我們不需要你施捨。」霜毛不屑地啐道。

這時鼠掌後方出現輕輕的腳步聲，火星開口說話了。「他是好意的，霜毛。」不過語調裡還是帶有警告的意味。「謝謝你，暴毛。」

暴毛沒有答腔，只是神情哀傷地看著雷族族長，然後目光短暫停留在鼠掌身上，最後低頭消失在水邊蘆葦叢裡，那條魚仍留在原地。

鼠掌的肚子餓得咕嚕咕嚕叫。自從他們離開高地荒原的兩腳獸領地後，她就沒再進食過。

「妳得過一會兒才能吃，看看自己能不能去抓一、兩隻老鼠回來。」火星聽見她的肚子咕嚕作響，這樣說道：「我們得先餵飽蕨雲和長老們。既然妳回來了，就得適應部族裡這種挨餓的日子。」

鼠掌點點頭，試圖重新調整自己的心態。原來這趟長途旅行下來，她早已習慣肚子一餓就自己先去抓獵物，再把抓來的獵物和朋友們分享。

火星對著下方的刺爪喊道，「把那條魚分給蕨雲和長老們吃。」這才轉身往突岩處走去。

鼠掌鑽進突岩底下，這才發現這裡面的面積比她想像得大多了。洞穴兩邊有平滑的岩塊屏障，但刺骨的寒風仍毫不留情地穿透進來，將眾多貓兒的氣味混雜在一起。她一想起以前營地的井然有序和舒適，便覺得心痛不已。她閉上眼睛，多希望當她再度張開眼睛時，會發現自己仍待在枝椏密布的見習生巢穴裡，而不是冰冷堅硬的岩石上。

「所有戰士都住在這個巢穴裡。」塵皮彷彿讀到她的心思，特別在耳邊輕聲說道：「這裡適合休息的地方並不夠多。」

鼠掌打開眼睛，環顧這個坑洞，一股無名怒火突然在身上竄燒。這都是兩腳獸害的！但至少她可以幫忙帶他們到安全的地方，一個可以供所有貓兒安穩休憩和盡情狩獵的地方。

「這裡至少還可以遮風蔽雨。」沙暴喃喃自語，只不過她身上翻飛蓬鬆的毛髮還是洩露了寒風刺骨下所承受的痛苦。

火星坐在洞的後方，沙暴和灰紋分坐兩旁。雷族副族長蜷伏身子，兀自沉浸在悲傷中。煤皮坐在他旁邊，眼裡有關心的神色。

「好了。」火星用尾巴圈圍住自己，開口說道：「現在告訴我們所有事情的始末吧！」鼠掌感覺到族貓們質疑的眼神像火焰一樣在她身上燃燒。棘爪先用尾巴掃過自己的脅腹，這才直接面對火星。

「星族託夢給我，要我去太陽沉沒的地方。」他開始解釋，「一開始我不知道我應不應該相信這個夢，但沒想到星族也把同樣的夢託給各族的貓：風族的鴉掌、河族的羽尾，還有影族的褐皮。」

當棘爪繼續解釋時，火星低下頭，偏著臉。「我們都被告知必須展開旅程，傾聽午夜的訊息。」

「午夜的訊息？」塵皮重複這幾個字，神情困惑。

鼠掌看到火星的綠色眼睛緊盯著她，她告訴自己不要害怕。「妳也被託夢嗎？」他問道。

「沒有，」她承認道，「可是我必須……我是說我很想去……」她試圖找出字眼來說明自己為什麼會跟他們去，但又不想告訴火星，其實她是因為不想待在家裡和他繼續起衝突，才決定離去的。她沒有出聲，頭低了下來。

「我很慶幸她和我們一起去！」棘爪突然說道，「她的表現就像其他戰士一樣傑出。」

彷彿經歷了九世之久，火星才點頭，「好吧，棘爪，你繼續說下去。」

「幸虧有烏掌幫忙，我們才能啟程前往太陽沉沒的地方。他以前曾聽過別的無賴貓提過那個地方，那裡到處都是水。」

「但路途很遠。」鼠掌插話道，「有好幾次，我們都以為迷路了。」

「烏掌是把方向告訴了我們，但其實我們也不知道該怎麼去。」棘爪解釋道，「可是既然星族已經下了指示，我們還是得繼續前進。」

「其實我們也不知道祂們為什麼要派我們去。」鼠掌補充道。

棘爪不斷一伸一縮自己的爪子，在堅硬的地面上發出尖銳的刮磨聲。「我們只是想完成對部族應盡的責任而已。」他喃喃說道。

「有隻獨行貓曾帶我們走出兩腳獸的領地。」鼠掌繼續說著，腦海裡浮現出那隻好像不太有方向感的波弟。

「最後我們終於走到太陽沉沒的地方。那地方我們從來沒見過。」棘爪喵聲說，「高聳的懸崖，下方有好多洞穴，還有你們無法想像的深藍色水域，範圍之廣，簡直是無邊無際，而且不斷來回沖刷岸邊。一開始我們就被那些沖上來的水花給嚇到了，它的聲音好大。」

「結果我們都跌進洞，因為棘爪掉下去，我去救他，最後竟然在那兒找到午夜。」鼠掌的話說得顛三倒四。

「你們在說什麼啊？『找到午夜』？」塵皮質疑道。

棘爪在地上刨著腳爪。「午夜是一隻獾，」他終於點出重點。「星族派我們去找她，因為她會告訴我們星族想要我們知道的事情。」

「她說了什麼？」火星說這句話時，耳朵不斷抽動。

「她說兩腳獸會毀了整座森林，害我們挨餓。」鼠掌喵聲說，心跳得尤其厲害，有如當初第一次聽聞午夜的警訊。

「她要我們帶你們離開這座森林，尋找新的家園。」棘爪補上一句。

「新的家園？」沙暴一臉不可置信地瞪著他看。

「難道就因為一隻連聽都沒聽過的獾作了這樣的建議，我們就得離開這座森林？」塵皮喵聲說。

鼠掌閉上眼睛。「莫非雷族不想接受午夜的警訊？你們要完全否定這趟旅程的目的，讓羽尾的犧牲變得毫無意義嗎？」

「她有沒有說我們該如何找到新的家園？」灰紋坐起身子，靠得更近，尾尖急急抽動著。

午夜的話再次迴盪在鼠掌的耳裡，她不由自主地複誦：「『你們不會沒有嚮導』，這是她說的。她還說『等你們回到家，站上被銀毛星群光芒所籠罩的巨岩，就會有一位垂死的戰士告訴你們該怎麼走。』」

「你們去巨岩那裡找過預言指示了嗎？」火星問道。

棘爪搖搖頭。「我們打算明天在那裡和褐皮、暴毛以及鴉掌碰頭。我們想帶族長過去，我的意思是說如果我們能說服得了各自的族長……」

「你要去嗎？」鼠毛平貼耳朵。

「無論如何，我都要去。」火星答道。

塵皮眼睛瞪得老大，看著自己的族長。「你不會真的想把這個部族帶出森林吧？」

「我還不知道下一步該怎麼走。」火星承認道，「我沒把握族貓們能否熬過這個禿葉季。」他直視塵皮的目光，鼠掌剛好瞧見他眼裡一閃即逝的光芒。「如果有辦法可以解決，我就不能坐視不理，讓族貓們繼續痛苦下去；不管這個警訊是如何得來的，我們都不能否定它的存在，也許它是讓我們生存下去的唯一希望。要是預言真的會出現，我就得親自去瞧瞧。」

他坐直身子，看著棘爪。「明天我和你們一起去四喬木。」

第五章

「莎夏！」霧足又喊了一聲。「是妳嗎？」

還是沒有回答。

葉掌的鼻頭緊緊抵住籠網，想往外窺探。她久聞莎夏的大名，所以對這隻母無賴貓很好奇，聽說當年她接受虎星作為自己的伴侶，但最後卻在河族生下蛾翅與鷹霜。無奈木製巢穴裡的光線太昏暗，葉掌只能隱約看見莎夏黃褐色的身影正蜷伏起身子，躲在兩腳獸剛拎進來的籠子後方。

「莎夏，妳還好嗎？」霧足叫得更急迫了。

「給她一點時間調適。」柯蒂建議道：「剛來到這裡的貓，通常都會很安靜。」

「我才不需要時間調適呢，」這時突然出現一個咬牙切齒的聲音。「牠們竟然敢把我關進這裡！等我出去之後，一定要那個兩腳獸好看！」

「妳在森林裡做什麼？」霧足問道。

「我想去看我的孩子。」莎夏答道：「我聽說兩腳獸毀了森林，我想確定他們沒事。」

「我不久前才見過蛾翅！」葉掌喵聲說，「她很好，馬上就要當巫醫了。」

「是誰在說話？」莎夏喊道。

「我是葉掌，雷族的巫醫見習生。」葉掌告訴她。「我和蛾翅是朋友。」

「妳也認識鷹霜嗎？」莎夏問道：「他沒事吧？」

葉掌沒有回答，她一想到莎夏的另一個孩子，爪子就不由自主地刺痛。她還記得他的眼睛像禿葉季的天空一樣湛藍冰冷，他的肩膀寬闊又結實，足足多出同齡或同輩貓兒的兩倍。上次葉掌遇見他的時候，他正威脅要把栗尾拖回河族營地，只因栗尾不小心跨越邊界。還好是蛾翅出面說服了他，才肯放栗尾走。

籠子裡霧足再度發聲。「我上次見到鷹霜時，他也很好。」

「真是謝天謝地。」莎夏鬆了一口氣。

但葉掌卻很驚訝她也會有那種鬆了一口氣的感覺。「她的語調聽起來好像也是部族裡的貓后一樣！」葉掌隔著籠網，低聲向柯蒂說道。

「當然嘍！」柯蒂一直靜靜聽著她們之間的對話。「她是在關心自己的孩子——所以當然也會像其他母貓一樣啊！」

「可是她把他們丟在河族就走了！」葉掌大聲說道，根本忘了壓低自己的聲量。

「她為什麼不在自己的部族養育她的孩子呢？」柯蒂的語氣很疑惑。

「莎夏不是一隻部族貓。」葉掌解釋道：「她是無賴貓。」

「說得還真像回事。就因為我不想跟你們一起生活，便把我說成是無賴貓？」莎夏聽到她們的談話，很生氣地說道：「不過我才不在乎呢，只要我的孩子平安無事就好了。」

「對不起。」柯蒂向她道歉。「這巢穴太小了，難免會聽見別隻貓的談話。」她轉頭看看隔壁籠裡那隻滿身髒污的黑色無賴貓正蜷伏不動，完全看不出來他是不是在聽她們之間的談話。「當然也是有例外啦。」她意有所指。葉掌知道柯蒂一直想和那隻黑色公貓做個朋友，但就是找不到方法探他口風，只知道他叫煤炭。

「妳是一隻寵物貓，不是嗎？」莎夏突然對柯蒂問道，「妳的談吐太有禮貌了，不像是隻無賴貓，體態又那麼豐腴，也不像是部族貓。」

葉掌瞧見柯蒂有些毛髮倒豎。「柯蒂是我們的朋友。」她跳起來為柯蒂辯護道。

「我沒說她不是啊！」莎夏喵聲說，「我只是想搞清楚這裡貓兒的身分。」

霧足為她解釋，「這裡的貓大多是無賴貓，只有少數來自森林。」於是金雀尾、亮心、雲尾紛紛出聲與莎夏打招呼，霧足則繼續說，「就我們所知，柯蒂是這裡唯一的寵物貓。」

「你們有沒有想到什麼逃脫的辦法？」莎夏問。

「還沒想到。」霧足必須承認。

「就連星族也沒給我們任何線索指示。」葉掌補充說道。

「星族?!」黑暗中，她聽見莎夏不屑的聲音。「森林都被搞成這樣了，你們這些部族貓竟然還在相信那些鬼話？」

「我們當然相信！」葉掌嘶聲說道。

「那妳就幫我求求星族吧，小妞。」沒想到莎夏竟也嘆口氣：「反正就試試看吧，也許真能救我們出去。」

ϟϟϟ

已經過了中午，下午陽光的餘溫正逐漸消散。

「兩腳獸又來了。」柯蒂向其他貓兒喊道。

葉掌聽見門外傳來腳步聲，那聲音蓋過遠方怪獸的隆隆聲響，她機伶地躲到籠子後方。巢穴門突然打開，兩腳獸拿著兔子大便般的食物走了進來。

「就算妳對牠喵喵叫，對牠不斷示好，牠也不會放妳出去的。」葉掌低聲對柯蒂說道，而這時兩腳獸正打開籠門，把食物放進來。

「我想也是。」柯蒂聳肩說道：「但取得牠的信賴，也不是件壞事啊。」

正當她這麼說的時候，隔壁籠子突然傳來可怕的嘶叫聲，兩腳獸從煤炭的籠門往後彈開，鮮血從牠的前爪滴了下來。兩腳獸氣得跳腳，大聲咒罵。葉掌瞪大眼睛，目光越過柯蒂的籠子往煤炭那頭看過去，但只隱約看見暗色的身影匍匐在籠底。她緊張地轉過頭去看兩腳獸。只見兩腳獸已經停止咒罵，但眼神卻極為兇惡地瞪著煤炭。突然，牠大叫一聲，猛地將前爪伸進籠子，葉掌只聽見隔壁公貓傳來痛苦的哀號聲。而那兩腳獸的嘴裡也不知在咕噥什麼，隨即又把籠門給關上。

葉掌渾身發抖。那兩腳獸究竟幹了什麼事？

這時兩腳獸打開柯蒂的籠門，朝她的碗裡丟些顆粒狀食物，但那隻寵物貓竟躲到後面去，不再像以前一樣對牠發出快樂的喵嗚聲。

等到兩腳獸離開之後，葉掌才放聲喊道：「煤炭，你沒事吧？」隱約的呻吟聲從柯蒂隔壁的籠內傳出。「那個臭兩腳獸！」

葉掌嗅聞空氣，聞到腥熱的血味。

「看來情況很糟。」柯蒂低聲告訴葉掌。「他的籠底都是血。」

「你傷在哪裡？」葉掌問煤炭。

「我的腳被割到了。」無賴貓答道，「那個兩腳獸的爪子像獾一樣尖，牠用力推我，害我不知道撞到什麼很利的東西。」

葉掌飛快地思考，以前煤皮都是用什麼來止血？「你們有誰搆得到蜘蛛網？」她大聲說道：「拜託你們好心點嘛！我們得幫幫他的忙。」

「我這附近有。」金雀尾答道，「我想我應該搆得到，等我一下。」

葉掌往下探看，只見金雀尾將褐色前爪伸出籠子，原來在巢穴角落裡剛好有大片的蜘蛛網。他將前腿擠出籠子側邊的小洞，想去搆那片蜘蛛網，好不容易用爪子搆到一團，連忙扯了下來，再彎起前腿，極盡所能地把它交給上方的葉掌。

葉掌平貼籠底，將前腳穿過籠網，這個動作害她扯落了一些毛髮，不過她還是咬緊牙關，盡量往下伸長自己的腿，直到從金雀尾那兒接過一團黏黏的蜘蛛網，這才趕緊把腿收上來，再傳給隔壁的柯蒂。「把這個交給他！」她催促道，並用爪子刮掉剩下的蜘蛛網。

柯蒂點點頭，不敢說話，因為她嘴裡含著那團蜘蛛網。當她把蜘蛛網拖進籠子時，有些被卡在網洞裡，白白被浪費掉了。

「小心點！」葉掌緊張地說道。

這時位在她們下方的無賴貓突然朝上面焦急地喊道，「血都從我上面滴下來了！那隻貓八成傷得很重。」

葉掌的心跳得更急了。「煤炭，你還好嗎？」

「血還是流個不停。」煤炭答道，他的聲音有些顫抖。

「你快從柯蒂那兒接過蜘蛛網！」葉掌命令道：「然後把它壓在傷口上，愈久愈好。」

葉掌聽見寵物貓把蜘蛛網傳到隔壁籠子時的大力喘氣聲，接著又聽見煤炭正用爪子刮著那已被鮮血染紅的籠底。

「你不要緊張，煤炭！」她喵聲說，「你只要把蜘蛛網壓在傷口上就好了。」

「蜘蛛網已經被血浸濕了。」煤炭喘吁吁地說道。

「沒關係。」葉掌向他再三保證。「最後就會止血了，你一定要緊緊壓住它。」

她耐心等候，巢穴裡一片死寂，葉掌的頭開始有些昏沉，她強迫自己深呼吸。

「他沒事吧？」過了一會兒，亮心喊道。

「血已經不再從上面滴下來了。」位在煤炭下方的無賴貓回報道。

「煤炭？」葉掌出聲叫他。「怎麼樣了？」

一個粗嘎的嘆息聲自煤炭的牢籠裡傳出來。「好多了。」他喃喃說道，「而且不再流血，也沒那麼痛了。」

葉掌只覺得鬆了一口氣。「還是要盡量壓久一點，不要放開哦。」她告訴他。「等一下你再用舌頭輕輕舔那個傷口，消毒一下，但不要太用力，免得又流血了。」

「做得好，葉掌。」柯蒂在籠裡低聲說道。

葉掌眨眨眼睛，自從她被抓來這裡之後，這還是她第一次覺得他們是有希望的。她閉上眼睛，默默向星族致上謝意。以前她從來沒幫助過無賴貓，但她知道她的祖靈們一定也讚許她這麼做。光效忠一個部族，已經不再是唯一的生存之道。

她突然發現自己的肚子已經餓得咕嚕咕嚕叫，也許她應該聽柯蒂的話，先留住體力再說，於是她刻意屏住呼吸，慢慢啃食起那些臭臭的丸子。也許我應該對這些得來容易的食物表示一點感恩之心吧。她一邊想，一邊強迫自己咬碎這些乾糧。

「這種東西好噁心哦！」她低聲說道。

「是比我以前吃的要難吃多了。」柯蒂同意道：「我主人以前也餵過我類似的東西，不過我很快就讓牠們知道我不吃那種玩意兒，後來牠們再也沒有餵過我那種東西。」

葉掌聽得差點被嗆到。「妳可以指揮妳的兩腳獸啊？」

「要訓練牠們其實不難。」柯蒂喵聲說，並坐直身子，開始清洗起自己的腳爪。

莎夏在巢穴裡喊道：「那妳可以訓練剛剛傷害煤炭的那個渾蛋，要牠有禮貌一點嗎？」

「這一點我倒是很懷疑。」柯蒂答道，「這些工人一點也不像我的主人。」

葉掌看見亮心的臉出現在牢籠後方。幽暗的燈光下，她白色毛髮上的黃斑幾乎變成黑色，而且完全看不到她有傷疤的另一邊臉。

「妳認為牠們會怎麼處置我們？」亮心低語。

「也許牠們想把我們變成寵物貓？」葉掌假設著。雖然她不喜歡這種說法，但起碼可以讓他們有機會從這裡逃脫，重返部族。

莎夏的籠子裡傳來輕蔑不屑的聲音。「我不認為是這樣呢。」她厲聲說道，「我們才不是兩腳獸喜歡的那種嬌生慣養又毛茸茸的貓兒。」

葉掌看看柯蒂，希望她別被這句話給傷到，但卻意外發現到這隻寵物貓竟然只顧著點頭。

「莎夏說得對。」她同意道，「這些傢伙才不在乎貓呢，管你是部族貓、無賴貓，還是寵物貓都一樣。相信我，我很瞭解好的屋主是什麼樣子……哦，對了，你們叫牠們什麼來著？兩腳獸對吧？但這裡的兩腳獸卻只是想擺脫我們。」

葉掌本想吞吞口水，卻發現嘴巴乾到一點口水也沒有，她剛剛吃的兔子大便般食物，似乎還卡在喉嚨裡。為了順利吞下它，她強迫自己舔了幾口污穢的水。她很想蜷伏在籠子後方，但還是極力甩開這個念頭，因為她不想再渾渾噩噩地睡下去；她不能妄想單靠星族的力量來救她脫離這個地方，她相信戰士祖靈們一定很清楚森林正在毀滅當中，只不過她的直覺告訴她，面對兩腳獸的殘暴行為，祂們也是束手無策。所以現在只能靠自己的智慧了。她得找方法逃出這裡，不能讓柯蒂或同族的夥伴失望。

她記得剛剛金雀尾曾將腳爪伸出籠子去搆蜘蛛網。「柯蒂，」她喵聲說：「妳告訴過我，妳曾試著去搆籠子的門扣。」

「對啊，可是我根本抓不牢。」柯蒂確認道。

「那你們呢？」葉掌向其他貓兒喊道：「有誰可以把籠子的門扣打開？」

「我的太緊了。」金雀尾說道。

「我的網子有破洞，」雲尾回報道：「幾乎可以同時伸出兩隻腳，但我搆不到那個門扣。」

「你們別白費力氣了。」莎夏大聲說道：「早點認清事實吧，我們根本逃不出去的。」

兩腳獸的怪獸在外頭隆隆作響，巢穴也為之震動。不管莎夏怎麼想，葉掌還是不肯相信他們逃不出去。如果她現在放棄了，不是就真的沒指望了嗎？外頭漫天飛沙，她聽見兩腳獸正粗暴地互相叫嚷。她將腳爪伸出前面的籠網，開始去抓那個被鎖上的門扣。

第六章

缺角的月兒在光禿的枝椏間灑下淺淺的月光，整座森林籠罩在神祕詭譎的銀色氛圍裡。鼠掌緩步行走於林間，棘爪陪在她身邊，沿途只見羊齒植物的葉緣早鑲上一圈晶瑩剔透的寒霜。

「四喬木那裡一定很冷。」她煩躁地說道，心中暗自祈禱不管她妹妹在哪裡，千萬別挨餓受凍。

「但至少夜空很清澈。」棘爪低聲答道，「銀毛星群會很亮。」

他們正跟著火星和煤皮穿過林子。兩隻年輕的貓因為早已習慣長途跋涉，所以腳程顯然比前兩者要快多了。煤皮很努力地加快腳步，但嚴寒和飢餓卻讓她的跛行狀況更顯嚴重。

「如果真的出現了預言，」鼠掌好奇地問道，「你認為我們多久就會離開這裡？」她希望在四大部族離開森林之前，還有機會去找她妹妹。

「我不知道。」棘爪答道。「昨晚妳也看到了那個景況。火星無法勉強部族離開這裡，他和其他貓一樣都得遵守戰士守則，就算他是族長，也得服從部族的意願。」

鼠掌一想到族貓們的反應，胃便糾成一團。當時雖是滿天星斗，卻也寒風刺骨，全體族貓個個瑟縮成團，聽取火星向他們報告棘爪和她所帶回來的星族訊息。那時曾有一個驚恐的聲音在群眾之間引起共鳴。

「我們不能離開這座森林！」霜毛哭喊道，「我們全都會喪命的。」

「但是如果繼續待在這裡，也是死路一條。」栗尾直言。

「可是這裡是我們的家啊。」斑尾憤怒地提高聲量。

只有潑掌語帶興奮地問道，「我們什麼時候走啊？」

可是小冬青楚楚可憐的問話模樣，卻讓鼠掌至今想起來都還會寒毛倒豎，心疼不已。當時那隻小貓咪哭喊道：「我們不會搬家，對不對？」

「要是塵皮說的沒錯呢？」他們在幽暗中跳過一個缺口，那是廢棄已久的狐狸洞，而鼠掌就是在這時候低聲向棘爪問道，「其實他在洞裡說的話也很有道裡。難道就因為一隻連見都沒見過的獾作了這樣的建議，大家就得離開這座森林嗎？」

「不過是星族派我們去見午夜的。」棘爪辯解道：「午夜說的應該是真的。」

鼠掌心裡想其實他也和她一樣只是在努力說服自己。

「我們只能祈求今晚在四喬木能出現那個預言。」她說道，「如果星族真的有話要對四大部族說，那也由不得我們來決定。」她一想到午夜口中所謂的「垂死戰士」，便覺得不寒而慄。要是這個預言真能告訴他們下一步該怎麼走，他們或許就能拯救所有部族。

⚡⚡⚡

這趟四喬木之行走得格外地久，不是因為他們的腳程慢，而是因為他們必須繞過被兩腳獸毀掉的地區，還得壓低身子，穿過一條又一條泥濘的路面以及橫亙在路上的殘枝斷木；又過了一會兒，鼠掌突然停下腳步，瞪視著眼前一塊又一塊已被蹂躪劫掠，寸草不生的黃土大地。

「怎麼還有貓會認為這種地方是我們的家呢？」她低聲說道。

棘爪搖搖頭，繼續跟著火星緩步走向可通向四喬木的斜坡頂。

有那麼一瞬間，鼠掌還以為自己又回到以前參加的大集會現場，她閉上眼睛，彷彿聽見崖底貓兒們的喃喃低語聲，當時四大部族每逢月圓，便會盡棄前嫌地在此共商大計；但現在不是月圓時分，也不是大集會。她突地張開眼睛，注視著崖頂，等到漸漸適應幽暗的光線，她突然驚嚇得說不出話來。雖然煤皮早已告訴他們，這裡的四棵大橡樹已被兩腳獸全數剷平，但她還是無法想像會是這幅景象。她這一生中從沒見過這種慘狀，就是再多給她九條命，也沒辦法想像它的可怕。

曾世代守護巨岩的四棵巨大橡樹，如今憑空消失，連根拔起，粗大的樹幹早已被巨大的爪子俐落地肢解成塊。鼠掌仍可嗅聞到當時樹幹被肢解時，樹汁如鮮血般滲出的那股辛辣氣味。

森林的心臟——也是四大部族的生命根基——如今全被連根拔除。一切都變得不再像以前一樣。

鼠掌實在很納悶，銀毛星群的戰士祖靈們怎麼能眼睜睜地看著這片大地被兩腳獸肆虐蹂躪呢？「網足告訴過我們四喬木已經毀了，只不過我沒想到……」她的聲音愈說愈小，這時回頭看她的火星也流露出同情的神色。

「走吧！」他小聲說道，帶著他們走下斜坡。

當鼠掌跨過那些被肢解成塊的樹木往前走時，毛髮在所難免地被黏稠的樹汁給沾上，而在風中飛揚的木屑粉末刺得她眼睛好痛，也害她喉嚨搔癢不止。她瞇起眼睛，掃視整片空地，神情很詫異。「巨岩不見了！」

棘爪也停下腳步，跟著她的目光四處掃視。「怎麼可能？」他倒抽一口氣，跳上前去，仔細端詳地上的大洞，那裡曾是巨岩屹立之所在。

「我以為它也像樹一樣長著根。」鼠掌一臉茫然地，然後低頭看看那個大洞。「我一直以為它的根會很深，深到根本沒辦法把它挖開。」

「快來這裡！」火星在空地的另一頭向他們喊著。

他和煤皮正站在一塊巨大的灰色岩石旁，地上的爛泥幾乎快淹到他們的腹部。那岩石看起來既笨重又怪異，而且從沒見過這種形狀。過了一會兒，鼠掌突然恍然大悟，原來它是反過來放——但肯定是巨岩沒錯。

棘爪不斷拍打著自己的尾巴。「這是兩腳獸幹的，對不對？」他厲聲說道，「牠們一定是用怪獸來搬動它。」

冷冽的月光下，鼠掌清楚可見巨岩上所留下的怪獸爪痕。這幅畫面簡直比失去森林裡的樹木還要不堪。因為每隻貓都知道樹是活的東西，他們就像貓一樣會變老、會死亡。但巨岩不同，它在貓兒還未在此落地生根之前，便已屹立此處，月升月落，世世代代。

空地裡響起一個刺耳的聲音。「以後不會再有大集會了。」鼠掌認出那是黑星的聲音。有黑影在周遭的木柴堆上迅速移動，雖然空氣裡充斥著樹汁的辛辣氣味，但鼠掌知道已經有其他貓們來了。她想起鼠毛之前曾警告過他們，小心別被埋伏，於是她就著昏暗的光線仔細觀察，然後鬆了一口氣，因為她看見褐皮、鴉掌和暴毛也在其中。

「褐皮！」棘爪跑過去和他姊姊打招呼。鼠掌聽見火星的喉間發出不滿的低吼聲。她沮喪地用爪子戳著地面，為什麼他到現在還在懷疑他們的忠誠度，他不是已經知道他們只是一起合作，想化解部族的危機嗎？

每隻貓都帶來了自己的族長和巫醫。不過鼠掌還是嚇了一跳，因為她看見另外兩隻貓——河族的老巫醫泥毛竟然也把他的見習生蛾翅以及蛾翅的哥哥鷹霜都帶來了。鼠掌以前聽葉掌提過這對兄妹，所以一下子就認出來。暗棕色的公貓根本沒看巨岩一眼，只把目光牢牢盯住其他貓，月光下，那雙淡藍色的眼睛冰冷得不帶一絲情感。

「怎麼會這樣？」泥毛嘶聲說道，兩眼瞪著巨岩，身上毛髮根根倒豎，尾巴有如瀕死的鼠輩不斷抖動，蛾翅趕緊用舌頭舔舔他的肩膀，試圖安慰他，但他還是止不住地發抖；煤皮一拐一拐地穿過木柴堆，向他走去，那隻帶著舊傷的後腿幾乎沒碰到地面，她用身體不斷摩搓著泥毛。

鼠掌也跟在她父親後面，走上前去，加入巨岩底下的貓兒行列。她看看鴉掌、褐皮和暴毛，急著想知道他們的部族有沒有接受建議，但卻只見他們沉默地站在各自族長的身邊。

「我們現在爬上去好不好？」高星抬頭看看高聳陡峭的岩面，這樣提議道，語調也有些顫抖。雖然他有一半身子藏在陰影裡，但這隻毛色黑白相間的風族族長還是無法掩飾他的虛弱。鼠掌實在很懷疑他能否爬得上去。

「我們應該利用這些鑿痕，慢慢攀上去。」豹星說道，她伸長前爪，試圖攀住怪獸在岩面留下的爪痕。

她在泥地上蹬了一下後腿，開始慢慢往上面爬；黑星也跟在後頭，好不容易爬上巨岩頂端，他外表看來雖然強悍，但那一身失去光澤的黑色毛髮，根本掩不住他骨瘦如柴的事實；瘦弱的高星看著他們，身形好像比以前小了許多。

「你先爬。」火星說道。

高星點點頭，先從低矮處的鑿痕開始往上爬，並用爪子緊緊攀住光滑的岩面。火星也隨後跳上去，還幫忙用肩膀撐住上方的風族族長，免得他滑下來。

「我們是不是也該爬上巨岩，去看午夜口中垂死的戰士。」等到族長們都爬上去了，巫醫也都走到另一側時，鼠掌這樣低聲問道。

「其實誰去看都無所謂。」棘爪答道，但卻眼帶憂色。

「她又沒說一定要我們親自去看。」暴毛插嘴，「她只說『站上巨岩』。」

「至少我們現在有機會可以聊聊了。」褐皮低語道，「黑星說他早就準備要離開這座森林。」

鼠掌眨著眼睛。「真的？太棒了！」她真希望他們也像她一樣這麼順利。「可是火星還沒決定。」

褐皮抽抽耳朵。「老實說，我覺得黑星其實早在我還沒帶回午夜訊息之前，就已經決定要離開了。」

「可是妳跟他說了之後，他的反應是什麼？他相信妳嗎？」鼠掌急切地問道。

雜褐色的戰士沒有答腔。

棘爪緊貼著他姊姊。「他們是不是給妳臉色看了？」

褐皮搖搖頭。「他們裝得好像不認識我。」她的眼裡有閃爍不定的淚光。「高罌粟的小貓變得很怕我。」

「我們也都不好過。」鼠掌喵聲說，「好像我們不再是他們一分子似的。」

「我們當然是部族的一分子。」棘爪安慰她。「只是得花點時間來恢復和調適而已。」

但暴毛卻對他的說法嗤之以鼻，「怎麼恢復啊？根本不可能。我已經見識過兩腳獸在風族和雷族領地上的殘暴作為了，可以想見影族領地的情況也好不到哪去。」褐皮也神情肅穆地點點頭。「就算牠們現在還沒進入河族領地，但事情也開始有了變化。」暴毛繼續說道，並急速揮動著自己的尾巴。「霧足失蹤了，鷹霜現在成了副族長。」

「霧足失蹤了？」鼠掌驚叫道。

「她是被兩腳獸抓走的嗎？」棘爪問道。

暴毛一臉狐疑。「兩腳獸為什麼要抓她？」

「牠們把葉掌給抓走了！」鼠掌告訴他。「栗尾當時也在現場，所以把整個經過告訴我們，還好她沒被抓到。」

「金雀尾也失蹤了。」鴉掌喵聲說，目光來回掃視著他們。

「影族這邊倒是沒有這種事情發生，但我想那是早晚的事。」褐皮喵聲說：「不過兩腳獸入侵了我們大半的地盤，害我們一直在挨餓，那裡幾乎沒有獵物，但禿葉季才正要開始。」

棘爪小心翼翼地在泥地上坐下來。「不管是因為午夜的預警，還是因為挨餓的問題，部族不得不走出森林，我都認為我們不可能繼續待在這裡。」

「可是兩腳獸還沒侵犯到河族領地。」暴毛提醒道，「而鷹霜也認為牠們不可能入侵過來。他還罵我是叛徒，說我只關心其他部族，當初根本不該和你們一起遠行。」他琥珀色的眼睛顯出悲傷的神情。「他說要是當初我把羽尾攔下來，別讓她去管別族的事情，羽尾今天也不會死。」

「害死她的不是那場旅程，而是我們待在那個部落太久了。」鴉掌厲聲說道。

暴毛縮了一下身子，垂首看著自己的爪子。

「我們是為了幫助他們啊！」鼠掌滿臉疑惑地看著鴉掌。以前旅程剛開始時，她總覺得鴉掌是個自大、急躁的傢伙，但隨著旅途的展開，他也變得愈來愈好相處，等到整個旅途快結束時，她已經把他當成自己最好的朋友之一；但現在他又像以前一樣滿身是刺，難道他們一起經過的歷程，以及帶回來的重要訊息，對他來說都毫無意義嗎？

「鴉掌？」棘爪喵聲說：「你告訴風族時，他們有什麼反應？」

「他們百分之百相信午夜說的話。」他低聲說道，「那是我們存活下去的最後希望了。」他的聲音呆板，沒有起伏，像一顆冰冷的石頭。「我還以為部族的境遇應該和我剛離開時沒多大差別，沒想到完全不是那麼回事。如今在高地荒原上，什麼食物也沒有——如果能抓到一隻鳥，就數萬幸了，有時候只能抓到一隻老鼠供全部族貓分食。以前風族的小貓從來沒有挨餓過。」

「所以高星也打算離開？」

鴉掌抬眼迎向棘爪的目光。「對啊！他希望族貓們盡快出發，離開這裡，但他只怕……」鴉掌欲言又止，吞吞口水。「他只怕在找到新家前，我們就撐不下去了。」

「哦，鴉掌！」鼠掌哭喊，她馬上就原諒了他剛剛對暴毛的無理態度。「我很抱歉。」

「我們不需要妳的同情。」風族見習生咆哮道，「我會盡我所能地幫助我的部族度過難關，繼續活下去。」他目光冰冷地瞪著她。

鼠掌突然怒火上升。「你在胡說八道什麼？為什麼要表現得好像只有你能救你的部族似的?!難道你忘了我們是共同體嗎？還是你早就忘了我們一路上一起出生入死的經驗？」

「鼠掌！」棘爪用尾巴止住她的嘴。「現在不是吵架的時候。」

鼠掌雖然氣憤難平，但也不再出聲。鴉掌則別過頭去，爪子一張一縮地劃著冰冷的地面。褐皮抬頭看看岩頂，卻看不見族長們的蹤影，應該是藏身在岩頂邊緣的後方。「如果能知道往哪個方向走，事情就好辦多了。」她喵聲說：「你們認為那個預言會出現嗎？」

「就怕太遲了。」暴毛低聲說道：「我們在山區耽擱了很久。」他看看鴉掌。「相信我，我也希望當時沒被耽擱那麼久。」

「那時候是我們大夥兒都同意要留下來的。」棘爪提醒他。

鴉掌瞪著自己的爪子，沒有答腔。

上方突然響起怒斥的聲音，火星的嗓門在山谷裡迴盪。「我們應該再多等一會兒。」

「為什麼要再等下去？根本毫無意義！」黑星咆哮道，他那骨瘦如柴的身影突然出現在岩頂邊緣，身後襯著滿天星空。「我們根本不該浪費時間來這裡，今天晚上不會有預言實現的。這座森林正在毀滅當中，這一點根本不需要預言，我們也知道啊！」

鼠掌和其他貓往後退開，好讓影族族長跳下岩石，落在泥地上。豹星也隨後跳了下來。

「月亮根本還沒完全升起啊！」火星急忙說道，從岩頂往下探看。

豹星抬頭看他。「就算星族會顯靈指示，要求貓兒離開森林，那也不關河族的事。」她喵聲說。

鼠掌雖然很氣豹星的自私，但也能理解為什麼她不像其他族長一樣焦慮不安。因為她的毛色非常光滑，這表示她和她的族貓們吃得很好，也睡得很好，根本不必擔心怪獸殺進他們的家園。

「飢餓很快就會讓她改變主意的。」鴉掌不屑地說。

「難道你們不想知道星族接下來要我們做什麼嗎？」火星反駁道。

「這裡太冷了，我待不下去了。」黑星喵聲說：「我的毛髮比以前少了許多——這可不是靠星族的預言，而是因為那幫可惡的兩腳獸偷了我們的獵物，才害我變成這樣。」

「你們別走啊！」火星看到影族族長爬過木柴堆，準備離去，不禁放聲大喊。

「今夜不會有預言實現了。」黑星轉頭朝後喊道，「你們看看這地方，全都被毀了。」

「星族並沒有拋棄我們！」火星連忙從岩石上跳下來，再費力地攀上木柴堆，及時趕上影族族長。

黑星毛髮倒豎，正面迎向來者。「我沒有說星族拋棄我們！只不過我的部族寧願相信自己族長的判斷力，也不要跟著一群沒有經驗的戰士和一隻只會說廢話的獾隨便起舞。」

「可是星族會告訴我們方向啊！」高星滑過巨岩邊緣，半爬半滾地從岩石上下來。鴉掌跳上前去，伸出前爪幫忙他落地。高星笨重地跳下地面，四隻腳好不容易穩住，卻也震得鴉掌搖搖晃晃。「祂們知道我們的新家園在哪個方向，相信那裡一定可以遠離危險。」他堅持道。

「我們可以自己找到新家。」黑星的聲音有明顯的冷顫抖音。

「你已經想到該去的地方了，是不是？」坐在泥毛身邊的煤皮，抬頭說道。

「我們會去住在以前血族統治的兩腳獸領地裡。」他大聲說道：「他們之前有個戰士到現在還是我族裡的長老，他會指點我們去哪裡找食物和藏身所。現在鞭子死了，我們一定會成為那裡最強大的部族。」

「你不能這麼做！」火星抗議道：「你這麼做，森林就只剩下三個部族了。」

「這裡的森林很快就要沒了。」黑星直言道：「只會剩下一堆死貓而已。我看不出來這場戰役有聯手出擊的必要；又不是要對抗某個敵人，只要找到足夠的獵物來餵飽族貓們的嘴而已。對不起嘍，這次我們要單獨行動。」

他轉身準備離去，但火星硬是堵住他的去向。黑星縮起下顎，露出尖牙。

「我們不能讓他們打起來。」鼠掌催促棘爪。

「我知道。」他同意道，隨即縱身跳過木柴堆，站在火星旁邊。「火星，你必須說服影族和我們一起走，這是星族的意旨。要是真的沒有像午夜所說的預言出現，那我想我們應該回到太陽沉沒的地方去直接問她，究竟該走哪個方向。」

「就因為你認為是星族派你們去那裡的，你就要所有的貓都去那個鬼地方？」豹星咆哮道：「請問一下是從什麼時候起，這四大部族的事情就全由你們來發落了？」她的目光掃過鼠掌、褐皮和暴毛。「老實說，我們憑什麼要相信你們任何一個？你們這幾隻貓都和雷族多少有勾結！」

褐皮的爪子出鞘。「妳是質疑我對部族不忠？」

「我的妹妹是為了取得這個訊息才命喪九泉的。」暴毛嘶聲說道。

鼠掌不禁納悶，星族現在會不會正看著他們，然後覺得這些部族這麼愛吵架，根本不值得被拯救。

「不要吵了！」一個虛弱的聲音響起，高星步伐有些不穩，但還是慢慢走了過來。「如果我們繼續吵下去，預言永遠不會出現。」

「我要跟你們講多少次，你們才聽得懂？我們不需要預言指示。」黑星咆哮道：「影族已經準備好要離開這座森林，我們自己知道要去哪裡。」

火星不想再和他爭辯，反而回過頭對豹星說：「妳打算怎麼做？」

「河族不會因為幾個愛做白日夢的戰士說了幾句話，就輕易離開這塊土地。」豹星答道：「河裡還有很多魚，如果現在離開，豈不是太笨了嗎？其他部族的事情根本輪不到我們來操心。」

「但如果我們的問題不是妳的問題，為什麼星族要派羽尾和其他貓一起去呢？」煤皮輕聲質疑道。

「那就只有羽尾才知道答案了，不過她現在已經死了。」豹星反駁道。

鷹霜這時也爬上來站在他族長的旁邊。「如果你們在森林裡活不下去，我也同意你們應該馬上離開。」他喵聲說，目光輕掃過所有的貓，最後落在高星身上。「畢竟讓自己的族貓挨餓，這種族長未免也太說不過去了吧。」

鼠掌非常驚訝他竟然敢大聲數落其他族長，畢竟他的年紀也沒比她大多少。

棘爪瞪著鷹霜。「你希望我們趕快走，才好趁機接收我們的領地！」

「如果你們走了，那塊領地對你們來說也沒用了。」

棘爪氣得毛髮倒豎。「如果你是在部族裡出生，想必你的想法就會大大不同。」

「棘爪，放尊重點。」火星厲聲說道，「不要拿鷹霜的出身來作文章。」

棘爪張開嘴巴正想反駁，卻又突然想到什麼似地低下頭去，看著自己的腳爪，不再發言。鼠尾彷彿見到鷹霜的鬍鬚很得意地抽動了一下，她突然很氣棘爪怎麼一下子就放軟姿態了？竟讓這傢伙這麼得意！

「這樣吵下去一點幫助也沒有。」高星很焦急。

「四個部族一定要團結一心。」火星堅持道：「自遠古以來，四大部族就共同住在銀毛星群的天空下，我們擁有共同的祖靈，如果我們從此分道揚鑣，星族要如何守護我們呢？」但黑星已經從樹幹上跳下去，示意影族的巫醫小雲過來和他一起走。

褐皮不安地看看她的朋友。「我得走了。」她低聲向鼠掌說道。

「那預言怎麼辦？」鼠掌提醒她，身子有些發抖，但不是因為寒意上身。那個理當救他們脫離苦難的預言指示究竟在哪裡？

影族戰士的目光出現質疑與不解。「我很抱歉，但我不能再等了。」她匆匆忙忙跟著黑星和小雲走了。整座山谷少了三隻影族的貓兒，這下顯得更空曠淒涼。

「祝你好運嘍，火星。」豹星喵聲說，隨後朝蛾翅的方向看著正坐在她旁邊的泥毛。「他還走得動嗎？」

「當然可以。」泥毛不服氣地說道，然後費力地站起身。「我剛剛不就自己走到這裡了嗎？」

「那我們走吧。」豹星命令著，隨即轉身，帶領空地上的同族貓們回族裡去。

暴毛經過鼠掌身邊時，還刻意用自己的身子輕刷過她的毛髮。「我會盡快和妳還有棘爪聯絡。」他低聲說道。

「預言沒有成真，我們該怎麼辦？」鼠掌不安地說道。

暴毛的目光閃過一絲絕望的神情。「我也不知道。」他回頭看看那尊從古老位置上拖行過來的巨岩。「也許星族在這裡也已經使不上力了。」

鼠掌驚恐地瞪著他看，**難道這是真的？**

火星看著河族貓離開。「我竟然說服不了他們。」他嘆口氣說道。

「那就我們兩族離開好了。」高星氣喘吁吁的，他坐下來調整自己的呼吸。「火星，」他用低沉沙啞的嗓音說道，「我得在下次月圓時分之前，幫我的族貓們找到新的家園，我們現在一直在挨餓。」鼠掌聽得心都糾成一團，但他則繼續說道，「可是我們的體力太弱了，沒有辦法獨自旅行。火星，請和我們一起走吧，風族當初被碎星驅逐在外，也是你把風族帶回森林的，所以請像以前一樣幫助我們吧。」

火星不忍地抽動自己的耳朵。「沒有另外兩個部族同行，我們不能離開。森林裡一向是四大部族並存，不管我們最後要去哪裡，都應該是四個部族同進退。不然我們又怎麼確定第五部族會與我們同在呢？」

第五部族？鼠掌不禁納悶她父親這句話是什麼意思？她看著棘爪，發現他也和她一樣一頭霧水。

「星族永遠與我們同在。」高星說道，鼠掌這才明白，星族就是第五部族。

她看見風族族長疲憊的眼神閃過一抹慍色。「火星，你太固執了。」他出言警告。「我看得出來雷族和風族一樣處於飢餓邊緣。如果你堅持繼續待在森林裡，等另外兩族回心轉意，你的族貓們一定會餓死的。」

火星別過頭去。「對不起，高星。」他喵聲說：「我很想幫你，但我的直覺告訴我，雷族必須等到其他部族願意同行，才能離開。我們必須繼續說服他們。」

高星拍打著自己的尾巴。「那好，」他嘶聲說道：「沒有你們，我們也可以自己走，所以就等著瞧吧。我不會怪你害我們挨餓，我只是對你不肯挺身幫助我們，感到失望。」他緩步離開，吠臉緊跟在旁，隨時準備攙扶風族族長，因為他連要走到空地邊緣都顯得力不從心，更何況還得原路走回高原荒地。

鼠掌轉身向著棘爪。「為什麼預言沒有成真呢？」她抗議道。

棘爪看著她。「妳會不會覺得可能是午夜錯了？」他瞪大眼睛，月影映照在他眼底。「她真的有把我們眼前看不見的事情告訴我們嗎？」他用尾巴指指這片慘遭劫掠蹂躪的空地，還有周遭的木柴堆。「兩腳獸正在摧毀這座森林，這是所有貓都知道的事情。也許黑星說的對，部族得靠自己自救，別再妄想等什麼預言指示。」

鼠掌努力壓下恐懼的心理。「你不會是當真的吧！我們一定得相信午夜說的話。」她力辯道，「星族派我們去找她，就表示星族要我們拯救這些部族。」

「但如果我們無能為力呢？」棘爪低聲說道。

鼠掌失望地看著他，她的腦海裡突然充斥著樹木傾倒、怪獸隆隆作響，還有鮮血從陽光岩流瀉入河的畫面。「我們不可以讓那趟旅程和羽尾的犧牲變得一點意義也沒有。我們一定要拯救所有部族！」

第七章

蜷伏在潑掌身邊的鼠掌，盡可能不去想以前的見習生洞穴，那時的洞穴很溫暖，還鋪滿柔軟的青苔，然而不管怎麼說，眼前這個可供他們休憩的小山溝，至少還能幫他們擋掉夜裡涼颼的寒風；先前的長途旅行中，她一向睡在棘爪身邊，如今反倒不太習慣沒和他睡在一起，不過潑掌似乎很高興她又能回來睡在他旁邊。鼠掌的四條腿好累好痠，她閉上眼睛，舒服地將鼻子埋進尾巴裡。一開始，四喬木會議的破局畫面不斷出現在她腦海裡，最後這些紛亂的思維漸漸變成虛幻不實的夢境，將她帶入夢裡。

她獨自走在林子裡，空氣中有獵物的味道。一陣冷風襲過森林，鼠掌抬起鼻子，嗅聞空氣的氣味。落葉堆裡有隻肥大的老鼠正在擤鼻涕蟲，這可是她回森林以來所見過的最肥美獵物，她飢腸轆轆地用舌頭舔了一下嘴唇，心想棘爪一定會很高興和她一起分食這塊肉。

鼠掌蹲伏下來，悄悄地朝著這隻毫無警覺的小動物匍匐過去。那小傢伙的頭有一半埋在橡樹的落葉堆裡，根本沒察覺到她。看來一定很好抓！這時身後突然傳來急促的腳步聲，受到驚嚇的老鼠一溜煙地衝出落葉堆，鑽進樹根底下。鼠掌轉過身，氣得毛髮根根倒豎。

一隻雜褐色的貓站在她身後，琥珀色的眼睛充滿溫柔。「嗨，鼠掌，」她喵聲說，「我有話要告訴妳。」

「妳把我今天可能抓到的最好獵物給趕跑了！」鼠掌怒氣沖沖地說道。雖然對方身上帶有雷族的味道，但她從來沒見過這隻貓。於是鼠掌停止抱怨，偏過頭問，「妳到底是誰？」

「我是斑葉。」

鼠掌瞇起眼睛。她聽說過斑葉的故事，但這隻雷族的巫醫很久以前就死了。為什麼她會來找她？

她走上前去，想輕觸對方鼻頭，向她問好，但一走近，那影像就消失了。

鼠掌滿頭霧水地看著林子，豎起耳朵，傾聽可能的動靜，但什麼也沒聽見，只好回過頭繼續狩獵。空氣中瀰漫著誘人的獵物味道，也許斑葉只是來和她打聲招呼，沒別的意思。

鼠掌往林子深處一路搜索，沿著通往蛇岩的小徑而行。可是當她匍匐穿過矮樹叢時，森林的面貌似乎變得不一樣了，周遭的樹木開始變得很陌生。照理說，她應該走到蛇岩了，難道是她走錯路？鼠掌趕緊加快腳步，愈走愈快，愈走愈快……最後開始在這片她從未見過的林子裡奔跑起來。

她的腦袋裡有個微弱的聲音告訴自己，這不過是場夢，她並沒有真的迷路。她眨眨眼，試圖讓自己醒過來，可是當她睜開眼時，卻發現自己仍被困在陌生的林子裡，她的恐懼愈來愈深，心跳像正啄著樹皮的啄木鳥一樣發出劇烈的撞擊聲。她繼續向前跑，希望能找到什麼熟悉的地標，但林子愈來愈暗，愈來愈安靜，彷彿周遭樹木也在監視著她。這片林子裡好像沒有其他的生物——沒有獵物的聲音，沒有雷族也沒有其他部族的味道。

「斑葉！」她大喊道：「快救救我！」

沒有回答。

這裡的樹木更顯濃密，眾多樹幹的陰影似乎將她完全吞沒，她幾乎看不清楚自己的步伐。

「別害怕！」

一個輕柔的聲音迴盪在四面八方，鼠掌旋即轉過身，想找到聲音的出處。她隱約聞到淡淡的雷族氣味，突然她瞧見斑葉的淺淡身影出現在樹叢之間，全身發光，有如天邊遙遠的明月。

「我迷路了，斑葉！」她喊道。

「妳沒有迷路。」斑葉輕聲向她保證。「跟我來。」

鼠掌鬆口氣，氣喘吁吁地在樹幹之間迂迴前進，可是每當她一靠近斑葉的身影，那影子似乎就飄得更遠，林子裡漸漸有光，但此時的夜空並無月亮的蹤跡。

「跟我來。」斑葉低聲說道，隨即轉過身，毫不猶豫地朝林子深處跑去，彷彿腳下有一條看不見的小徑。鼠掌匆匆跟上前去。

斑葉有如風一樣向前飛奔，鼠掌只覺得自己愈跑愈快，最後竟像鳥兒似地在林間飛撲俯衝，她的心情頓時飛揚高漲，幾乎沒注意到周遭林子又變回熟悉的模樣。這時她看見那棵大梧桐樹，高聳的樹頂有如直抵天庭。這裡是由黃色的圓形石塊堆疊而成的蛇岩，常有蛇群喜歡趁綠葉季時來這裡曬太陽，但到了天冷的時候，卻成了貓兒們的獵物。斑葉一路跳上岩頂，再從另一端跳下來，繼續穿過重重的林子。鼠掌也跟著祂快速跨過蛇岩。

她們一直跑一直跑，直到鼠掌驟然聞到轟雷路的味道。這時斑葉突然無預警地停住腳步。鼠掌也連忙煞住，差點撞上前面的斑葉；鼠掌定下神，順著斑葉的目光往前望過去，只見前方的樹木全被剷平，原本青翠的大地被翻攪成泥濘污穢的黃泥巴地，這幅狼狽不堪的景象一路延伸到轟雷路的邊緣，而空地邊緣有一排木製的兩腳獸巢穴，怪獸們都安靜地蹲伏在附近。

「走這邊。」斑葉喵聲說。祂領著鼠掌穿過黏滑又滿布輪痕的黃土地，往巢穴那頭走去。

「好安靜哦！」鼠掌輕聲說道。奇怪的是，這個地方雖然靜得有些弔詭，但她的心情卻很平靜。她一無所懼地跟著斑葉穿過開闊的空地。

斑葉停在其中一棟木製巢穴旁。鼠掌很驚訝地抬頭張望這棟巢穴。「這是什麼地方？」她喵聲問道：「祢為什麼要帶我來這裡？」

斑葉急急抽動自己那條黃褐相間的尾巴。「妳從洞口望進去，」祂催促道：「仔細看看那些籠子。」

籠子？這個字眼聽起來好陌生。這時鼠掌注意到巢穴牆上有一個小洞，大概離地面一個狐狸身長。於是她伸出前爪，伸長身子，腹部緊貼粗糙的木質牆面，直接往洞裡看。

裡面有好多洞窟，都是用狀似冰冷的閃亮網狀物製成，它們沿著牆面整齊地排放。那些洞窟應該就是所謂的「籠子」吧！有貓！當貓兒的氣味灌進她的鼻腔時，鼠掌的心開始怦怦跳個不停——有河族、風族、無賴貓。她大氣不敢喘地仔細瞧著洞內的一切，突然她聞到溫熱的雷族味道。就在那一剎那間，她看見她妹妹蜷伏在靠近巢穴天花板的一只籠子裡。

「葉掌！」她緊張地大叫，爪子不斷刨抓，死命撐起後腿，想把自己塞進那個洞裡，好爬進去。

「妳進不去的，鼠掌。」斑葉也撐起後腿，伸直身子，站在鼠掌旁邊。「這只是一場夢。」祂低聲說道：「只不過當妳夢醒時，葉掌仍被關在這裡。」

「我可不可以救她出來？」

「希望妳做得到。」斑葉輕聲答。

「可是要怎麼救呢？」鼠掌跳回地上，大聲說道。

「看在星族的份上，妳不要再動來動去了，好不好？」潑掌嘟囔著。

鼠掌的眼睛陡地睜開，原來自己仍躺在陽光岩的窄小溝縫裡。這個溝縫很暗，只能讓她隱約看見身旁貓兒熟睡的身影。她坐起身子，往溝渠邊緣望出去。外頭平滑的岩面已然結霜，再往外看，夜空下淨是嶙峋幽黑的樹木身影。

「妳怎麼啦？」潑掌睡眼朦朧地問道。

「我知道葉掌在哪裡了！」鼠掌低語道：「我得去救她！」

「斑葉託夢給我！」

潑掌瞬間睜大眼睛。「妳怎麼知道的？」

「妳確定？」

「當然確定。」鼠掌生氣地說道。

潑掌的耳朵抽動了一下。「妳不可以不告訴我們妳要去哪裡，就直接搞失蹤哦。」他帶著警告的語氣，但沒有加上「再次」這兩個字，但鼠掌猜得出來他的意思大概是這樣。

「我去叫醒火星。」她喵聲說：「我知道葉掌在哪裡。他可以派一支搜索隊去救她。」

「別在大半夜的時候去啦！」潑掌直言道：「現在太冷了，更何況那只是一個夢。」

「那不是夢。」鼠掌堅稱道。

「但妳又不是巫醫。」潑掌辯解著，「沒有貓兒會因為妳做了一個夢，就願意在大半夜的時候去進行搜救。」他琥珀色的眼睛很溫柔。「等早上的時候，妳再跟他們說，他們可能會聽進去。現在快躺下來睡覺吧。」

鼠掌嘆了一口氣，但她知道他說得沒錯，只好再躺了下來，但眼前似乎淨是裝滿籠子的木製巢穴。

潑掌躺在她旁邊，像是為了安慰她一樣把自己的尾巴擱在她身上。「我們早上再去找她。」他承諾道，然後閉上眼睛。

潑掌慢慢進入夢鄉，呼吸漸勻，但鼠掌卻怎麼也睡不著。她的目光越過溝洞邊緣，望向帶狀的銀毛星群。星族的貓兒託夢告訴她葉掌的去向！她知道她父親剛來森林時，斑葉和他感情很好。難道是祂想幫火星找到女兒，因為祂到現在還深愛著他？

鼠掌睜開眼睛，趕緊坐直身子。明亮的陽光瀉進岩溝，但空氣依舊冷冽，甚至比晚上還冷，原來是因為其他見習生都走了。她趕緊伸直身子，爬出溝穴。昨晚的夢境仍栩栩如生，她一定要告訴她父親，叫他組成一支搜救隊。

潑掌正在洞窟前方的岩坡上梳洗自己。

「火星呢？」鼠掌問道。

「他和灰紋出去狩獵了。」潑掌答道，並用腳爪摩搓自己的臉。

她沮喪地抽動著尾巴。「你為什麼不叫我起來？」

「妳忘了？妳昨天根本沒睡好。」潑掌喵聲說：「我以為妳想多睡點，等一下再和我一起出去狩獵，火星已經答應了。」

「你沒告訴他我被託夢的事嗎？」鼠掌豎起耳朵。「他說什麼？他什麼時候要派搜救隊去？」

「我……我沒提那件事欸！」潑掌有些結結巴巴。「我以為妳忘了。它終究只是場夢啊！」

鼠掌怒目瞪著潑掌。「那是來自星族的預言欸！」

「我真的很抱歉。」他坐立不安地看著地面。

鼠掌設法讓自己的毛髮平順下來。「不，該說抱歉的是我。」她嘆口氣說道：「我睡過頭又不是你的錯。」

「沒關係啦！」潑掌聳聳肩。「妳真的在夢裡見到葉掌了？」

鼠掌點點頭。「還有其他從森林裡失蹤的貓，至少我有聞到風族和河族的味道。」

「哇，好不可思議哦！」他的目光越過鼠掌，鬍鬚不停抽動。「看來今天的狩獵成績不錯。至少會讓火星的心情很好。」

鼠掌轉過頭去，正好瞧見棘爪嘴裡叼著一隻田鼠，緩步登上斜坡。他把它拿給正坐在陽光下看小貓玩耍的蕨雲。她只眨眨綠色眼睛，表示謝意，彷彿自己再也沒有其他的多餘力氣。鼠掌突然很不安，因為她發現到蕨雲的小貓咪都好瘦小，根本還不到離開育兒室的年齡，更別提要一路走到太陽沉沒的地方了；以前到了禿葉季，小貓咪通常都已經長得很健壯，足以應付得了最嚴寒的季節。要是鼠掌和棘爪真的成功說服族貓們離開森林，那麼會有多少貓兒可能撐不過去，根本見不到自己的新家？

她搖搖頭。如果沒救葉掌出來，她哪兒也不想去。

「棘爪！」她跳下斜坡，往他那頭跑去。「我知道葉掌在哪裡了！星族託夢給我了！兩腳獸把她困在一個小小的巢穴裡，蛇岩再過去一點就到了。我們可以去救她！」

棘爪豎直耳朵。「真的嗎？」他目光快速掃過陽光岩。「妳告訴火星了嗎？他有組織一支搜救隊嗎？」

鼠掌搖搖頭。「他出去狩獵了，可是如果你肯跟我去，我們可以一起救她。」

棘爪眯起眼睛。「妳瘋了嗎？去兩腳獸的巢穴裡救？光靠我們兩個，根本辦不到。」

鼠掌很沮喪地戳著爪子。「可是星族要我們現在去救她！」她反駁道，「不然為什麼斑葉以前不託夢？一定是因為葉掌現在的處境更危險了。」

「等火星回來再說，他會知道該怎麼做。」

鼠掌一副不可置信的模樣。「你是說你不幫我？」

「我是說我不會讓妳自己去做這麼危險的事！」棘爪厲聲說道。

鼠掌氣得真想伸出爪子扒他的耳朵。「你害怕對不對？」

棘爪毛髮倒豎。「要是我們為了救葉掌，連自己都被抓進去，那怎麼辦？」他不客氣地指出。「到時有誰知道山區要怎麼走？誰帶雷族去找新家？」

「以前旅行的時候，你不是這樣的！當時你還會說要回頭去救暴毛。」

他的眼裡閃過沮喪的神色。「是啊！所以妳看羽尾的下場是什麼？」

「可是這是我妹妹欸！」鼠掌用力拍打著自己的尾巴。「你怎麼搞不懂呢？」

棘爪瞇起眼睛。「我只是希望妳能等火星回來再說……」

「可是你現在不肯幫我啊！」鼠掌的聲音有明顯失望的語調。

棘爪的目光頓時柔軟了起來。「我們等火星回來再談這件事好不好？他會派出一支搜救隊的。我們需要更多戰士的支援……」

鼠掌不想再聽下去。「我還以為只有你不會讓我失望。」她啐道，然後昂首闊步地走進林子。

她一走進矮樹叢，便聽見匆忙的腳步聲，於是停下自己的腳步，回頭張望。她原本以為是棘爪跑過來告訴她，說他改變主意了，沒想到是栗尾。

「我聽見你們剛剛的談話了。」她氣喘吁吁地說道：「如果星族已經告訴我們葉掌在哪裡，那麼祂們一定是要我們盡快去救她。」

「我也是這麼想。」鼠掌大聲說道：「可是棘爪不肯幫我。」

「我幫妳。」栗尾面有愁容地說，「當時我沒辦法阻止兩腳獸帶走葉掌，但我現在一定要把她救出來。」

「真的？」鼠掌盡量壓下自己些許嫉妒的心理——畢竟她不在家時，葉掌有什麼理由不能去交其他的朋友呢？

「當然是真的。」

「那好！」她大聲說道：「我們走吧！」

她匆匆走進林子裡，希望趕在其他資深戰士還沒想到要找她去狩獵前，甚或因為聽見她們的談話而跑去告訴火星前，趕緊離開。她聽見栗尾跟在身後的聲音。這兩隻貓兒一路跑過深谷，根本無暇去看下方被棄置的營地。她們直接往大梧桐樹的方向跑去。怪獸們仍在那裡，繼續吞蝕摧殘更多樹木。她們一不小心，就有可能失足跌落到深谷巨岩上，頓時粉身碎骨，鼠掌一想到此，不禁嚇出一把冷汗。

「把身子放低點。」怪獸的怒吼聲愈來愈大，她趕緊提出警告，還好栗尾也已跟著她的腳步，迅速躲進奄奄一息的蕨葉叢裡。

「感謝老天，這裡至少還有樹可以讓我們躲。」她噓聲說道。

她們開始攀爬蛇岩。鼠掌決定照著斑葉在夢中指示的路線而行，但心中卻暗自希望這裡的微弱陽光不會引出那些想曬太陽的蛇。等到她們安全爬了過去，才又回頭朝通往轟雷路的林子前進。

鼠掌還沒聽見前方怪獸的隆隆聲響，就已先被牠們的刺鼻惡臭給薰得快受不了。等到她抵達空曠的泥地邊緣時，都幾乎快無法呼吸，她的爪子也開始不住地顫抖，全身上下盡被恐懼的念頭給緊緊箝住。

栗尾在她身邊停下腳步，從茂密的刺藤叢往外探看。「我們現在該怎麼做？」

「我也不太知道。」鼠掌承認道。空地上到處都是扯著喉嚨互相叫嚷的兩腳獸和來來回回翻攪地面的怪獸。眼前景象和她夢境完全不同，但即便如此，她仍然深信自己沒找錯地方。這裡不像斑葉當初帶她來時那般死寂安靜，反而充斥著各種噪音與活動，但她仍堅定地站在原處。星族明知這裡很危險，但還是指點她來這裡，可見祂們對她有信心。

「葉掌就在那裡。」她用尾巴指著斑葉曾帶她去過的木製巢穴。一頭怪獸正蹲伏在巢穴門口，兀自發出輕微的咕噥聲響。牠的體型比吃樹的怪獸要小多了，圓圓的前爪有一半陷在泥地裡。

「妳看！」鼠掌突然嘶聲說道：「牠們沒把門關上。」

一隻兩腳獸拎著一只籠子從巢穴裡走出來，這幅景象看在鼠掌眼裡，身子頓時涼了一半。籠子裡有一隻髒兮兮的公貓，驚恐的眼睛瞪得老大。兩腳獸把籠子塞進怪獸的肚子裡，然後又進去巢穴，拎出另一只籠子。

鼠掌一看見弓身蹲在籠裡的那團身影，頓時瞪大眼睛。「葉掌！」她想都沒想地立刻衝出樹叢。

葉掌八成也看見她了，因為就在兩腳獸將她的籠子塞進怪獸肚子裡時，她突然放聲大叫：「鼠掌，快離開這裡！」

她的尖叫聲讓兩腳獸也嚇了一跳，隨即馬上轉身瞧見眼前的鼠掌。只見牠得意洋洋地放下葉掌的籠子，向鼠掌跑過去。鼠掌止住腳步，想要折回頭，衝進林子裡，但腳底竟不停打滑。兩腳獸伸出兩隻前爪，邁開長長的後腿，趁鼠掌還在黏滑的泥地裡掙扎時，就要撲上來。**星族，快救救我啊！**

正當她嚇得不知所措時，栗尾突然從樹叢裡嘶吼衝出。她直接衝向兩腳獸，用爪子攻擊牠的腳，直到對方痛苦地放聲大叫。她隨即張嘴咬住鼠掌的頸背，把她往林子的方向拖。氣喘吁吁的鼠掌好不容易站了起來，栗尾於是鬆開牙齒，兩隻貓兒瞬間逃進林子裡。等她們逃到比較安全的刺藤叢時，鼠掌突然止步。

「不要停下來！」栗尾嘶聲喊道：「牠們不會輕易地放過我們。」她用力推著鼠掌，要她再跑遠一點。

鼠掌的毛不斷被旁邊的荊棘扯落，她停下腳步問道，「那葉掌怎麼辦？」

「難道妳要和她一樣被關起來嗎？」栗尾厲聲說道：「快跑！」

驚魂未定的鼠掌根本無法多想，只能乖乖聽命，跟著戰士跑進林子裡。

直到蛇岩處，栗尾這才放緩腳步，不停地喘氣。鼠掌站在她旁邊，嚇到根本說不出話來。

「天啊！這到底是怎麼回事？」灰紋低沉的聲音迴盪在岩間，他正從蕨葉叢裡走了出來，身後跟著刺爪和雨鬚。雷族副族長的眼睛瞪著這兩隻全身發抖的貓兒。「妳們有毛病啊？看起來活像見到虎星的鬼魂一樣。」

「是葉掌！」鼠掌喊道：「我們找到她了，可是兩腳獸正把她放進怪獸的肚子裡，要把她帶走，真的，我沒騙你。」

灰紋瞇起眼睛，張口正想說話，卻突然止住，回頭看看後面的灌木叢。「棘爪？」他喊道：「是你嗎？」

「沒錯，是我！」矮樹叢窸窣作響，棘爪走了出來。「我在找鼠掌。」他看見站在栗尾身後的鼠掌時，不禁瞇起眼睛。「妳們沒事吧！」

「我找到葉掌了！」鼠掌嘶聲說道，「兩腳獸正要帶走她！我們一定得現在去救她，不然就再也找不到她了。」

灰紋看看棘爪，又看看雨鬚和刺爪。雷族戰士們全都抬起下巴，挺起肩膀。

「如果有辦法可以阻止兩腳獸，我們絕不能坐視不管。」雨鬚大聲說道。

「對，我們不能輕言放棄。」刺爪同意道。他們的意思很明顯，這裡是他們的森林，就算他們沒辦法對抗所有的兩腳獸，保衛自己的家園，但至少這場仗他們可以打。

灰紋瞇起眼睛看著鼠掌。「很好，」他喵聲說：「那就帶我們去吧！」

「走這邊。」她氣喘吁吁地說道，隨即返頭跳過蛇岩，栗尾緊跟在後，後面則是灰紋、刺爪、雨鬚和棘爪。鼠掌聽見後面跟上的腳步聲，頓時放心不少。有了五隻雷族戰士相挺，她應該能夠救出妹妹！

等他們來到林子邊緣的刺藤叢時，灰紋出聲要大家止步。「盡量壓低你們的身子。」他指揮道。

還好那頭小型怪獸還待在木製巢穴的門口。兩腳獸正忙著拿出更多籠子，往怪獸的肚子裡塞。「葉掌已經被放進去了。」她低聲說道。

「好，」灰紋低聲說道：「刺爪，你和我一起攻擊那隻兩腳獸，盡量分散牠的注意，栗尾、棘爪和雨鬚則趁機去幫助其他貓兒逃脫。」

「那我呢？」鼠掌問道。

「妳待在這裡幫我們警戒。」灰紋簡單地交代。「要是有更多兩腳獸過來，記得通知我們。」

鼠掌一臉的不可置信。「可是……」她正想開口，但灰紋沒理她。

「大部分的貓兒現在都應該被放進怪獸肚子裡了。」他繼續說道，「棘爪，栗尾，我要你們爬進去，把那些貓兒放了；雨鬚，你負責進到巢穴裡，幫忙放掉其他貓兒。」

鼠掌瞪著灰紋。「我要把我妹妹從怪獸肚子裡救出來。」

灰色的副族長看著她好一會兒，鼠掌被他的眼神盯得差一點都忘了怎麼呼吸。「好，」灰紋終於同意道，「可是如果發現苗頭不對，要立刻回到林子裡，聽到沒？」

鼠掌點點頭。她看了一眼棘爪，只見他一臉擔憂。她實在很想告訴他：**當初我們結伴前往太陽沉沒的地方時，我曾遇過比這還危險的事情！所以別再把我當小貓咪看了！**

「好了！」灰紋喵聲說，轉頭過去看著怪獸。「那兩腳獸正要拎東西出來，我們會趁牠出來時，冷不防地衝上去嚇牠一跳。」

他衝出林子，壓低身子，慢慢跑過泥巴地。棘爪、栗尾、雨鬚和刺爪也從刺藤叢裡鑽出，跟在灰紋後面，跑過那塊慘遭蹂躪翻攪的空地；同樣匍匐著身子，緊跟在後的鼠掌，只覺得自己的腳不斷陷入泥巴裡，連腹上毛髮也無法倖免。

灰紋在離敞開的大門幾個尾巴之距的地方停下腳步，然後說道，「等一下！」其他貓兒立時停在泥地上動也不動。

兩腳獸從木製巢穴裡走了出來，根本沒注意到埋伏在旁的六隻貓兒。

「上！」灰紋一聲令下，隨即撲向那隻兩腳獸。

他伸出利爪撲向兩腳獸的後腿，兩腳獸嚇得當場扔掉籠子，籠子像折斷的樹枝，碰地一聲，籠門被撞開。鼠掌認出裡面的灰色身影，當場嚇得瞪大眼睛，那是霧足！河族的戰士馬上從籠裡跳出，發出憤怒的嘶吼聲，也開始攻擊兩腳獸的另一條腿。刺爪也加入他們的攻擊陣容，他緊緊攀住兩腳獸，像在爬一棵樹一樣。兩腳獸發出痛苦的號叫，兩隻腳都被貓兒緊緊抓住，只能不斷地蹬著腳跳來跳去。

「快過來，鼠掌！」棘爪大聲喚她。他跳進怪獸敞開的肚子裡，栗尾緊跟在後。鼠掌看見雨鬚溜進巢穴裡，只覺得自己的耳朵緊張得充血，但願那巢穴裡頭沒有其他兩腳獸。她深吸一口氣，跟著棘爪和栗尾爬進怪獸裡。

幽暗的空間只見排列成行的籠子，空氣中瀰漫著恐懼的氛圍。有那麼一瞬間，鼠掌的身子突然僵在那裡……天啊！他們怎麼救得了眼前這麼多隻貓？這時她看見葉掌正抵住籠子，朝她這頭張望。

「鼠掌！我在這裡！」她哭喊道。

「我來了！」鼠掌衝上前去，用她的利齒去拉開籠子前面的門扣。「鬆開了！」那個門扣像鴿子翅膀一樣被拉開，她用力地扯，整個籠門突然彈開，鼠掌一下子被震到怪獸肚子的底層。

葉掌跳了出來，快速地和她姊姊互搓鼻子。「真的是妳！」她氣喘吁吁地說道。

「斑葉告訴我妳在這裡！」鼠掌從地上爬起來，大聲說道。

葉掌眨眨眼睛，甩甩身子。「等一下再把詳情告訴我，快點，我們先把這裡的所有貓兒救出來！」她衝到最近一個籠子，開始去扳那個門扣。

鼠掌轉身去弄另一個門扣，她很用力地扳開，扳到最後，連自己的牙都覺得扯斷了，還好門扣弄開了，一隻毛髮凌亂的無賴公貓跳了出來。連句話也沒說，便一溜煙地衝出怪獸肚子，往林子裡跑去。

「不客氣！」鼠掌只好自我調侃地謝過自己，再去開另一個籠子。

在棘爪、栗尾和葉掌的聯手幫忙下，一隻又一隻陌生的貓兒不斷從籠子裡跳出。這裡的籠子大多囚禁著無賴貓，一放出來，立刻一溜煙地不見。這時鼠掌突然驚覺有隻貓兒衝過她身邊，往怪獸的肚子深處跑進去，原來是霧足跑了進來。這隻河族的貓竟往最裡面的籠子衝過去。

「莎夏！」霧足大聲喊道，開始用爪子去拉那個門扣。

「這樣子比較快！」鼠掌一邊說一邊推開她，用牙齒去扳，門扣很快就開了，莎夏跳了出來。

「快離開這裡！」霧足催促道。

莎夏相當猶豫，她回頭看看那些還沒打開的籠子。

「我們會處理的。」霧足承諾道。

莎夏的毛髮倒豎，藍色眼睛滿是驚恐。她全身顫抖得太厲害，就算想幫忙，也沒辦法打開那些籠門，於是她點點頭，跳出怪獸的肚子。

現在只剩下幾個籠子還沒開了。葉掌掃視裡面的籠子，突然對著鼠掌大喊，「雲尾和亮心還在巢穴裡，妳去那裡，幫忙打開籠子，我來救柯蒂。」

「柯蒂是誰？」鼠掌問道。

「等一下再告訴妳！快，妳快去救雲尾和亮心！」

鼠掌跳出怪獸的肚子，衝進木製巢穴。這時她看見另一隻兩腳獸趕來幫忙，心頭不禁涼了一半。刺爪終於被兩腳獸甩掉，重重地跌進泥地裡，但他又立刻跳起來，再度衝上去，加入灰紋的攻擊陣容。

鼠掌才衝進巢穴，便差點被一隻飛奔而出的棕色虎斑無賴貓給迎面撞上。她反應很快地偏過身，才沒被那冒失的公貓給撞到。她掃視巢穴，尋找雲尾和亮心的身影。

雲尾已經從籠子裡出來，正幫忙雨鬚在開亮心籠門上的門扣。「我們弄不開！」雲尾喊道，他的聲音滿是驚恐。

「用牙齒試試看。」鼠掌喊道。

雲尾用力地咬，鼠掌發現他在拉的時候，身子也不住地顫抖，但還是打不開。外頭傳來更多兩腳獸的聲音，灰紋衝進巢穴。

「兩腳獸太多了！」他大喊道：「我們得馬上離開這裡！」他把鼠掌推向門口。「快進林子裡去。」

「可是亮心還困在裡面。」

「我來處理！」灰紋應允道，再次用鼻頭推走鼠掌。「全都給我離開這裡！」

他跳到雨鬚和雲尾那兒，後兩者正努力想扳開亮心的門扣，但他不斷趕他們離開。「快去林子裡！」他厲聲說道，「現在就走！」

雲尾沒有動，身子定在原地，兩眼驚恐地看著亮心的籠子，驚慌失措的亮心也將整張臉貼在籠網上。

「快走！」雨鬚催促他道，一路推著白色戰士走出大門。鼠掌回頭一看，只見灰紋正用自己有力的下顎在扯著那個卡得很緊的門扣。她沒有選擇，只能跟著其他貓兒逃出巢穴。

但她才走了出來，一隻兩腳獸便撲將上來，她迴身躲開，沿著巢穴邊緣直往前衝。現在到處都是兩腳獸，牠們生氣地大聲咆哮。這時她看見雲尾和雨鬚往林子深處竄逃，也趕緊跟了上去，衝進叢生的刺藤裡，雨鬚不曾停下腳步，一路往森林深處奔逃，但雲尾卻停了下來，回頭去看巢穴外頭的狀況；鼠掌蹲在他旁邊，也往空地那頭張望；這時葉掌和一隻她從沒見到的虎斑貓朝他們這兒衝了過來。

「快點！」她尖聲喊道。一隻兩腳獸正邁開巨大的腳掌，跨過泥地，朝她們逼近。鼠掌緊張地看著這一幕，深怕這兩隻貓兒被兩腳獸抓到，這時，她突然看見亮心的白黃相間身影出現在巢穴門口。一定是灰紋幫她打開籠門了！

雷族母貓瞬間往林子裡衝，臉上的疤被濺起的泥漿給蓋掉一半。她刷地一聲從正在追逐葉掌的兩腳獸身邊衝了過去，害那兩腳獸驚聲尖叫，一下子重心不穩地跌坐在溜滑的泥地上。

葉掌和虎斑貓終於平安抵達灌木叢底下，然後匍匐爬進荊棘叢裡。

「真不敢相信妳救了我們！」虎斑貓氣喘吁吁地說道。

鼠掌用鼻頭輕搓葉掌的臉頰，嗅聞她身上熟悉的味道：「對不起，我們差點來晚了。」她低聲說道。

「我還以為我再也見不到妳了！」葉掌氣喘吁吁說道。「棘爪呢？」

鼠掌心頭一驚，趕緊嗅聞空氣裡的味道。她聞到棘爪和栗尾經過這裡所留下的驚惶氣味，然後又瞧見刺藤上有一撮暗褐色的毛髮，是從棘爪的皮上刮下來的，血跡未乾。她鬆了一口氣，因為如果棘爪曾經跑到這裡，那就表示他已經逃出來了。

「他沒事。」她喵聲說：「霧足逃出來了嗎？」

「最後一隻貓逃出來之後，我就看她往林子裡衝了。」葉掌告訴她。

「所以大家都逃出來了！」鼠掌好不容易鬆了口氣。

但正當她這麼說的時候，亮心突地衝進刺藤叢裡，瞪大的眼睛裡滿布驚恐。「灰紋！」她喘著氣說道。

「他在哪裡？」鼠掌問。

雲尾往亮心身上一撲，兩隻貓兒像球一樣纏在一起。「我不該丟下妳的！」他大叫道，不斷舔著她那破碎的臉。

「灰紋呢？」鼠掌再問一次。

「兩腳獸！」亮心好不容易從雲尾懷裡脫身出來，喘吁吁地說道。

鼠掌的心臟像要跳出胸口。「這話什麼意思？」

「有個兩腳獸抓到他了！」

鼠掌從矮樹叢裡往外窺探，只見一隻兩腳獸正關上怪獸的肚子，還朝著其他兩腳獸發出不滿的嘶吼聲，不斷往地上吐口水，其他兩腳獸則瘋狂地到處轉頭，向空地四處張望，然後第一隻兩腳獸就爬進怪獸前面。怪獸突然活了過來，發出隆隆的怒吼聲，泥巴不斷從四隻肥胖的黑色腳爪下飛濺而出，然後開始往前推進。這時鼠掌突然看到她最不想看到的畫面——一張孤寂的臉從怪獸裡頭朝外張望，她自小就熟識那張臉，但隨著怪獸的加速離開，那張臉卻只能絕望地看著愈來愈遠的鬱鬱森林。

「灰紋！」鼠掌厲聲大叫。

第八章

葉掌看著怪獸絕塵而去，張嘴放聲大叫，但得不到任何回應。她覺得整座林子在她四周不斷旋轉，她眨眨眼睛，努力不讓自己倒下去，再也爬不起來。

兩腳獸開始朝林子這頭跑來，牠們邊跑邊叫囂，不斷揮舞前爪。

現在的處境還是很危險。

棘爪從身後的矮樹叢竄了出來。「快！快跑！」他衝到鼠掌旁邊，推了她一把。

鼠掌驚惶的目光從空地那頭拉回到棘爪身上。「那灰紋怎麼辦？」

「我們現在也救不了他！」他厲聲說道，「快點！我們得趕快離開這裡！」

「往哪邊走啊？」柯蒂瞪著林子深處，大聲問道。

「跟我來！」棘爪命令道。

自從棘爪和鼠掌結伴離開森林後，葉掌就沒再見過棘爪。如今重返家園的棘爪在葉掌的眼裡已經變得很不一樣——他看起來閱歷豐富，而且很有自信，儘管貓兒們身處險境，他卻仍指揮若定。但這時候不是該管他們過去一個月來曾有過哪些經歷的好時機，於是葉掌回過神，從泥地上站起來，跟著鼠掌和柯蒂爬進矮樹叢裡。雲尾這時也經過她身邊，亮心緊貼在他身旁。

葉掌看見栗尾和雨鬚的熟悉身影在前面的林子裡快速穿梭，不自覺地鬆了口氣。霧足也和他們在一起。被囚的貓兒如今都已脫身——只可惜他們失去了灰紋。

她聽見兩腳獸在後面林子裡跌跌撞撞的聲音。她回頭一看，只見牠們一路撥開灌木叢，舉步蹣跚地走來，笨重的身軀在林子裡費力地轉動，有時還不免被蔓生的刺藤給差點絆倒。葉掌知道牠們不可能捉得到她，因為這裡是她的地盤，她可以在林間飛快奔跑，柔軟輕盈的身軀最適合在矮樹叢間穿梭飛掠，快如一陣風。

這些貓兒爬下蛇岩，兩腳獸被他們遠遠拋在後面。葉掌這時才放緩腳步。當他們氣喘吁吁地走進大梧桐樹附近滿是落葉的空地上時，一直走在葉掌身邊的柯蒂突然一屁股坐下來；其他貓兒也都精疲力竭地或躺或坐在地上；雲尾正不斷舔著亮心的耳朵，好像怎麼舔也舔不乾淨；霧足看著他們，自己灰白的身子也因喘得厲害而上下起伏。

柯蒂神情緊張地張望著四周空地。「這裡安全嗎？」

「兩腳獸抓不到我們了。」葉掌向她保證道。

「可是會不會有狐狸和獾？」柯蒂的眼睛睜得大大的。「林子裡不是有很多可怕的動物嗎？」

「妳是說野貓嗎？」葉掌疲累地開著玩笑，她挨著其他貓兒，將身子倒在柔軟的落葉上。雨鬚費力地坐起身，暗灰色的毛髮仍然倒豎，其中一隻前爪明顯可見鮮血滲出。「妳確定牠們把灰紋抓走了？」

鼠掌平貼耳朵。「那頭怪獸把他載走了，我親眼看到的。」

「他像虎族一樣勇猛！」刺爪反駁道：「怎麼可能抓得到他？」

「那裡有太多兩腳獸了！」鼠掌解釋道。

霧足對著鼠掌低下頭來。「我欠他一條命。」她低聲說道，「我還以為我們永遠逃不出來了。」她很誠懇地望著她。「是妳救了我們。」

鼠掌坐了起來。「這不是我的功勞。」她堅稱道，「我們都是冒著生命危險去做的，這場行動是由灰紋指揮的。」

葉掌瞇起眼睛，仔細端詳自己的姊姊。這正是戰士該有的回答，一點也不像是見習生會說的話。她注意到鼠掌變得精瘦強壯多了——遠比瘦弱的雷族戰士還要精壯。葉掌低下頭，舔舔自己身上糾結的毛髮。這是她第一次覺得，和姊姊比起來，自己的樣子實在不登大雅之堂，但一時之間又不知道該說什麼，因為自從她們上次分手之後，已經發生過太多事情。

「兩腳獸會把他怎麼樣？」栗尾嗚咽問道。

葉掌真希望自己安慰得了她，但她也不知道該說什麼。要不是有這群勇敢的同族夥伴，被載走的就是她而不是灰紋了。

「但願星族保佑他。」刺爪低聲說道。

「星族根本無力對抗兩腳獸。」鼠掌不屑地說。

「但星族今天的確與我們同在。」葉掌點醒她。「是祂們賜給你們力量去對抗兩腳獸的，所以一定會保佑灰紋。」

栗尾站起身來，用鼻頭碰碰葉掌的鼻頭。「感謝星族，兩腳獸沒把妳帶走。」她低聲說道：「鼠掌夢到妳被困在那個地方，她堅持一定要我們去救妳。」

「你們不只是救了我而已。」葉掌喵聲說，很感激地看著同族的夥伴們。

「你們也救了所有的貓。」柯蒂同意道，她緩步走到葉掌身邊。

栗尾從葉掌身邊抽身走開，眼神銳利地瞪著那隻寵物貓。「妳是誰？」她質問道：「妳不是森林裡的貓，但妳又不像無賴貓。」

「這位是柯蒂，」葉掌喵聲說，「是她鼓勵我，我才沒繼續消沉下去，她讓我相信我們可以逃出那裡。」

栗尾聞了一下。「妳是寵物貓？」

雨鬚坐起身，瞧著這隻虎斑母貓，刺爪則平貼耳朵。

「對，我是寵物貓。」她證實道。

刺爪站起來，朝柯蒂那兒走去。葉掌注意到她的朋友故作鎮定地挺身面對眼前這隻肩膀結實，身上沾有污泥和血跡的戰士。「需不需要我們告訴妳怎麼回兩腳獸的領地？」

「現在走那條路不安全。」葉掌警告著：「兩腳獸可能還在林子裡搜索。」

亮心坐起來，緊張地看看空地四周。

「別擔心，」雲尾向她保證道：「我們在這裡跑得比牠們快。」

「回營地會比較安全點。」鼠掌喵聲說：「就讓柯蒂先和我們一起回去好了？」

寵物貓有點猶豫地看著他們。儘管她被關的時候，是表現得很勇敢，但一次見到這麼多傳說中嗜殺成性的野貓圍著她，還是有點害怕。

「大家都很歡迎妳。」葉掌喵聲說。她看看刺爪和雨鬚，希望他們不會反對她這麼說。

「妳有困難，火星絕對不會坐視不管的。」刺爪同意道。

「妳的兩腳獸會不會很想妳啊？」栗尾直言問道，葉掌驚訝地瞪著她。

「會啊！當然會！」柯蒂用腳爪搓著地面，藍色的眼睛突然又恢復了原有的神采。「可是聽你們這麼說，好像自己穿過林子走回去，不太安全對不對？我不想再讓你們深陷危險了。」

「等那邊安全一點，我們再送妳回去。」葉掌承諾道。

「我想我們應該走了吧！」栗尾嘆口氣，看著刺爪。「我們該怎麼告訴火星有關灰紋的事呢？」

葉掌吞吞口水。灰紋是雷族的副族長，是族裡最勇敢和最有經驗的戰士之一，也是火星最好的朋友。少了他，部族該怎麼辦呢？

這群貓兒心情沉重地拖著腳步，穿過林子，誰也沒有開口。葉掌這時突然注意到前面的棘爪正帶著他們往陽光岩的方向前進。他們為什麼不回營地呢？她一臉狐疑地看看鼠掌。

「部族已經撤出原來的營地了。」她姊姊解釋道，「兩腳獸一直朝那個營地逼近。」

葉掌語帶哽咽，「情況這麼糟啊？」

「很糟。」棘爪語氣嚴峻地答道。

「可是陽光岩沒有什麼遮風蔽雨的地方，不是嗎？」雲尾喵聲說。

「小貓咪怎麼辦？」亮心焦慮地問道。

「他們的確在挨餓。」鼠掌承認道。

「我們應該趁他們還有體力時，離開這裡。」刺爪低聲抱怨道。

葉掌不懂他這句話的意思，但這時卻又看見刺爪惡狠狠地瞪了棘爪一眼，更覺得一頭霧水。棘爪和鼠掌才剛回森林──為什麼就在提離開森林的事情？

「我們快到了嗎？」跟在後面的柯蒂放聲喊道。

葉掌聽見河水穿流林間的聲音。他們已經愈來愈靠近河族邊界，陽光岩就在不遠處。「快到了。」她回頭喊道。

刺爪走在最前面，葉掌和其他貓兒跟著他穿過一排蕨葉叢，從斜坡頂端走了出來，下面就是河族的邊界。葉掌看見下方水波粼粼，突然覺得好欣慰，不管兩腳獸曾對森林做過什麼，但至少那條河還在那裡。

霧足往下方的河流走去，直到抵達水邊，才停下腳步，回頭向雷族貓兒喊道，「我向雷族戰士致上最高敬意，謝謝你們救了我。失去了灰紋，我和你們一樣感到遺憾。」她的藍色眼睛籠罩著愁雲，然後轉身走進湍急的水裡，以強而有力的步伐，慢慢涉水而過，直抵對岸。

雷族的貓兒則繼續往陽光岩挺進。葉掌加快自己的腳步，巴不得趕快回到部族裡，她急著想知道老家發生了什麼事。柯蒂緊跟葉掌的腳程，亦步亦趨，並不停地抽動雙耳，葉掌一看即知那是因為她即將見到整個部族，受緊張和興奮的情緒所使然。

「妳確定他們不介意我和你們一起回來？」她低聲問道。

葉掌幾乎沒注意聽她在說什麼，她遠遠就看見坐在灰色斜坡頂端的火星。陽光灑在他火焰般的毛髮上，更凸顯出他那粗壯的身子。他看起來很瘦而且疲憊，眼睛半閉。她要怎麼告訴他，灰紋為了救她而失蹤的消息呢？這個念頭像刺一樣戳痛葉掌的心。

徐徐的微風八成把她的氣味傳送到火星那裡，只見他突然轉頭，瞪著岩石下方看，然後跳起身，抬起尾巴，直往他們這兒衝。「葉掌！」他氣喘吁吁地說道，及時煞住腳步。「妳平安回來了！」他舔舔她的耳朵，喉間發出快樂的喵嗚聲。

「我好想你！」葉掌喵聲說，用臉來回搓著她父親身上那溫暖又熟悉的毛髮。

「感謝星族，讓我兩個寶貝女兒都回來了。」火星感性地說道。

刺爪、鼠掌和其他雷族戰士都等在斜坡底下，柯蒂則躲在樹叢裡。

雲尾和亮心雙雙越過他們，衝上陽光岩，嘴裡不斷喚著他們的孩子。「白掌！」雲尾大聲喊道：「我們回來了！」

雪白色的見習生本來在岩縫裡打瞌睡，一聽見聲音馬上抬起頭，跳起來。「你們逃出來了！」她哭喊道，衝下斜坡，迎接自己的父母。她停在他們面前，發出開心的喵嗚聲。雲尾用尾巴圈住白掌，亮心則不斷用力舔她耳朵，直到白掌終於受不了，低頭脫身而出，嘴裡發出小小的抗議聲。

沙暴也從陽光岩旁邊的突岩裡跑出來。她跳下斜坡，推開火星。「葉掌！妳有沒有受傷？」

「沒有，」葉掌答道，而這時沙暴也開始用力舔她的毛髮，想把她從兩腳獸巢穴所沾到的臭味給舔乾淨。「真的，我沒事。」

「妳怎麼逃出來的？」火星問道。

「鼠掌救了我們。」葉掌開心地答道，努力保持平衡，好招架住母親在她身上的舔洗動作。

「我昨晚做了一個夢。」鼠掌跨上前去。「是斑葉在夢裡告訴我，葉掌被關在哪裡。」

「妳為什麼不告訴我？」火星一臉詫色地瞪著他女兒。

「你去外面狩獵了。」鼠掌解釋道，「根本來不及，所以我和栗尾就先跑去……」

「我們真的沒時間回營地求救。」栗尾插話道，「那些兩腳獸正準備把牠們從林子裡抓來的貓全都帶走。」

「光靠我們兩個，根本救不了他們。」鼠掌補充道，「結果我們剛好在蛇岩附近碰到灰紋和棘爪，才有辦法去救他們。」

「還有刺爪和雨鬚。」棘爪隨即補充道，「整個行動是由灰紋指揮的，他評估過形勢之後，決定可以冒這個險去救那些被兩腳獸關起來的貓兒。」

「灰紋。」火星喃喃說道：「我早該料到他會去做傻事。」於是他轉頭四處張望，尋找他的老朋友。「他在哪兒？」

葉掌突然覺得有些站不穩。沙暴停止幫她梳洗的動作，彷彿意識到有什麼事不對勁。

火星偏過頭看她。「他為什麼沒和妳回來？」

葉掌只能眼睜睜看著他細讀她臉上的表情，只見他臉色驟變，整個臉陰沉下來。「兩腳獸把他抓走了。」她不得不開口承認，在徹骨寒風中硬生生地吐出這句話。

「牠們把他關進怪獸肚子裡，然後把他帶走了。」鼠掌嘶啞說道。

「灰紋被帶走了？」火星低語道。他頹然坐下，用尾巴圈住自己。葉掌四肢顫抖，她從沒見過她父親如此頹喪，根本不知道如何安慰他。

「我們當初應該找更多貓兒一起行動的。」棘爪有些結結巴巴，神情哀傷地看著自己的族長。「對不起，是我不好，我應該阻止他的。」

火星瞪著眼前這隻暗棕色的公貓，眼裡似乎有怒火在燃燒。在那一瞬間，葉掌真的很擔心她父親會不會把所有傷痛都發洩在這位年輕戰士的身上。她旁邊的鼠掌，足下的爪子已經出鞘——難道她會為了棘爪而反抗自己的父親？葉掌有些納悶——但棘爪顯然並不害怕，他毫不畏懼地迎向族長的目光。

「你們救回了我的女兒，還有雲尾和亮心。」火星似乎已經說服自己，不能把這一切怪在棘爪頭上。「灰紋會自己找路回家的。」

「可是牠們把他關在怪獸肚子裡。」雨鬚低聲說道。

火星眼神空洞地看著灰色戰士。「他會回來的。」他重複說道，「我對他有信心，不然這一切就沒有意義了。」

沙暴走近火星，把頭靠在他的肩膀；但火星只是轉身離開，往突岩的陰暗處慢慢走去，他看起來突然蒼老許多。

沙暴跟在他後頭。「我們兩個女兒都回來了。」她的聲音飄盪在岩間。「這是我們連想都不敢想的奇蹟。」

火星看著她。「灰紋不惜犧牲生命，也會救她們出來。」他承認道。

「這就是為什麼他是我們的好朋友啊！」沙暴喃喃說道，坐在火星旁邊，用尾巴圈住他。

「葉掌！」柯蒂從樹蔭處小聲靠近。「沒有問題吧？」

葉掌根本無從回答，她的注意力還放在自己父親身上，根本難過地說不出話來。她發現她姊姊的尾巴正輕輕掃過她的毛髮。

「別擔心。」鼠掌低聲說：「火星不會有事的，只要他相信灰紋會回來，就不會有事的。」

「可是怪獸把他帶走了。」雨鬚不斷說著這句話，彷彿這個畫面怎麼樣也無法從他腦海中洗掉。

鼠毛神情肅穆。「火星必須在月兒高掛夜空之前選出一位副族長。」她喵聲說。

鼠掌的雙眼發出怒火。她轉身衝向鼠毛，害葉掌嚇了一大跳。「妳說的好像灰紋死了一樣！」她厲聲大叫。「他沒死！難道妳剛剛沒聽到火星說的嗎?他會回來的！我們不能放棄希望！」

第九章

悲慟的哀號聲迴盪在岩縫間，葉掌突然驚醒。有那麼一瞬間，她還以為自己仍被關在牢籠裡，而那一段膽顫心驚的逃脫過程只不過是一場夢。這時她突然從冷風中嗅聞到森林和河水的味道，這才想起她真的已經在雷族的新營地——陽光岩。她睜大眼睛，往洞口邊緣望過去，呼出的氣體在冷冽的空氣中有如縷縷輕煙。

「怎麼回事？」柯蒂低語道。這隻寵物貓昨晚和她一起睡在見習生的溝床裡。葉掌感覺得到對方柔軟的毛髮如今像刺一樣根根倒豎。

「好像是蕨雲的聲音。」她喵聲說，「可是從這裡望過去，我只看見塵皮而已。」

寒霜覆滿整座斜坡，條紋戰士的身影映襯在清晨微曦下，他的嘴裡叼著一隻軟綿綿的小貓咪。

正當塵皮要叼走小貓咪時，臨時育兒室又傳出蕨雲那聲嘶力竭的哭喊聲。

葉掌爬出溝床，費力攀上冰滑的石面，跑到蕨雲身邊。「發生什麼事了？」

「小冬青死了！」蕨雲低聲說道：「塵皮要把她埋了。」她把僅存的一隻小貓咪不斷往自己懷裡塞。「我醒來就發現她的身體好冰冷！」她的聲音悲痛不已。「我一直舔她，可是她就是醒不過來。」

葉掌只覺得心都快碎了。她這個巫醫是怎麼當的？竟然沒注意到小冬青已經奄奄一息？

「哦，蕨雲，」她心疼地說：「我很抱歉。」

族貓們一個接一個地悄悄聚集在育兒室上方，柯蒂也是其中之一，她同情地瞪大眼睛。葉掌鬆了口氣，還好同族夥伴們並沒在意那隻寵物貓，他們現在的敵人只有一個——兩腳獸。這些禽獸不僅抓走貓兒，還毀了這座森林。

煤皮爬進洞裡。「去拿一些罌粟籽來。」她命令道：「不能讓蕨雲繼續傷心下去，那只會消耗她的體力。」

葉掌趕緊跑進煤皮存放藥草的洞穴，伸出爪子，拖出一包用葉子裹好的罌粟籽。她真希望他們還待在舊營地裡，那裡的巫醫洞穴一向存放很多藥草。她看看嘴裡的這包藥草，裡面應該只剩下兩、三劑的罌粟籽了。如今禿葉季已經逼近，根本不可能再收集到更多的罌粟籽。

這時火星的呼喚聲嚇了她一跳。「葉掌！」她轉過身，看見自己的父親以及刺爪和鼠毛一起跳上斜坡。「蕨雲還好嗎？」他問道。

「煤皮要我拿些罌粟籽給她吃，讓她冷靜下來。」葉掌告訴他。

「我沒想到情況會突然這麼糟。」火星生氣地說道：「星族啊！我到底該怎麼做，才能幫助我的族貓呢？」他抬眼望向銀毛星群，但星群瞬間被晨曦給淹沒。

「昨晚太冷了。」鼠毛談論道：「可憐的小貓咪瘦得像皮包骨一樣，根本撐不下去。」

「但是小白樺熬過來了。」葉掌點醒他們。「我們一定要盡一切所能幫蕨雲餵飽他。」

「可是現在的夜晚只會愈來愈寒冷，一旦下雪……」火星欲言又止，目光越過陽光岩，望向遠方的樹頂。

棘爪不安地看看葉掌。「如果我們能盡早離開森林，」他喵聲說：「趕在下雪前離開，那麼上山就不會太困難了。」

葉掌瞇起眼睛。自從她姊姊告訴她有關午夜的警訊之後，她就滿腦子疑問。她感覺得到族裡有很多貓兒都不肯相信星族真的要他們離開這裡，但她卻相信部族未來的命運的確掌握在她姊姊和棘爪的手上。她也不想離開森林裡的家，她擔心族貓們沒有體力長途跋涉，但她又怎能漠視星族的旨意呢？

「你應該很清楚我的想法，在沒有得到其他部族首肯之前，我們是不會離開這裡的。」火星直言道。葉掌沒有出聲，她同意他的說法——不管他們部族的處境有多艱難，都得遵照星族的旨意與其他部族同進退。

「我得趕快把這東西送去給蕨雲。」她低聲說道，叼起那包罌粟籽走了。

她走到洞口時，栗尾剛好經過，眼裡滿是愁雲，根本沒抬頭望她。葉掌注意到栗尾小心翼翼地走在冰冷的岩面上，彷彿很痛的樣子。她爬進洞裡，把罌粟籽放在煤皮腳下。蕨雲躺在地上，兩眼空洞，了無生氣；小白樺瑟縮在她懷裡，也許是受到驚嚇和太餓的關係，根本沒有力氣叫出聲。而令葉掌意外的是，柯蒂也在那裡。

「謝謝妳。」煤皮低聲說道，然後用牙齒輕輕解開包裹在外面的葉子。

「妳怎麼會進來？」葉掌輕聲提醒她。

「我想我或許能幫上忙。」對方答道：「我以前也失去過一窩小貓咪。」

「一窩？好可憐哦！」

「他們沒死啦，」柯蒂急忙解釋，「我的主人把他們送到別的新家，當時我覺得好難過。」

「那妳還要回去找牠們？」葉掌無法置信，「妳怎麼會原諒牠們呢？」

「寵物貓本來就不能自己餵養孩子，這在那裡是很普遍的事情，我們已經習慣了。」柯蒂瞇著眼說道，「我的主人對我很好、也很親切，牠們會幫每隻小貓咪找到好人家的，只是牠們不曉得我會想念小貓咪。」

煤皮使個警告的眼神，要她們別再說下去，因為蕨雲又開始焦躁起來，身軀在冰冷的石頭上扭動，發出低沉的哀號聲。「小冬青現在和星族在一起了，」煤皮在她耳邊低語，「從此以後，她再也不必挨餓受凍了。」

「我盡力了，」蕨雲哭喊著，「但為什麼死的是她，不是我？」

火星低沉的聲音在洞穴邊緣響起。「妳要是走了，誰來照顧小白樺？蕨雲，妳要振作起來。」

葉掌抬頭看他，柯蒂則平貼耳朵，因為她還沒見過眼前的雷族族長。

「蕨雲，對於小冬青的事，我真的很遺憾。」火星繼續說道：「我們一定會盡其所能幫小白樺熬過這個冬天。」

蕨雲抬頭看他。「小白樺一定要活下來。」她嘶聲說道。

煤皮把一顆罌粟籽放在她前面。「來，」她喵聲說：「把這個吃下去，妳就會平靜一點。」

蕨雲有些遲疑地看著那顆種子。

柯蒂伸過頭去，低頭嗅聞黑色的種子。「吃下去吧！」她勸道，同時用腳把它更推近一點。「妳要為妳的小貓咪保留足夠的體力。」

火星好奇地看著她。「沙暴告訴我，葉掌帶了一隻寵物貓回來，想必就是妳吧！」

「對，我是柯蒂。來，蕨雲，把罌粟籽吃了。」

「我想妳也看得出來，我們部族已經自身難保。」火星語帶抱歉地說：「但要妳自己回去，恐怕更危險。我看等其他戰士有空時，我再派其中一個送妳回去。在那之前，妳就先待在這兒吧。」

「謝謝你。」柯蒂低聲說道。

火星又把目光放回蕨雲身上。「她不會有事吧？」

「她只需要休息一下。」煤皮告訴他。

「那小白樺呢？」

「他一向是三隻小貓當中最強壯的一個。」煤皮彎身去舔那個小東西，他擠在媽媽的懷裡，想找奶吃。

「那就拜託妳們了。」火星轉身，緩步離去。

柯蒂的肩膀瞬間垂下。「真的很難相信妳父親以前是隻寵物貓。」她低聲向葉掌說道。

「我從沒想過這件事。」她承認道：「至少在我的記憶裡沒有，我是在他成為族長之後才出生的。」她看看柯蒂。「妳待在這裡，還過得慣嗎？」

「當然過得慣。」柯蒂很驚訝葉掌怎麼會擔心她過不慣。她用尾巴輕輕刷過葉掌的毛髮，轉身在蕨雲身邊坐下。「妳們走吧！」她向葉掌和煤皮說道：「妳們還有好多貓兒得照顧；我也幫不上什麼忙，但至少我可以幫妳們照顧蕨雲。」

煤皮有些不放心地看看寵物貓，但柯蒂向她再三保證。「我會讓她把罌粟籽吃下去的。」她向巫醫承諾，「等她睡了，我再幫忙她照顧小白樺，他一定也很想念他妹妹。」

「也好。」煤皮同意道，「但如果蕨雲的情況沒有改善，要趕快通知我。」

柯蒂點點頭，葉掌於是跟著煤皮走出洞穴，同時回過頭，很感激地看了她朋友一眼。

雷族族貓們三兩成群地聚在一無遮掩的岩面上，臉色陰沉。葉掌突然很想在林子裡狂奔，這個地方似乎充滿了各種痛苦，她根本解決不完，好想逃離這一切，即便只是暫時也好。

她踱下斜坡，往林子走去，鑽進矮樹叢裡，大口吸入森林裡泥土的香味，心中滿是感動。這時她突然聞到鼠掌和棘爪的味道。她偏過頭，聽見他們的聲音在她頭上響起。她迂迴穿過蕨葉叢，這才發現他們就在河族邊界附近的小空地上。

「我告訴過火星，我們必須盡早離開。」棘爪正開口說道：「等下雪之後，我們就無法越過山區了，我們繼續留在這裡，一定熬不到新葉季的。」

「但誰說我們一定得穿過山區？」鼠掌爭辯道：「我們在巨岩那裡，根本沒有出現預言的指示。應該要有戰士告訴我們方向啊，但根本沒有！」

「沒有指示，我們怎麼知道到底該不該走？」棘爪低聲說道：「也許是午夜錯了。」

「她怎麼可能會錯？」鼠掌喵聲說：「是星族派我們去找她的欸！」

葉掌身子定住不動，尾巴不停顫抖。她閉上眼睛，多希望能有徵兆顯示星族此刻正在聆聽，但又性急地睜開眼睛。她為什麼這麼沒有信心？如果星族有指示，自然會傳遞下來。但在那之前，他們只能靠自己去揣測。

「鼠掌？」葉掌喊道：「棘爪，是我！」她從蕨葉叢裡鑽出來，走上前去。兩隻貓兒聞聲一下子彈開，小心謹慎地看著她。

棘爪動動自己的腳。「妳聽到我們的談話了嗎？」

「聽到了。」

「那妳覺得呢？」他看著她。「妳覺得午夜錯了嗎？」

其實葉掌的心裡多少希望是午夜錯了，因為她不想離開這個自幼生長的地方，更何況這裡也是星族的家；但如果是這樣，星族當初又為什麼要派棘爪和其他貓兒從事那麼危險的旅行呢？祂們不會無緣無故拿貓兒的性命來冒險。「你們是懷疑星族？還是懷疑自己？」她低聲問道。

棘爪疲累地搖搖頭。「那場旅程雖然辛苦，但我們真的沒想到回到家後，情況竟然遠比當初想像得還要糟；我們本來以為星族會指引一條明路，但祂們沒有，可是我們沒有時間再等下去了。帶族貓們離開家園是一項艱鉅的任務……」

「而且我們也不知道什麼時候該走或往哪裡走？」鼠掌插嘴道。

「說到底，這件事還是得由火星來決定。」葉掌提醒他們。「你們只要負責把自己的所見所聞告訴他。」

棘爪點點頭。

「妳什麼時候變得這麼有智慧啦？」鼠掌對她妹妹打趣道。

「那妳又什麼時候變得這麼神勇啦？」葉掌也取笑回去，並用尾巴輕彈鼠掌的毛髮。她覺得好開心又能和姊姊在一起。但這時她突然想到蕨雲和灰紋，心情又沉了下來。

「要是火星決定要離開，」她低聲說道：「那灰紋怎麼辦？」

鼠掌神色憂傷。「不管我們去了哪裡，灰紋都會找到我們的。」

「但願如此。」葉掌喵聲說：「可是在他回來之前，誰來當副族長呢？」

「灰紋還是我們的副族長。」棘爪喵聲說。

「可是他不在這裡，而部族此刻卻非常需要有穩固的領導班底。」

「只要火星相信灰紋還活著，他是絕對不可能指派新的副族長。」棘爪堅稱道。

葉掌搖搖頭，她不同意他的論點，但很欣賞他的忠心。

「別再討論這件事了。」鼠掌懇求他們，「眼前已經有太多事要煩惱了。」她看看葉掌。

「只不過有件事我真希望是我們在失去灰紋之前，就先向他問清楚……」

棘爪豎耳聽她娓娓道來。

「我們剛回家時，灰紋一看見我們就說：『火和老虎回來了。』」鼠掌眨眨眼睛。「這句話聽起來有蹊蹺。」

葉掌看看自己的爪子，不知道該從何說起。她應該告訴葉掌和棘爪有關煤皮所見到的凶兆嗎？還是別告訴他們好了？畢竟他們已經有煩不完的事情了。

「妳知道這件事，對不對？」鼠掌試探性說道。

葉掌在地上搓著腳爪，感到相當無奈，為什麼自己做什麼事都瞞不過她姊姊的眼睛呢？

「煤皮曾從星族那裡得到訊息。」

棘爪傾身向前。「星族不是沒再降下任何訊息了嗎？」

「那是在你們遠行之前，」葉掌解釋道，「星族曾警告過煤皮，說火和老虎會毀了這個部族。」

「火和老虎？」鼠掌重複說道：「這和我們有什麼關係？」

葉掌抽抽耳朵。「你是火星的孩子。」她又轉身向棘爪說：「而你卻是虎星的孩子。」

鼠掌瞪大了眼睛。「所以我們就成了火和老虎？」

葉掌點點頭。

「但你們為什麼認為我們會毀了這個部族？」鼠掌抗議道，「我們冒了生命危險想要拯救部族欸！」

「我知道。」葉掌垂著頭。「大家都覺得這不可能。事實上，這件事只有火星、煤皮、灰紋和我知道……」她急著向她姊姊解釋。「我們都相信你們不會害我們。」葉掌突然注意到，棘爪至今一句話也沒說，只是盯著她看，他的眼裡有憂慮的神色，她莫名其妙地害怕起來。「棘爪？」

「妳敢確定我們不會毀了部族？」他低聲說道。

「你……你這話什麼意思？」

「我們當然不會！」鼠掌繞著他轉，非常憤慨不解。

「也許不是故意的。」棘爪喵聲說：「但那個徵兆的確是指我們兩個，不是嗎？火和老虎……我們根本不知道該去哪裡，卻妄想帶領整個部族離開家園，展開危險的長途旅程，不是嗎？」

一股冷顫直竄葉掌背脊，煤皮的預言突然變得前所未見地駭人聽聞。要是整個部族都跟著鼠掌和棘爪離開森林，誰知道會有什麼惡運等在前頭？

等到這三隻貓兒回到陽光岩時，禿葉季的太陽已經現身天際。他們各自帶了獵物回去：葉掌抓了一隻老鼠，棘爪嘴裡叼了一隻歐掠鳥，鼠掌則帶了一隻肥美的鶇鳥。

葉掌很想趕快回去睡覺，也很想忘了棘爪剛說的話；但她是巫醫，根本沒空休息，除非她能確定族貓們都已平安沒事。她跟著姊姊走上斜坡，心中有些懷疑，不知道柯蒂有沒有說服蕨雲把罌粟籽吃掉。

蕨毛遇見她們。「新鮮獵物堆在那個地方。」他用尾巴指指岩石上方處的一小堆食物。灰毛正坐在那兒守著，以防飛鳥從空中偷抓。以前營地邊緣總是堆滿新鮮獵物，根本不需要看管，然而那種日子已經過去了。

葉掌把她捕來的獵物丟進去，但很詫異食物怎麼這麼少。看這情況就知道，不是每隻貓兒都能吃到東西。她決定今夜放棄自己的那一份，反正她也累到吃不下任何東西了。

她緩步朝小片突岩下的煤皮和鼠毛走去。巫醫看起來精疲力盡，簡直和其他族貓一樣也需要吃點藥草補充體力。

「蕨雲還好嗎？」葉掌問道。

煤皮抬頭看了一下。「她正在休息，柯蒂在照顧她。」

「就寵物貓而言，她算表現不錯了！」鼠毛抽抽尾巴，插嘴說道，「她剛來的時候，看起來很緊張，我還以為她不可能適應得了，不過照這情形看起來，她應該適應得還不錯嘛……至少暫時還不錯。」

葉掌很感激地瞇眼看著這隻灰棕色的貓，這才轉身面對煤皮。她有事想請教她，但卻害怕聽到問題的答案。「蕨雲保得住另一個孩子嗎？」

「小白樺目前還算健康。」煤皮向她保證道：「現在只剩一張嘴巴嗷嗷待哺，所以我想蕨雲的奶水應該夠他喝。」

「可是如果我們繼續待在這裡，恐怕他會熬不過這個冬天。」鼠毛斷言道，但這時卻突然見到塵皮朝這兒走來，眼神看起來很不安。「希望他沒聽見我說什麼。」她低聲說道，「他今天早上已經夠難過了。」

「我聽到了，鼠毛。」塵皮疲倦地回應。「我也這麼認為，我們一定得離開這座森林。」

葉掌驚訝地看著他。小冬青的死似乎成了壓垮他意志力的最後一根稻草。

塵皮故意抬高聲量，他低沉的聲音在岩石間迴盪，使得所有貓兒都詫異地望向他。

「我們必須盡快離開森林！」他堅持道，眼睛閃閃發亮。他轉過頭，看向棘爪。「你從星族那兒帶來的訊息，是我們唯一的希望。」他喵聲說。

鼠毛站起來。「在我們離開森林之前，必須先有一位副族長。」

就在她說話的同時，火星從林子邊緣處現身，嘴裡叼了一隻很瘦的八哥鳥。他把八哥鳥丟進新鮮獵物堆，眼裡閃過一絲光芒，隨即慢慢走上斜坡。「雷族已經有了副族長。等灰紋回來，才不會覺得有別的貓兒取代了他的位置。」他轉身面對塵皮。「我很高興你終於同意這件事，」他喵聲說：「但我們現在還不能離開，除非其他部族願意和我們一起走。」

「我只剩下一個孩子。」塵皮喵聲說：「如果繼續待在這裡，他撐不下去的，我們也可能全數喪命。」

「那我們就要更努力說服其他部族和我們一起走。」火星厲聲說道。

「其他部族準備好了，自然會離開這裡。」塵皮反駁道：「而我們已經準備好了。」

火星的目光直接迎向那名戰士。「我們還不能離開。」他又說一遍。

「蕨雲現在也需要休息。」煤皮輕聲插了一句。

火星點點頭，對煤皮的支持表示肯定。

棘爪面對塵皮說道，「我知道你失去兩個孩子很痛苦，所以當然會擔心另一個孩子。可是火星說得沒錯，星族並不希望我們在沒有其他部族的同意下，獨自離開森林。」他轉身面對其他貓兒。「當初星族從各族裡挑出一隻貓去帶回午夜的訊息，那時候我們也是靠不分異己地相互合作，才能在那場旅程中存活下來。星族要我們結伴同行，學習如何共事與團結合作，現在祂們一定也希望我們和其他部族一起結伴出發。」

火星緩步跨過岩石，走到年輕戰士的身旁。「我們必須派出更多狩獵隊。」他喵聲說，「現在沒有其他部族會威脅我們。河族的食物遠比我們充裕，他們沒有必要攻擊我們。」他環目四顧眼前這群憔悴、飢餓的貓兒。「從現在起，我們要傾其全力，展開狩獵。一定會在離開之前，找到足夠的食物。塵皮，你說的沒錯，我們一定要離開這裡。我會再去拜訪河族和影族，盡快說服他們。」

葉掌看見其他貓兒都點頭同意，這才鬆了口氣。但這時鼠毛卻走了出來，害她一顆心又懸了起來。

「可是灰紋的事怎麼辦？」火星的身子似乎縮了一下，鼠毛於是繼續追問道，「不管他回不回來，這段期間我們都得有一名副族長來代替執行他的任務。」

「沒錯，」塵皮同意道，「你還沒提名呢！」他的眼睛瞧向棘爪。「你應該挑選一位年輕的戰士，這名戰士必須獲得星族的完全認同。」

葉掌看看四周。只見灰毛、白掌、霜毛和雲尾都把目光放在棘爪身上，就連刺爪也似乎認同這名年輕的戰士，都覺得應該由他來一肩挑起灰紋留下的職缺。只有鼠毛和雨鬚看向別處。

「蕨毛有足夠的經驗。」鼠毛提議道，「他既年輕又強壯，在表現上有目共睹，絕對實至名歸。」

雨鬚也點頭同意。「蕨毛會是很優秀的副族長。」

「你們為什麼要這麼說？灰紋又還沒死！」火星厲聲說道，「他還是我們的副族長。」他高高聳起背脊上的毛髮，警告其他貓兒不得有意見，然後甩甩身子，眨眨眼睛，試圖讓自己冷靜下來。「不過你說的沒錯，是該有別的貓兒暫代灰紋的工作——所以在他回來之前，就由資深的戰士共同分攤他的責任。」他看著蕨毛。「你來負責組織新的狩獵隊；沙暴負責分配營地裡的工作；棘爪，你來幫忙我一起說服影族和河族離開森林。」他昂首闊步地走向突岩，但在經過葉掌時，卻突然叫住她。「我有話對妳說。」他喵聲說：「單獨說。」

葉掌有些不安地跟著他走進洞裡。她掃了一眼下方的柯蒂，只見她還待在臨時育兒室裡，忙著舔洗小白樺，完全無視那小東西的喵聲抗議。蕨雲躺在他們身邊睡著了。葉掌看見最需要休息的貓兒已然安睡，這才鬆了口氣，鑽進突岩底下的凹洞。

火星焦急地搜尋她的眼睛。「葉掌，」他喵聲說：「如果妳有得到星族的任何指示，一定要告訴我。」

「沒有，真的沒有。」她答道，心裡暗自詫異他怎麼這麼緊張。「煤皮那兒有沒有？」

「她也沒有。」火星眨眨眼睛。「我本來以為祂們會給妳什麼指示。」

葉掌有些不自在地扭動四肢。雖然她很高興父親這麼信任她，但她仍有些忐忑，他怎麼會認為星族會直接找她溝通？而不找煤皮呢？

「祂們為什麼這麼沉默？」火星似乎餘怒未消，爪子在冰冷岩面上全都出鞘。「難道祂們是在告訴我們各管各的就可以了，不必一起離開森林？」

「當時兩腳獸把我關起來的時候，我也有同樣感覺。」葉掌承認道：「那時我躺在臭氣熏天的籠子裡，夢裡完全不見星族的蹤影。我覺得我好像被放棄了，但是我沒有！」她直接面對父親嚴肅的目光。「我的部族來救我了！」

火星睜大眼睛，聽她繼續說道：「星族根本不必大費周章要求所有部族團結一氣。祂們沒有這個必要。我們是四大部族的一部分，不是兩個部族、三個部族，而是四大部族——這是我們心中早已認定的事實，就像我們會追蹤獵物，會躲在森林暗處，完全是一種與生俱來的本能。各部族之間本來就是靠彼此的分歧、差異，和競爭來互補結合，不管其他部族怎麼說，都無法否定這層關係。我們和風族或河族之間的那條分界線，也正是緊緊繫住四大部族的那根線。星族很清楚這一點，所以我們對彼此的信心，其實是由自己來決定的。」

火星看著他女兒，那表情像是第一次見到她一樣。「我真希望妳也認識斑葉。」他低聲說道，「妳讓我想起了她。」

此刻的葉掌無法用言語形容她自身的感動，只好垂下目光。她知道這時候並不適合告訴她父親，其實斑葉曾來夢中找過她多次；只要火星覺得她像以前那隻巫醫一樣稱職，那就夠了，她相信斑葉一定是為了守護他們而不斷在星群間穿梭奔走。

如今她只衷心盼望斑葉和所有戰士祖靈也會在四大部族決定離開森林時，隨時守候在他們身邊。

第十章

火星領著隊伍往上游走去，緊靠著邊界而行，畢竟這附近不斷隨風傳來河族領地那頭誘人的獵物氣味；鼠掌和棘爪並肩走在火星後面，灰毛則在後面壓陣，這是這麼多天來她首度和棘爪一同離開營地。火星剛帶著虎斑戰士去拜訪過河族和影族，請他們再次考慮離開森林的提議，但即使他費盡唇舌，豹星和黑星還是不肯相信他們的命運和其他部族是緊緊相扣的，也不願相信他們的未來不在這座森林裡。

一夜之間，天空出現厚厚的雲層，樹下盡見垂然欲滴的水珠，雨要下不下的，四周濕氣沉重。鼠掌的毛髮濕冷，很不舒服地黏在身上。林間樹木在禿葉季陰冷的光線下散發出如水色一般的光芒，過多的水氣漫向地上的落葉，將原本鬆脆的腐葉堆變成了黏滑的泥地。

火星突然停下腳步，抬起鼻子嗅聞空氣。鼠掌也深吸一口氣，希望能聞到老鼠、鶇鳥或田鼠的甜美味道，但卻只聞到某種陌生卻又似曾相識的味道。

「我好像聞過這種味道。」她對棘爪低語道。

「很像是無賴貓的味道。」棘爪厲聲說道。

「噓！」火星要他們安靜，他停下腳步，豎起頸毛，瞬間衝上前去。前方的灌木叢突然一陣窸窣作響，一隻黃褐色的貓衝了出來，一溜煙地竄逃而去，棘爪發出嗥叫，跟著追了上去。

「快點追啊！」他大喊道，鼠掌早已緊跟而上。

黃褐色的貓掉頭衝向河族邊界的氣味標記區。火星沒有停下腳步，一馬當先地也追到這裡。鼠掌一接近這塊警戒區，立刻有所警覺。正當雷族貓兒逼近那隻無賴貓時，她竟突然衝過邊界。火星正打算跨過邊界繼續追時，附近突然響起憤怒的嗥叫聲。一隻暗棕色的河族戰士從一大片蕨葉叢裡跳了出來，充滿敵意地對著他們怒吼。

火星及時轉身，在潮溼的落葉堆上煞住腳步，差一點點就越過邊界。緊跟在後的棘爪和灰毛也差點撞上前方的火星，但還好都及時停下腳步。

「鷹霜！」棘爪氣喘吁吁地說道。

火星刻意退後一步，離邊界遠一點，但眼睛卻睜得老大，死命盯著鷹霜，活像看見星族的戰士祖靈一樣。鼠掌很訝異鷹霜的埋伏竟讓她父親受到如此大的驚嚇。不過說來也怪，怎麼會有戰士跑到離邊界這麼近的地方來巡邏，河族的貓兒不是都知道他們的鄰居早已瀕臨挨餓邊緣了嗎？

「你們在河族領地裡做什麼？」鷹霜質問道。

火星沒有馬上回答，隨後才恢復神色，將毛髮平順下來，放鬆緊繃的肩膀。「我正在把那隻無賴貓趕出雷族領地。」他回答道。但這時卻見到那隻褐色的母貓躲在鷹霜背後。「你能允許無賴貓跨越邊界，卻只把矛頭指向我們？」

鷹霜和那隻無賴貓深深地互望一眼，這才答道，「河族永遠歡迎我母親回來。」

莎夏！鼠掌突然想起她曾幫過這隻無賴貓逃出兩腳獸的巢穴。她的疑惑終於得到解答，心裡不免有些得意。大家都知道鷹霜和他妹妹蛾翅被他們的無賴貓媽媽遺棄在河族裡，但因為她待在森林裡的時間不長，所以看過她的貓兒並不多。

但火星似乎還有難解的疑惑，因為他身子僵在那裡，豎直耳朵，一逕瞧著眼前那對母子。

莎夏輕輕點個頭，算是打過招呼。「久仰大名，火星。」她輕聲說道：「這種見面方式還真是……奇特，不過也總算見到你了。」她的聲音冰冷威嚴，相較之下，鼠掌突然覺得自己真是年輕毛躁。

「妳就是莎夏？」火星輕聲說道，兩眼閃閃發亮。

「你好像很不以為然。」莎夏質疑道。

火星的目光掃過她那整齊梳理過的毛髮。「妳看起來不像無賴貓。」

「你看起來也不像寵物貓。」莎夏嗆了回去。鼠掌臉部肌肉抽搐了一下，但她父親竟毫無惱色，反而很冷靜地面對莎夏倨傲的目光。

「我一直很好奇為什麼會有無賴貓選擇把自己的孩子留在部族裡？」

「那又為什麼會有部族肯讓一隻寵物貓成為他們的族長呢？」莎夏馬上接口答道，而且不等對方回答，又立刻接著說，「火星，不是所有貓兒都會聽天由命，有些貓兒只會選擇他們自己想走的路。」

火星瞇起眼睛。「那就是妳的作風嗎？」

「或許吧，」莎夏喵聲說：「不過我希望我的孩子是如此。」她看看鷹霜，鼠掌發現她的眼裡閃過驕傲的光芒。

「妳會在河族待一陣子嗎？」鷹霜邀她住下來。「我們有很多獵物。」他看了火星一眼，神色略帶嘲弄，但火星沒理他，只一逕地看著他們母子，仍然瞇著眼思索莎夏剛給的答案。

「我不會待很久。」她告訴他。「但我想在離開前，先去看看蛾翅。」

鷹霜縮起下顎，對火星說。「我一回到營地，就會派巡邏隊過來，以防你們偷抓我們的獵物。」他發出警告的聲音。

「我們沒必要偷抓你們的獵物。」火星反駁道，然後看看自己的巡邏隊。「我們走吧！」

儘管空氣裡仍瀰漫著劍拔弩張的氛圍，但鼠掌知道危機已過。鷹霜和火星各自掉頭離開邊界。鼠掌也準備跟上去，但就在他們走到林子的安全地帶前，火星突然停下腳步，回頭叫住莎夏。他的聲音異常冷靜。

「虎星是他們的父親，對不對？」

莎夏似乎並不意外他會這麼問，她點點頭。「沒錯！」

鼠掌一聽差點跌倒在地，難怪火星乍看見猛然跳到眼前的鷹霜時，會這麼吃驚——他一定以為自己眼花，撞見了虎星。他以前曾在月下的大集會場合裡見過鷹霜，前幾天晚上，也曾在四喬木那裡和鷹霜他們開過一次不歡而散的會，不過像這樣在大白天裡直接照面，倒還是他們的第一次。

這時她突然聽到身邊出現喘息聲，她看見棘爪瞪大眼睛站在那兒。「可是虎星也是我父親啊！」他用低沉沙啞的聲音說道：「這麼說起來，另外兩個部族都有我的手足？」

鷹霜瞄了一眼他那同父異母的手足。「沒想到你竟然不知道。」他喵聲說。鼠掌來回瞧著這兩隻貓兒，這才發現他們的確很相似，身上都有虎斑花紋，還有寬大結實的肩膀。

「我還以為只有我和褐皮……」棘爪喃喃說道。

「至少你還見過我們的父親。」鷹霜抽抽尾巴。「這一點，我倒是很羨慕你。」

「但是我從火星身上學到的東西比虎星那兒還要多。」棘爪反駁道。

「不管怎麼樣，虎星至少還知道你這個兒子，但卻從來沒見過我。」

鼠掌突然很同情他，因為她知道自己也很在乎她和父親之間的關係；但她刻意甩開那種同情的念頭，不知怎麼搞的，她總覺得這名河族戰士不能信任。

鷹霜的目光霎時冷酷。「快離開我們的邊界。」他警告著，並用長長的鉤爪扒著地面——那爪子就如長老們口中所說的老虎爪子一樣，他的父親便是拜這種爪子之賜才得到虎星的封號。「為了保護我的部族，必要時，我會不惜一戰。」

他轉身帶著他母親往河邊走去，他們一起涉水而過，消失在另一頭的灌木叢裡。鼠掌眼睜睜看著他們悄然無聲地離開，知道那傢伙一定會說到做到。

第十一章

火星帶著隊伍回到營地，這時雨已經愈下愈大。他們捕到的獵物很少，鼠掌很受挫。之前是靠棘爪好不容易爬上樹，才抓到一隻正在樹枝間打瞌睡的松鼠，但這趟捕獵作業，也讓棘爪累得氣喘吁吁。鼠掌知道自從他們回家之後，就開始挨餓了，體力自然愈變愈糟。

「我想我們最好別告訴其他族貓有關鷹霜的事。」正當他們還在潮溼的林間緩慢行走時，火星突然決定道。

「難道不應該讓族貓們先有個心理準備嗎？因為萬一……」鼠掌欲言又止，「我是說萬一有什麼事發生的話。」她的話轉得很硬。

棘爪把叼在嘴裡的松鼠放下來，雨水不斷從他的鬍鬚串流而下。「我覺得火星說得很對，」他同意道：「還是別讓族貓們知道比較好。」

鼠掌瞇起眼睛。棘爪這麼說是純粹為了想保護族貓嗎？還是只是想保護他自己？難道他怕族貓們再對他指指點點？她知道他曾花了好久的時間才讓部族相信他的忠貞度，但族貓們還是無法忘懷他父親曾想毀滅雷族的這件往事。

「沒有必要造成兩族的對立。」火星繼續說道。

灰毛低聲咆哮。「可是萬一鷹霜和他父親有同樣的野心想統治整座森林，那怎麼辦？」顯然他和鼠掌擔心的事情一樣。

「我們不能妄下斷言。」火星警告著：「鷹霜顯然把他的部族擺在第一位，他說他會為了保護部族而戰，你們覺得這種語氣像是虎星說的話嗎？」

灰毛心不甘情不願地搖搖頭，於是火星繼續說道：「鷹霜威脅不了我們。」

「是哦！」灰毛意有所指地喵聲說。

「除非他有其他動作，否則現在沒有必要讓族貓們做無謂的操心。」火星說道：「再說我們這陣子也需要河族的幫忙。」

灰毛沮喪地揮揮尾巴，但沒再爭辯下去。

「別擔心了，灰毛。」鼠掌向他保證道，她只希望她的語氣聽起來夠樂觀。「再怎麼說，鷹霜也只是鷹霜，至於虎星當初的惡行，如今也都過去了。」

棘爪拾起地上的松鼠，一句話也沒說地就往陽光岩那裡走去。鼠掌憂心忡忡地看了她父親一眼。

「他不會有事的。」火星輕刷過她身邊，輕聲說道。

等他們抵達陽光岩時，雨已經滂沱到不斷猛擊裸露的岩面，雨水串流而下，將岩石附近的地表全攪和成濕黏的泥地；但雷族的貓兒們竟然沒找地方躲雨，反而全部聚在半山坡上，圍成一圈，悲痛的哀號聲混雜著大雨拍打岩面的嘩啦聲。

火星驚吼一聲，跳上岩石，鼠掌的心臟也快跳出來，她緊跟在後，衝進貓群。圈子中央躺著一具暗褐色的身影，滂沱落下的雨水變成粉紅色，串流而下岩石表面。鼠掌注視著那具鬆軟濕透的身軀，驚嚇得根本說不出話來，她看見那窄窄的鼻頭，一望即知那是潑掌。

煤皮和葉掌雙雙蹲在那隻見習生的身旁。

「他的脖子斷了。」煤皮低聲說道：「應該是兩腳獸的怪獸一撞上的時候，他就當場斃命了，所以當下並不痛苦。」

鼠掌閉上眼睛。**星族！祢們到底在哪裡？**她在心中無聲地吶喊。

悲愴的哀號聲自育兒室那兒傳來，只見蕨雲突地衝下斜坡。潑掌是蕨雲的第一個孩子。貓兒們紛紛讓出一條路，好讓她見死去孩子最後一面。

「我到底做了什麼？星族非要這樣不斷奪走我的孩子？」她尖聲哀號。

「不要怪星族，」葉掌輕聲說道，「是兩腳獸害他喪命的。」

「那為什麼星族不阻止牠們？」蕨雲嗚咽道。

「祂們對兩腳獸也是無能為力啊，就像我們一樣。」葉掌低聲說道，然後甩甩身子，直起身來喊道。「柯蒂？」

鼠掌看見那隻寵物貓穿過貓群一路走過來，身上肋骨已經開始隱約可見，但她卻沒要求他們派戰士送她回家。

「我想蕨雲還是回育兒室比較好。」葉掌喵聲說。

「洞裡都淹水了。」柯蒂告訴她。「我已經把小白樺安置在突岩下的戰士洞裡，我會把蕨雲帶過去的。」

「這是個好方法，」葉掌喵聲說：「妳還有罌粟籽嗎？」

柯蒂點點頭，然後看著蕨雲悲痛欲絕的樣子。「小白樺很餓，吵著要吃奶。」她低聲說道：「我在想，如果我先嚼碎食物，他應該可以自己吞下去。這陣子蕨雲沒有力氣餵他，那小東西好可憐。」

「棘爪剛抓了一隻松鼠回來，就把松鼠給小白樺吧。」鼠掌提議道。

「我把牠拿到洞裡去。」灰毛建議。

柯蒂用鼻頭輕推蕨雲，葉掌也幫忙攙扶蕨雲，將她帶離現場，進去戰士洞穴裡。

「怎麼會發生這種事？」她們走了之後，火星才問道。

「他和我在一起。」潑掌的導師刺爪首先開口，他身上毛髮倒豎，神色絕望。「當時他在追一隻野雞。」

「難道他沒看到那頭怪獸嗎？」

「當時他在追一隻野雞，」刺爪又重複說了一遍。「如果抓到那隻野雞，至少可以餵飽一半族貓，結果他反而忘了注意自身安全。」

「你之前難道沒聽到或聞到怪獸的聲音或味道?沒提前警告他？」火星的語氣顯然是哀痛多於指責。

刺爪難過地搖搖頭。「獵物這麼少，所以我們才想如果分頭獵捕，成功機率會高一點。當時我離他也有一段距離，也沒有看得很清楚究竟發生什麼事。」

火星垂下頭，表示理解對方的難處。

「我要坐在這裡陪他。」白掌年輕的聲音蓋過滂沱的雨水聲，從群眾之間傳了出來。從小，她和潑掌就同住一穴，如今失去了他，白掌綠色的眼睛滿是淚水。「雖然我們已經離開以前的營地，我們還是可以為他守夜。」

「我來陪妳。」刺爪沙啞地說道。他低下身子，用鼻頭抵住潑掌血跡斑斑的身子。

其他貓兒也開始依序通過，向他們的年輕夥伴做最後的道別；等輪到鼠掌時，她屈身伏在潑掌身上，只覺得心痛。「你是雷族的見習生，如今你已成為星族的戰士。」她低聲說道。

說完，她轉身踱下斜坡，走進林子躲雨。她的悲痛有如雨水和疲累一樣滲入體內，深入骨髓。她一眼瞧見棘爪正坐在一棵落葉松底下望著她。

「我真不敢相信潑掌就這麼死了。」她嘆口氣說道。

「我懂妳的心情。」棘爪低聲說道，並用自己的尾巴和她的纏在一起。

鼠掌往他身上靠近。「蕨雲的心都碎了。」

「她會從其他族貓身上得到安慰的。」棘爪嘆口氣說道。

鼠掌不禁覺得他話中有話。

「對一隻貓兒來說，部族比血緣要重要多了。」他繼續說道。

「即便是褐皮？」

「她現在是影族的族貓，我對雷族的忠心程度已經遠遠超過我對她的手足之情。她應該明白這一點。」

「那鷹霜和蛾翅呢?現在你已經知道你們是同父異母的兄弟和兄妹，你對他們會有感情嗎?」

「雖然是同父異母，但也不能改變任何事情。」棘爪繼續說道，「我和鷹霜一點也不像。」他的尾巴焦急地抽動著。「我說的對不對?」

「當然不像，」鼠掌熱心地附和道：「任誰看都不覺得你們像。」

「就算他們發現我們是同父異母的兄弟?」

「雷族一向認為你這位戰士既勇敢又忠心耿耿。」鼠掌向他再三保證。

「謝謝妳。」他快速地舔舔她的臉頰，這才起身往河邊走去。

鼠掌亦步亦趨地跟在身後，直到他坐下來，目光越過邊界，望向河族的領地。

鼠掌也尾隨他的目光。河水穿過林間流瀉而下，水面因滂沱大雨而霹啪作響。鼠掌凝神看著河面，瞇起眼睛。「棘爪，你看!」她驚訝地說道：「你看那條河!」

「河怎麼了?」

「你記不記得鷹霜和莎夏先前是涉水而過的?」

「記得啊!」棘爪動動耳朵。「那又怎麼樣?」

「他們是涉水而過，」鼠掌又重複一遍。「不是游泳過去的，是直接涉水走過去的。」

棘爪一臉疑惑。

「你看河裡的那些踏腳石！」鼠掌跳起來，用尾巴指著那些石頭。「它們現在還是比水面高。但是下了這麼大的雨，又已經是禿葉季了，不是早應該被河水淹沒了嗎？」

「妳說的沒錯。」棘爪坐起來。

「水位不應該這麼淺吧?!」

「不過最近的天氣比較乾燥。」棘爪說出自己的看法。

「也沒那麼乾燥啊。」她爭辯道：「更何況今天一整天都在下雨，可是這河水完全沒有暴漲，一定有什麼問題。」

「譬如什麼問題？」

這時一個熟悉的聲音自河的對岸響起。「你們倆在幹嘛？」

原來是暴毛，他涉水走過那條河。「你們是不是也和我一樣，自從旅行回來之後就覺得有點被孤立了？」

「對啊，情況愈來愈糟糕，潑掌死了。」鼠掌難過地說道，「白掌正在為他守夜。」這時她突然想到他們是不是也應該回營，為死去的夥伴守夜哀悼。她看著棘爪，他似乎也感應到她的想法。

「我們等一下再加入他們。」他承諾道。

「要不要我幫你們抓條魚帶回去？」暴毛提議著。

「我們部族的確很需要新鮮的獵物。」棘爪喵聲說：「不過我想他們不會接受的。」

「你確定？」暴毛問道：「現在河水的水位很低，要抓魚很容易。」

「你看，我說得沒錯吧！水位的確比平常低。」鼠掌喵聲說，眼睛又盯著那條淺淺的河流。「是不是有什麼問題啊？」

暴毛聳聳肩。「只是最近沒下雨吧，這場大雨一定會讓水位再度上升的。」

鼠掌從寒風中聞到莎夏所遺留的些許氣味。她看看暴毛，突然覺得這條河的問題好像不是那麼重要，她反而更想知道河族族貓對那隻無賴貓的自由來去有什麼看法——再加上她的兩個孩子如今都已在河族裡得到相當的地位。「我們今天早上有見到莎夏。」她開口說道。

「妳認識莎夏？」暴毛表情訝異。「哦，我差點忘了，妳在救霧足的時候看過她，對不對？那時……我父親剛好被抓走。」

他的聲音愈說愈小聲，鼠掌用身子靠近他。「我真的很抱歉。」她無奈地說道。

暴毛用鼻頭輕推她的鼻子。「我才抱歉呢，我真希望我也在那兒幫忙。」他喵聲說，「但我父親卻自行作主去救回那些被困的貓兒。」他深深地嘆了一口氣，才又說道，「多虧了他，霧足才能回來。當她出現時，所有族貓們都嚇了一大跳。」

「我想最吃驚的應該是鷹霜吧！」棘爪故意冷言說道，這讓鼠掌瞪他一眼，要他小心自己的言詞。霧足不在的這段期間，鷹霜成了副族長，所以想也知道鷹霜應該不像其他貓兒一樣那麼歡迎霧足回來；但棘爪的這番話未免太啟人疑竇，誰知道暴毛清不清楚鷹霜的真正身世。

「對啊……我也懷疑他怎麼願意立刻卸下副族長一職，」暴毛同意道：「不過他對霧足歸來的歡迎程度並不亞於其他貓兒。他是個好戰士，他知道自己終有一天會當上副族長，所以並不介意多等些時候。」

「聽起來他滿有自信的。」鼠掌小心翼翼地繼續探詢。

「他一向如此。」暴毛答道：「重要的是他對部族很忠心，也矢志遵守戰士守則。」

鼠掌瞇起眼睛。她的直覺告訴她，暴毛根本不知道鷹霜的父親是誰。她看看棘爪，試圖讀出他臉上的表情，但棘爪顯然在想別的事。

「你認為還有機會可以讓豹星回心轉意，同意和我們一起離開森林嗎？」

「豹星說只要河裡還有魚，就哪兒也不去。」暴毛告訴他。

「難道她完全不在乎四大部族應該團結合作？」鼠掌質疑道。

「她是有問過泥毛有沒有得到星族的指示，」暴毛辯稱道：「不過泥毛最近都沒離開他的巢穴。」

「所以他也沒有得到星族的指示嘍？」鼠掌有些失望地說道。

「沒有，」暴毛嘆口氣道：「看樣子午夜答應我們的預言指示是不會出現了，畢竟兩腳獸都已經把四喬木給毀了。」

「也許我們已經看過神蹟，只是沒有領悟到它的含意罷了。」鼠掌大聲說出自己的想法。

「自從我們回來之後，已經見了許多與死亡掙扎的事情。」棘爪生氣地說道：「不只是戰士，還有小貓咪和見習生，但你們知道嗎？我真的開始懷疑會有貓兒為我們指引方向嗎？不管我們未來的路在哪裡，還是得靠自己去找。」

第十二章

葉掌正在搔抓她尾巴根部的毛髮，想把討厭的蝨子給刮掉。她用牙齒喀嗤一聲咬破蝨子肥胖的身軀，嘴裡嚐到蝨子從她身上吸來的鮮血，不禁暗自得意。「哼，被我逮到了吧！」

「妳可別告訴其他貓兒，妳還偷留了一點好吃的東西在身上，」鼠掌打趣說道：「他們可都是很想吃的哦。」

葉掌肚子咕嚕咕嚕地叫。她剛剛才和她姊姊分食過一隻田鼠，但那根本止不了饑。她們一起躺在淺淺的岩縫裡，看著太陽慢慢往陽光岩後方沉下去，天空很清朗，不見一絲雲彩，半個月亮高掛在午後黃昏的蔚藍天空上。

「煤皮已經決定晚上要去月亮石嗎？」鼠掌喵聲問道。

「她現在正在和火星商量這件事。」葉掌答道。每個部族的巫醫都會在月半時分到慈母口會面，分享從星族得到的訊息；但巫醫們不是只在月半時分才和平共處，他們不像四大部族之間時有爭執，巫醫的角色是超越這一切的，而現在更有必要討論一下各族之間的問題。

葉掌看見煤皮出現，趕緊爬了起來，急著想知道她們今晚到底要不要直接前往高岩山，別管林中有無危險？

但煤皮走進洞穴邊緣時，只是一逕搖頭。「火星同意我的看法。」她說道，「那邊有太多兩腳獸和怪獸了，我們不應該冒險前去。」

「但我們現在最需要的就是星族的訊息啊！」葉掌反駁道。

「火星說他不想冒這個險，他怕失去我們。他說得沒錯，要是部族裡少了巫醫，那怎麼辦？」

葉掌嘆口氣，用爪子扒著岩面。

「如果星族想找我們溝通，隨時隨地都可以。」煤皮喵聲說。

葉掌聳聳肩。「也許吧！」

「那也好，我很高興妳們不必去。」鼠掌等煤皮走了，這才開口說道：「兩腳獸曾把妳抓走，害我差點失去妳，這種事不能再來第二次了。」

葉掌很感激地伸舌去舔鼠掌。「妳真的認為河族的貓兒會去高岩山嗎？」她好奇地大聲說道。一想到其他巫醫可能會自行前往，就覺得有些怪怪的。不知道星族會不會覺得煤皮和葉掌是膽小鬼？

「我懷疑他們會冒這個險嗎？」鼠掌告訴她。「上次棘爪和我見到暴毛時，他說泥毛病得很重。」

「我只是想，要是四大部族的巫醫都能一起去月亮石那裡，也許就能讓各部族之間的關係更好一點。」葉掌承認道。

鼠掌點點頭。「我知道，妳是覺得森林裡遭逢這種變故，理當讓四大部族更加團結；就像當初血族來襲時，四大部族反而願意聯手合作，但這次大家卻自掃門前雪。」

「每個部族似乎都對未來各有各的盤算。」葉掌嘆口氣道：「要是星族能給我們一個預言就好了。」

「妳是不是在想星族今晚或許會透露一些訊息給妳？」

葉掌輕輕點頭，不敢看她姊姊的眼睛。她不敢明說，因為她這一整天下來一直很憂心忡忡，她擔心萬一她們一路涉險趕到月亮石，卻發現星族什麼也沒說，那該怎麼辦。

「四大部族這麼不團結，實在很蠢。」鼠掌的話語打斷了她的思緒。「其實這四大部族有很多他們想不到的共同點。」

葉掌若有所思地看著她姊姊，心想莫非她姊姊話中有話。

「畢竟，影族、河族和雷族都有共通的血緣。」鼠掌繼續說道。

「妳是指褐皮和暴毛？」

「不只他們，」鼠掌的尾巴隨著她的話語一上一下地彈跳著。「還有其他貓兒也和雷族有血緣關係。」

葉掌嚇了一跳，難道她姊姊發現了她一個月前就已知道但從未說出口的祕密？「妳是說虎星是鷹霜和蛾翅生父的這件事？」

鼠掌一臉驚訝地瞪著她。「妳不會是在夢裡心電感應到我的念頭吧？」

葉掌搖搖頭。「我以前就知道這件事了。」她承認道。

「那妳怎麼不告訴我？」鼠掌質疑道。

「我不認為這件事很重要，至少就目前來說並不重要，畢竟各族現在都面臨著更大的危機，就算虎星是鷹霜和蛾翅的生父，那又如何？」葉掌知道這種說法只能說服自己，因為若真的有貓兒也像虎星一樣擁有強烈的權力慾望，這恐怕是四大部族最不願樂見的事情。

「像鷹霜這種戰士是不能信賴的。」鼠掌堅稱道。

葉掌覺得有些話很難開口，但不說不行。「不過虎星也是棘爪的生父啊！」她直言道，「但棘爪就很忠心。」

「棘爪不同。」鼠掌厲聲說道。

「當然不同。」葉掌連忙應和，「我的意思是生父是虎星，並不代表他就會像他父親一樣。」她心中暗自祈禱這是真的。

「說的好。」鼠掌點點頭。「更何況棘爪和鷹霜完全不一樣，他們一點都不像，完全不像。」

葉掌蜷伏在她姊姊身旁，為了取暖，還刻意將鼻頭塞進腳底下。鼠掌的話不斷迴盪在她腦海，棘爪是不是也這麼說呢？也許吧！

「晚安，鼠掌。」她輕聲說道，瑟縮起身子，往鼠掌那兒靠攏，不願再去想剛剛那場尖銳的對話。其實葉掌不必靠心電感應也知道她姊姊早就愛上棘爪。

她閉上眼睛。**不曉得星族會不會託夢給我**，她這麼想著；而此時，睡眠也宛如一條輕柔的小河，漸漸漫過她全身。畢竟現在是月半時分，就算她們沒去月亮石那兒，也應該可以感應到什麼吧。

葉掌覺得有個鼻子不斷推她，將她給驚醒。「誰啊？」她睏意十足地低語。

「是我，蛾翅。」這隻年輕的貓兒發出恐懼的顫抖聲。

葉掌驚愕地睜開眼睛，只見河族見習生的身影鑲在淺淺的月光下。

「快點起來，我需要妳幫忙。」蛾翅壓低聲音說道。

葉掌覺察到她姊姊也被驚醒。「怎麼回事啊？」鼠掌打個呵欠。

「是蛾翅啦！」葉掌告訴她。

鼠掌立時跳起身。「妳來我們這裡做什麼？」她嘶聲說道。

「我需要葉掌的幫忙。」蛾翅解釋道：「泥毛病得很重。」

「那妳就可以半夜偷偷摸摸溜進這裡？」

「小聲點，鼠掌，妳想吵醒整個雷族啊？」葉掌厲聲說道。其實她很想告訴她姊姊，別再把眼前的蛾翅看成虎星的女兒，現在的她只是一隻坐困愁城的巫醫而已，但她終究沒說出口，因為她不想讓蛾翅覺得不自在。「妳們兩個等我一下，」她喵聲說：「我去告訴一下火星和煤皮。」

「可是……」蛾翅正欲開口。

葉掌立刻用眼神制止她再說下去。「我會和妳去的，但我得報備一下我去哪裡了。」她丟下這兩隻毫無交集的貓兒，匆匆走上斜坡，往突岩處走去。她匍匐爬進陰暗的洞穴，尋著她父親的氣味，來到他身邊。

火星有些睏倦地抬起頭。「是妳嗎？葉掌？」他身旁的沙暴動了一下身子，但沒醒。

「蛾翅來找我，問我可不可以過去幫忙泥毛，他病得很重。」她看見洞穴後方有個身影朝她這邊移動，她嗅出是煤皮的味道。

「她是怎麼治療他的？」巫醫壓低聲量問道。

「我不知道。」葉掌答道。

「妳們覺得去那裡安全嗎？」身在幽暗處的火星，眼裡閃過一絲不安的光芒。

「蛾翅不會騙我的。」她向他保證道，心想他大概是怕強大的河族會有所埋伏。

「那妳就去吧！」火星低語道，「要是妳天亮還沒回來，我會派搜索隊去救妳的。」

「我們會回來的。」煤皮保證道。她抬眼迎向葉掌那雙詫異的眼睛。「我也一起去，我們得盡其所能幫助泥毛。」她領著葉掌走出洞穴，往存放藥草的岩縫走去，從裡頭拉出幾包葉子。

葉掌拾起一些，然後兩隻貓兒便匆匆趕向蛾翅和鼠掌的等候處。

「我和妳一起去。」鼠掌大聲說道。

葉掌搖搖頭。「沒必要。」她沒有放下嘴裡叼的藥包，直接從齒縫說道。

「我保證她們兩個會安全回來的。」蛾翅喵聲說。

鼠掌一臉懷疑地瞪著河族貓兒，但葉掌很清楚，其實她姊姊眼裡所看到的是另一隻全然不同的貓，閃閃發亮的琥珀色眼睛。儘管她們姊妹倆是在虎星死後才出生，但早已聽聞過這個兇神惡煞的諸多惡行，對他的一切絕對是耳熟能詳。

「別忘了還有棘爪。」她附耳對她姊姊說道。流著虎星的血並不代表也會像他一樣邪惡。

「妳來帶路，蛾翅。」煤皮因為嘴裡叼著幾包藥草，說話的聲音也頗為含糊。但蛾翅隨即點點頭，悄悄地往斜坡下方走去。

她們很輕易地涉水而過那條河流，完全沒把藥草弄濕。葉掌想到差不多一個月前，她也是踩著河裡的石頭過河，但卻差點被湍急的水流沖走，還好有斑葉這位祖靈救了她，她才沒被捲進下雨暴漲的洪流之中；而如今這條河水卻只是在岩間涓流而過，水位之低根本無法完全蓋過河床裡的小石子。

蛾翅帶著雷族的貓兒走進蘆葦叢，感覺上這些蘆葦叢不像以前那麼潮溼，踩在腳下的感覺有些乾乾的。葉掌一想到要進到別族營地，心跳不免加快，但蛾翅似乎並不擔心，直接帶著她們穿過蘆葦叢間的空地。幽暗處有許多雙閃閃發亮的眼睛，但流露的眼神卻淨是憂慮與好奇。

「還好妳們來了。」豹星出來迎接她們。即便在月光底下，葉掌還是看得出來河族族長比最近見到她時要瘦了許多，她的毛髮鬆垮垮地垂在身上，兩眼因飢餓而顯得無神，這種兩眼無神的情況對葉掌來說其實早已見慣。

但問題是兩腳獸離河族領地這麼遠，為什麼河族也會挨餓呢？

「泥毛在自己的窩裡。」豹星喵聲說，「蛾翅會帶妳們進去。」她直視煤皮的眼睛。「請盡妳一切所能，別再讓他痛苦了，他為我們這個部族已經做得夠多了，若是星族真要他回去，也請讓他安詳地離開。」

葉掌跟著煤皮和蛾翅穿過一條狹窄的蘆葦通道，直接進入一方小小的空地。這地方和以前雷族營地存放藥草的空地很像，這也使得葉掌更懷念起以前的老家。

陰暗角落裡傳出低沉的哀鳴聲。

「別擔心，泥毛，」蛾翅低聲說道：「我帶煤皮來了。」

煤皮急忙走過去檢查巫醫的身體狀況，她不斷嗅聞，用腳爪輕壓他的身體。看這情況，泥毛虛弱的身軀恐怕已是病入膏肓。泥毛顯然很痛苦，聲音微弱，似乎非常疼痛不堪。

「煤皮……讓……我……我……走得……舒服點……」他語帶祈求地說道，粗嘎的聲音有如爪子扒刮地面那般刺耳。

「我的好朋友，你先躺好別動。」煤皮抬頭看看蛾翅。「妳給他吃過什麼藥？」

「我用大蕁麻來治療他的腫塊，又用蜂蜜和萬壽菊緩解他的感染問題，還用小白菊幫他清熱，再用罌粟籽減輕他的痛苦。」蛾翅很快地說出自己的處方。葉掌驚訝地眨眨眼睛，上次見到蛾翅時，她還正坐困愁城——因為當時有個河族見習生差點被淹死，蛾翅慌得不知所措，那時候還是葉掌幫她把那個見習生給醫好的。

「很好，如果是我，我也會用這些藥方。」煤皮同意道：「妳有試過蓍草嗎？」

蛾翅點點頭。「可是那讓他很不舒服。」

「有時候是會有些副作用。」煤皮低頭看看泥毛，藍色的眼睛滿是同情與不捨。「我很抱歉，我實在想不出其他方法可以幫他。」

「可是他很痛苦。」蛾翅抗議道。

「我會給他多吃點罌粟籽。」煤皮喵聲說：「妳還有金盞花嗎？」

「還有很多。」蛾翅急忙從蘆葦叢縫隙裡拿出約一掌分量的乾花瓣；於是煤皮從自備的一只葉包裹取出一些乾莓果，再將花瓣加進去──乾莓果還很軟，足以和花瓣揉捏成團；然後煤皮在上頭灑下比平常用量還多的罌粟籽，再推到泥毛面前要他吃下去。

「這可以緩解你的疼痛。」她低聲說道，「盡量多吃點。」

老巫醫開始舔食那些藥草，當他知道裡面的成分時，眼神因感激變得柔和起來。葉掌心想，煤皮是不是放了很多罌粟籽，好讓泥毛一覺睡到星族的天國，可是當她看見導師眼中流露的溫柔神色時，立刻知道她只是想幫忙緩解泥毛的痛苦；雖然戰士祖靈們最近緘默異常，但煤皮還是相信時候若是到了，祂們自會來將他接走。

「妳們倆出去吧！」煤皮低聲向葉掌和蛾翅說：「我來陪他，等他睡著了，我再出去。」

「他會死嗎？」蛾翅問道，聲音有些顫抖。

「暫時不會。」煤皮告訴她。「但這帖藥可以緩解他的痛苦，直到星族前來接他為止。」

葉掌退了出來，跟著蛾翅穿過通道，走進大空地。

「他還好嗎？」她們一走進銀色的月光底下，豹星便趨前問道。

「煤皮已經盡力了。」蛾翅向她回報道。

豹星點點頭，這才轉身離開。

「我以前從沒來過這裡。」葉掌喵聲說，有點希望藉此話題來轉移蛾翅的注意力。「這裡是很棒的藏身住所。」

年輕貓兒聳聳肩。「這營地是不錯。」

「難怪豹星不想離開這裡。」葉掌繼續說道，但很小心自己的言辭。她很好奇豹星怎麼會突然變得這麼瘦——不過從那些在空地邊緣走動的其他貓兒身影來看，挨餓的恐怕不止河族族長一個。

「現在河裡的水位這麼低，你們都捕不到什麼魚了吧？」葉掌大膽揣測道。

蛾翅注視著她良久。「是啊，我們最近都吃不飽。」

「那意思是不是說，豹星可能考慮離開這裡？」

但令她失望的是蛾翅竟然搖搖頭。「豹星說只要兩腳獸不入侵我們的領地，我們就不走。她還說要是那條河不能餵飽我們，我們就得學會捕捉新的獵物。」

對於河族族長的固執，葉掌感到十分洩氣——這裡根本沒有新的獵物，她真想放聲大叫——但她又不能表現出她對河族的不敬之意。「妳是很棒的巫醫欸。」她喵聲說，硬生生地轉了個話題。「妳已經做得很好了，煤皮能幫上忙的地方其實也有限。」

這時鷹霜的聲音突然自葉掌身後響起，害她嚇了一跳。

「妳說得沒錯，」他同意道：「河族很幸運，能有蛾翅接任泥毛的位置。」

「鷹霜對我的信心比我對自己的信心還來得大。」蛾翅喵聲說。

「妳不必懷疑。」鷹霜堅稱道，「我們的父親是個偉大的戰士，我們的母親也很自負和強壯，他們只有一個缺點：太忠於自己——拿莎夏來說，到今天為止，她還是如此。」他停頓一會兒，環顧四周空地。「而我們和他們不一樣，我們瞭解忠於部族這件事有多重要；我們會恪遵戰士守則，也因為如此，總有一天我們會成為河族裡最有權勢的貓兒，到時所有族貓都得尊重我們。」

葉掌聽得不寒而慄。不管鷹霜有多信誓旦旦地說他自己會恪遵戰士守則，但他的那股野心還是不容小覷，就像他父親以前一樣。

蛾翅發出興味的喵嗚聲。「妳別對我哥說的話太認真，」她告訴葉掌。「他是河族裡最有膽識又最忠心耿耿的戰士，但有時候還是難免誇張了點。」

葉掌眨眨眼睛，她衷心希望蛾翅說的沒錯，但鷹霜那雙倨傲的眼神卻令她非常不安。有某種聲音在告訴她，這只是開始而已，這個直覺令她多少毛骨悚然。

鷹霜是不可以被信賴的。

第十三章

鼠掌把老鼠丟進新鮮獵物堆裡，其實這裡就只堆了巡邏隊一早帶回來的一隻麻雀和一隻田鼠，所以看上去還是很少。栗尾已經和她一起出去狩獵過了，但卻空手而返。

「把那隻直接拿去給長老吃。」火星喵聲說，緩步走來。

「不給蕨雲嗎？」鼠掌問道。

「煤皮說她還是不肯吃任何東西。」火星嘆了口氣。「還好柯蒂一直在幫忙餵小白樺。」

「那隻寵物貓應該回兩腳獸那兒去，別再待在這兒吃我們的東西了。」栗尾不悅地說道，「她又不會狩獵！」

「柯蒂自己根本沒吃什麼。」火星直言道：「而且有她照顧小白樺，其他貓兒才有更多時間去狩獵。」

鼠掌有些同情地看看栗尾，心想她可能是氣柯蒂佔用葉掌太多時間，而不是氣她是寵物貓這件事。鼠掌叼起老鼠，直接往陽光岩頂最能讓長老們曬到太陽的那塊地方走去。

霜毛和斑尾正閉起眼睛打瞌睡。這時候，年紀不比某些戰士大的瞎眼公貓長尾坐起身子。

「我聞到老鼠的味道了。」他喵聲說。

「這隻老鼠恐怕不夠大。」鼠掌有些抱歉地說道。

「沒關係。」長尾安慰她。他用爪子戳戳那隻老鼠，老鼠小小的身軀動了一下，他的尾尖立時興奮地上下抽動，彷彿對狩獵的熱情仍絲毫未減。

突然他抬起頭，張開嘴巴嗅聞空氣。「風族！」他大聲說道，驚訝的語調多過於警示的成分。

「什麼？在哪裡？」鼠掌抬頭張望，喵聲問道。她想她父親一定沒想到此刻會有訪客。

就在岩底盡頭，高星正領著一小群狼狽憔悴的隊伍走出林子。雷族貓兒看著他們慢慢爬上火星的所在處，沒有上前挑釁。高星的腳步蹣跚，身子非常瘦弱，連鼠掌都覺得他能一路走到這裡已經算是奇蹟了。兩個戰士陪在他身邊，但情況也好不到哪兒去；一鬚和裂耳瘦到好像是用樹枝和葉子紮起來一樣，鼠掌不禁擔心只要風一吹，他們可能就會倒在地上。

鴉掌走在隊伍的最後面，看上去比當初旅行時瘦上許多，但還不至於像隊友們那樣骨瘦如柴。鼠掌跳下斜坡，想用鼻頭輕觸他，以示歡迎，但近距離一看，才發現鴉掌也像其他隊友一樣兩眼無神，毛髮凌亂。

「鴉掌！」她大聲喊道：「你還好嗎？」

「我們都很好。」鴉掌大聲說道。

裂耳瞇起眼睛看著她。「鴉掌狩獵時非常拚命，風族吃的食物幾乎都是靠他供應的。」

鼠掌豎起耳朵。

「兩天前，他甚至抓到一隻老鷹。」裂耳繼續說道。飢餓雖然似乎拖垮了這名風族戰士的精力，但鼠掌還是能從裂耳的語氣中嗅出一種與有榮焉的感覺。

鴉掌聳聳肩。「我只是利用以前那個部落教我們的方法。」

「鴉掌！」棘爪一路跳上岩石。鼠掌發現棘爪的眼神突地暗了下來，心想大概是因為發現他的朋友過於憔悴無神而有些吃驚的關係。

高星的聲音引起她的注意。「火星，我們是來求雷族幫忙的。」他粗嘎地說道；然而開口說話這件事對他來說似乎也很費力，他四隻腳幾乎站不住，整個身子傾向一邊。鼠掌正想過去幫忙，卻被棘爪用尾巴給攔了下來。

「兩腳獸已經開始摧毀我們藏身所在的養兔場。」高星氣喘吁吁。「我們無法再立足於高地荒原，但我們身體又太虛弱了，根本沒辦法獨自遠行；我不管我們到底有沒有得到另一個預言，我只知道我們必須離開這裡。求求你們帶我們到太陽沉沒的地方吧！」

火星低頭看著高星。鼠掌見到她父親眼裡閃爍著悲痛的淚光。「我們一向是盟友，」他喃喃說道，「我怎麼忍心見到你們挨餓呢。」他抬起目光，凝神注視前方的林子。這時林子下方的刺藤叢突然窸窣作響，一個淺蕨色的身影從灌木叢裡衝了出來。

褐皮！只見那隻影族貓兒毛髮倒豎，眼裡布滿驚恐。

「兩腳獸正在攻擊我們的營地！」她放聲喊道，聲音在岩間迴盪。「牠們用怪獸把我們包圍起來了，快點來幫我們！」

火星一馬當先跳下斜坡，就連高星也撐起身子，急急走向影族戰士。

「求求你，快來幫幫我們！」褐皮向火星哭喊，「求你看在我身上也流有雷族血液的份上，快來幫我們吧！」

火星用尾尖輕拂過她的嘴。「為了影族，我們會去的。」他很溫柔地告訴她。「也是為了森林裡所有部族。」他看看他的戰士。「棘爪、鼠毛、沙暴，你們各自帶領一支隊伍。所有身強體壯的貓兒都要上陣。」這三個戰士馬上銜命在貓群之中穿梭指揮。

「那這座營地的防禦工作怎麼辦？」塵皮大聲喊道。

「要防禦什麼？」火星答道：「我們唯一的敵人，現在正對影族展開攻勢。」

「那河族呢？」葉掌的聲音從斜坡上方響起。雷族戰士全都轉頭看她，她嚇得噤聲不語。鼠掌的心頭一震。她妹妹說得沒錯，營地沒有戰士看守，鷹霜可能會慫恿河族將陽光岩佔為己有。

但戰士們顯然誤會了葉掌的意思。「河族不會幫我們的。」鼠毛啐道。

「也許會！」然而煤皮卻有不同的看法。「那條河已經快乾了，河族不再像以前那樣擁有充足的食物。」

鼠掌看看棘爪，原來不止她和棘爪注意到這個現象。要是河族也正坐困愁城，或許他們會比較願意幫忙雷族，而不是反過來攻擊；但是她對鷹霜的疑慮還是存在。

火星的眼睛突然亮了起來。「棘爪！」他喊道：「你過去河族那兒，請求豹星幫忙。」

「是的，火星！」

「先去找霧足。」鼠掌在他身邊低語。「務必確定要鷹霜也一起來，千萬別讓他單獨留在營裡。」

棘爪瞇起眼睛。「妳認為他會趁機攻擊這裡？」

「小心點總是比較好啊！」

棘爪哼了一聲。「妳也太多疑了吧。」說完轉身就走。

鼠掌覺得對棘爪很不好意思，希望他別以為她也在懷疑他。

「鼠掌，妳加入我這一隊。」沙暴命令道：「盡量跟著我或塵皮，知道嗎？」

鼠掌點點頭。她的爪子因興奮而微微刺痛。現在該是反擊的時候了——又或者，就算風族戰士的加入，可能讓這場戰役變得更有勝算，但也該承認森林已不再屬於他們，該是離開的時候。一鬚激動地拍打尾巴，裂耳在他前方焦躁地來回踱步。

「我們和你們一起去。」高星大聲說道，沙啞的聲音再度注入了力量。

火星搖搖頭。「你們現在體力太弱了。」

高星眼神堅定地看著火星。「我和我的戰士都會去。」

火星垂下頭。「好吧！」他恭敬地說道，然後檢視自己的族貓。「鼠毛、沙暴、棘爪，你們已經整隊完畢了嗎？」

三位戰士點點頭。

「這可能是我們在這座森林裡的最後一仗。」火星繼續說道，聲音之宏亮，幾近於咆哮。

「我們不可能完全擋住兩腳獸，但我們一定要設法救出影族。」他看看葉掌。「妳必須和我們一起去，才能及時照顧受傷的戰士。煤皮待在這裡照料留下來的貓兒。」

鼠掌知道因為巫醫身上帶有舊傷，所以待在陽光岩照顧那些從戰役中受傷回來的貓兒，反而更能發揮功效。她腦中閃過要好好保護妹妹的念頭，但也不免提醒自己，其實巫醫也像其他戰士一樣學過戰鬥技巧。

火星領著他的族貓走下斜坡，這時鼠掌聽見一鬚對著他族長附耳說話。

「高星，你年事已高，」他的語氣急切。「拜託你待在這裡別去。」

「不管我年紀如何，我都對這座森林有責任。」高星冷靜地回答，「我不會在這場戰役中缺席的。」

鼠掌看見老公貓冰冷堅毅的眼神，不由得為他老驥伏櫪的精神為之喝采。這時一鬚也只能點頭同意，跟著他走下斜坡，加入其他貓兒的行伍。

火星在林子邊緣停了一會兒，檢視所有隊伍是否準備就緒，這才率領他們衝進林子。鼠掌和褐皮並肩跟在火星後面，四隻腳在堅硬的地面上規律地飛彈起落，她回頭一看，所有貓兒都已跟上來了，就連高星也緊隨在後；他們沿著河岸，安全穿過離深谷最近的兩腳獸空地，再迂迴繞路，直接來到通往四喬木的斜坡頂；火星沒有猶豫，逕自帶著他們爬上制高點。山凹下面，清楚可見已被砍伐斃命的樹木整齊成堆地排放一起；鼠掌突然覺得反胃，因為她看見巨岩已經被完全碾碎，徒留一大堆碎石塊。

鴉掌穿過貓群，來到她身邊。「不要看它。」他語帶提醒。「就算巨岩還在那裡，也幫不了影族的忙。」

突然一個嗥叫聲自他們身後傳出。火星戛然轉身止步，跟在身後的貓兒也都迴過身，止住腳步。

河族的副族長霧足駐足在斜坡頂，河族最精良的戰士在她身旁一字排開，有暴毛、黑爪、蛾翅……其中最顯眼的就是鷹霜的身影。棘爪站在鷹霜旁邊。淺灰色的蒼穹下，棘爪的頭顱與肩膀幾乎和鷹霜如出一轍。

「等一下！」霧足朝下方喊道，「讓河族加入你們吧！」

棘爪衝了下來，跑向鼠掌。

「你是怎麼說服豹星的？」她喘氣說道。

「根本不用費什麼功夫。」棘爪告訴她。「他們也在挨餓，也快受不了了。」

暴毛穿過鬧哄哄的貓群，來到他們身邊。「我們可以一起並肩作戰了。」

「就像以前一樣。」後方的鴉掌大聲說道。

鼠掌環顧四周，突然發現曾經結伴前往太陽沉沒的地方的那群夥伴，如今都在她身邊──棘爪、暴毛、鴉掌以及褐皮；她向天空望了一眼，**羽尾，妳看見了嗎**？她閉上眼睛，多麼希望他們的朋友沒有長眠在急水部落裡。

「走吧！」火星喊道，一聲令下，領著他們衝向影族領地。

幾個月來一直是雷族和影族領地分界的轟雷路，如今竟靜得出奇。

「兩腳獸剛開始摧毀部分森林前，就不讓其他怪獸進到這兒來了。」褐皮低聲告訴鼠掌。

「至少這樣一來，我們可以輕鬆穿過去。」她解嘲道。

當鼠掌穿越橫亙其中的道路，跑進林子前，只覺得腳下路面堅硬冰冷。她聽見遠方怪獸的隆隆聲響，也聞到牠們的嗆鼻味道；她的爪子不停發抖，但腳步卻因心中憤慨到極點而沒有停下來；鴉掌跑在她旁邊，眼神冷峻地注視著眼前的路面；鼠掌很驚訝，鴉掌的身軀雖然憔悴瘦弱，但體力卻異常地好。

她瞄見林間有頭怪獸正在行進當中。牠垂下巨大的前爪，用尖尖的爪子，忙著清除矮樹叢；猛然間，一個可怕的聲音充斥林間，鼠掌連忙壓低身子，停住腳步。森林四周到處可聞到可怕的嘎吱作響聲，空氣像要被撕裂一樣。

鼠掌將身子平貼在微微震動的林間地面上，她發現有頭怪獸只離她一根尾巴之遙。牠正用巨大的爪子在鑿挖地上的橡樹，把它像草一樣從地底連根拔起。怪獸推倒那棵樹，開始進行切割。樹的枝幹像冰雹一樣紛紛掉落，四周掀起漫天塵屑。他們身後突然響起隆隆聲響，鼠掌連忙轉身，這才發現他們的退路已經被另一頭滾動而來的怪獸給擋住了。

「牠們快進去營地了。」褐皮大喊道。

鼠掌心中一驚，覺得反胃，她看見前方有更多怪獸，全都朝著影族營地所在的刺木叢一路翻攪而去。

「我們必須走那個方向。」火星喊道，並用尾巴指指林子裡還沒有怪獸駐足的另一個缺口。

「不行！」鴉掌厲聲說道：「走這裡比較快！」他一馬當先地衝出去，想直接跑進營地。

裡。

「等一下，你會被牠們宰了。」鼠掌立時撲上鴉掌的背，把他壓在地上，爪子跟著陷進土

他被她壓在下面，聲嘶力竭地憤怒喊道，「放開我！」

棘爪也跑了上來。「你不要這麼傻好不好，鴉掌！」

「他瘋了！」鼠掌尖聲喊道，「我不會讓他去送死的。」

「我不怕死！」鴉掌卻頂了回來，「反正這座森林已經沒救了，但我至少還有羽尾在星族那裡等著我。」

第十四章

棘爪低下身子，對著鴉掌放聲吼道：「你情願去找那個已經死掉的戰士，也不願意為還活著的我們奮力一戰嗎？」鼠掌感覺得到鴉掌的身子不再反抗了，但棘爪卻繼續罵，「現在是你的部族最需要你的時候！拜託你腦袋清楚一點，聽從火星的指揮好不好！鼠掌，妳可以放開他了。」

她小心翼翼地放開鴉掌，有些擔心他可能又會衝進林子裡；但風族見習生只是站在原地，甩甩身子。

在他們後方，執行獵殺榆樹任務的怪獸正對著目標下手。尖銳的木屑劃過空氣，灰色的小屑片刷地插進鼠掌的毛皮，她突然一陣刺痛。

「快走！」火星大喊。貓兒們往前一跳，怪獸這時正好扯掉榆木的樹枝，往地上一丟，恰好砸在貓兒們剛才的立足之處。

等他們來到刺藤叢時，火星才停下腳步。

「沙暴，妳帶葉掌還有妳的隊友去把小貓和貓后弄出來。」他指揮道，「鼠毛，妳帶裂耳、鴉掌，還有妳的隊友去找長老們。」

鼠掌轉身正要跟她母親一起去，火星卻叫她回來。「鼠掌，先別走。」他命令道：「棘爪，你去幫忙那些見習生逃出來，麻煩河族的戰士跟他一起去。」霧足點點頭，和雷族貓兒一塊衝了出去。「塵皮，你在入口這裡等，一定要確保每隻貓兒都逃出來，別讓他們堵住了通道。」

「那我呢？」其他貓兒都銜命走了，於是一鬚問道。

「我馬上會告訴你。」火星承諾道，然後轉向正用爪子劃著地面的褐皮。「這個地方妳比較熟，我們不能再走剛剛來的那條路。還有哪條路可以最快離開這裡？」

「那邊！」褐皮立刻回答，朝著林子裡的一個缺口示意。「如果我們快一點，我們可以趕在怪獸之前先進到那裡，那邊有小路可以通到轟雷路下方的隧道。」

火星轉身面對一鬚和高星。「你們兩個一定要守住我們的逃生通道。」他喵聲說。這是所有任務當中最不危險的工作，鼠掌猜，她的父親只是想保護年事已高的風族族長。

火星看著棘爪和鼠掌。「你們兩個跟著褐皮進入營地，她知道各個洞穴的位置，一定要確定營內所有貓兒都已撤出。要是你們聽見我的吼叫聲，立刻給我離開那裡，因為那表示怪獸已經抵達刺藤叢。」

棘爪用鼻頭壓壓鼠掌的耳朵。「妳可以吧？」

「當然可以！你以為我還是……離不開育兒室的小貓咪啊？」鼠掌憤憤不平地反駁道。棘爪瞇起眼睛看著她，眼裡有關懷的神色，她突然明白他只是擔心她而已。「我沒問題的。」她保證道：「這就像一場戰役，我必須為這座森林而戰——就算贏不了，也得奮力一搏。我們不能讓褐皮失望。」

她旋即轉身，跑向營地入口。這時褐皮已經鑽進通往營地的刺藤通道。鼠掌尾隨褐皮的腳步走入空地，但赫然出現的恐怖畫面卻把她嚇得差點不敢動。陷入極度恐慌的影族貓兒們盲目地四處亂竄，到處可見驚惶失措的身影；貓后們放聲嘶喊自己的孩子，戰士們怒聲下達各種命令，驚恐的哀號聲撕裂了整片空氣。

在混亂之中，新加入的戰士們反而還能力求鎮靜。鼠掌瞄見栗尾和裂耳正護送著一群惶恐無依的長老穿過空地；更遠處，是葉掌正在催促影族最年長的巫醫鼻涕蟲往營地入口走去。

黑星白色的身影在陰暗處尤其明顯。一隻灰色的見習生全身發抖地蹲伏在他旁邊。「別怕！」影族族長大聲說道，並用爪子輕推見習生。「我不會讓你死的。」

他把已經嚇呆的見習生往通道口推。突然空地盡頭處出現一隻小貓咪在尖聲嘶叫。黑星轉頭去看，鼠掌也順著他的目光望過去，只見那小東西的暗褐色身影趴伏在地面上，眼睛緊緊瞇著。

黑星看到鼠掌。「別呆在那兒，快把煙掌帶出去，我去救那隻小貓咪！」他將見習生推向她，轉身朝小貓咪跑去。

煙掌只是目瞪口呆地看著她，沒有說話也沒有任何動作。現在根本沒時間自我介紹了，鼠掌一張嘴就咬住對方頸背，拖著他穿過空地，把他推進通道口，再回頭掃視空地。黑星已經抓到那隻小貓咪了，正朝她這兒衝過來。鼠掌及時閃邊，讓影族族長穿過去。

她衝向育兒室藏身所在的灌木叢，往陰暗處窺探。她用力嗅聞空氣，無視於怪獸的隆隆怒吼聲，仔細傾聽有無貓鳴叫的聲音。這巢穴應該是空的。

「大家都逃出去了嗎？」蛾翅站在她旁邊，毛髮根根倒豎。

鼠掌點點頭，這時卻聽見鷹霜向其中一名夥伴喊道，「我們已經盡力了，現在趁這座營地還沒被摧毀前趕快撤出去。」

「我們要待在這裡，確定所有貓兒都逃出去才行！」霧足當下駁斥，尖銳的怒吼聲瞬間令鷹霜嚇得不敢動彈。

「你別表現得好像是你在指揮一樣！」蛾翅生氣地對她哥哥說道。

「也許不是現在，」鷹霜反駁回去。「但總有一天會的！」

鼠掌只覺得不寒而慄，但沒時間多想。一隻龜殼色的影族貓后正費力地帶著兩隻小貓穿過空地，她不斷來來回回地放下其中一個，又回頭去叼另一個。鼠掌馬上奔了過去。

「我來負責這個！」她氣喘吁吁地說道，立刻用牙齒叼起那個小東西。

貓后感激地看了她一眼，和她一起朝入口走去。塵皮等在外面，鼠掌把小貓塞給他，又鑽回通道。

營地正快速清空中，怪獸的怒吼聲震耳欲聾，近在咫尺。一定要確定營內所有貓兒都已撤出。火星的命令言猶在耳。她急急地搜索營裡各個角落，看看是否還有貓兒落單，但又不免擔心怪獸隨時可能衝進來，現在只剩棘爪、褐皮和蛾翅還在空地上。

「蛾翅，妳先出去幫葉掌照顧傷患。」棘爪斷聲說道，「我們來找落單的貓兒就夠了。」

蛾翅往通道跑去。「你們要快一點哦！」她回頭向身後的他們喊道。

營地四周的樹倒的倒，垮的垮，光禿禿的樹枝像枯骨一般地咯吱作響；但鼠掌到現在都還沒聽到她父親的信號，所以她只能假設目前是安全的。

「大家都逃出去了嗎？」棘爪問道。

「我們必須再檢查各巢穴一次，才能確定。」褐皮氣喘吁吁地說道。

「我已經檢查過育兒室了。」鼠掌喵聲說：「是空的。」

「高罌粟和她的小貓咪都走了嗎？」

「我之前有送一隻貓后和她的小貓咪進去通道裡面。」鼠掌告訴她。

棘爪輕拍尾巴。「我去檢查戰士的巢穴。」他看著褐皮。「妳去看看見習生的巢穴。」

「那巫醫那裡呢？」鼠掌向褐皮喊道。

「小雲已經走了。」

「會不會有生病的貓還待在那兒？」鼠掌問道。

褐皮眨眨眼睛。「我不知道。」她承認道。

「我去看看！」鼠掌應聲說道：「入口在哪裡？」

「那邊！」褐皮用尾巴指著戰士巢穴旁的荊棘叢。

鼠掌縮起身子，擠入狹窄的通道，後面有一處很大的巢穴，被厚厚的山楂樹枝所覆蓋，與營地和林子完全隔開。巢穴是空的，她正打算要鑽出去時，突然聽見她父親的吼叫聲。

「快出來！怪獸已經進到營地了！」

她一心想鑽出通道，但刺藤卻勾住她的毛，她急著掙脫，卻發現那些刺勾得更緊。她的頭上有一棵樹正嘎吱作響，樹幹不斷發出斷裂的霹啪作響聲，眼看就要倒下來了。砰地一聲，大樹撞上地面，發出震耳欲聾的可怕聲響，撞擊點離營地的屏障物太近，近到連鼠掌都覺得一陣地動天搖。

她驚慌失措，只能使勁地扭動身子，拚命想脫身。「棘爪！」她放聲大喊，「快來救我！」她覺得隨時都會有倒下來的樹幹砸在她頭上。難道她會為了救影族而喪命嗎？難道她沒有機會親眼看到他們的新家了嗎？

鼠掌突然驚覺好像有牙齒咬進她的頸背，硬生生地將她拖了出來。刺藤像爪子一樣刮過她的腹側，但她不在乎。她跳起身，棘爪正看著她，腹部不斷起伏，喘得厲害。

「謝謝你！」她氣喘吁吁地說道，用自己的鼻頭抵住他的鼻頭，但他們現在還身處險境，另一棵樹正在他們頭上嘎吱作響，鼠掌抬頭一看，只見一團巨大的黑影正緩緩倒向營地——原來是一棵龐大的梧桐樹正朝著他們的方向慢慢傾斜，樹幹搖搖欲墜，大片樹枝正漫天鋪地地蓋下來。

「褐皮在哪裡？」她喊道。

「我叫她走了！」棘爪喵聲說：「大家都走了，只剩下我們，我們快離開這兒！」

這兩隻貓兒迅速衝向營地入口，鑽了進去，差點就撞上等在外面的塵皮。

「你們是最後兩個了。」他喊道：「快走吧！」

鼠掌回頭一看，只見那棵梧桐樹直接倒在營地，笨重的樹枝壓垮了地上的一切——另一個部族的營地也被毀了！這座曾被影族住了好幾個月升月落的家園已不復存在。

塵皮帶著他們穿過林子。高星和一鬚正等在小路上，他們瞪大眼睛，驚恐看著四周森林的慘況。火星、葉掌和褐皮也在他們旁邊。

「快點！」一鬚催促道：「其他貓兒都往轟雷路那兒去了。」

「我還以為你們沒聽到我的警告信號呢！」火星厲聲說道。

「我剛被困住了。」鼠掌氣喘吁吁地答道。

「鴉掌呢？」棘爪四處張望地問道。

「他往隧道那裡去了。」火星說道，這時另一棵橡樹也砰地一聲倒在附近地上，他的身子霎時縮了一下。

「所有貓后都帶著小貓逃出來了嗎？」褐皮問道。

「黑星帶了一隻小貓出來。」一鬚答道：「還有一隻龜殼色的貓兒帶著兩隻小貓……」

「那高罌粟呢？」

「我以為高罌粟就是那隻龜殼色的貓啊！」鼠掌倒抽一口冷氣。

「高罌粟是虎斑貓！」褐皮聲音頓時恐慌起來。「她有三隻小貓，不是兩隻！」

貓兒們驚慌地面面相覷。

「我以為大家都出來了。」塵皮啐罵道。

「營地真的已經空了。」鼠掌喘著氣，「他們應該已經跑進森林裡了。」

鼠掌豎起耳朵，仔細傾聽小貓咪的聲音。

「在那裡！」一鬚喊道。他用鼻子指向一處空地，那空地四周圍著淺褐色的小樹苗。他們趕緊衝過去，不料鼠掌一腳踩上溜滑的葉面，四隻腳一陣亂抓，試圖穩住腳步。

「快點！」高星在她後方嘶聲喊道。她感覺到棘爪推了她一把；她好不容易才站穩，卻突然聽到頭上傳來霹啪作響的聲音，一棵樹當場轟雷一聲，癱在離他們只有一根尾巴之遙的林地上，硬生生地把他們和其他貓兒隔了開來。鼠掌嚇得倒抽一口氣，眼睛根本不敢看。

「妳沒事吧！」棘爪問道。

她先瞇著眼，最後才睜開眼睛，只見樹木橫倒在他們面前。葉掌和其他貓兒有躲過嗎？她丟下高星，衝上前去，攀上剛倒下的樹幹，棘爪跟在她身邊。

「他們沒事！」她鬆了口氣地喊道。褐皮和葉掌、高罌粟都站在空地上，一鬚正費勁兒地要把那三隻被嚇得到處竄逃的小貓給兜在一塊兒，三隻小貓的尾巴都豎得筆直。火星站在空地邊緣掃視林子，尋找最好的脫逃出口。鼠掌往下看，只見高星正從倒在地上的樹幹枝椏間爬了過來，一拐一拐地走到雷族族長身邊。

鼠掌從林縫間，清楚看見四面八方都是怪獸，牠們正隆隆逼近。突然她聽見可怕又熟悉的霹啪作響聲。「小心！」她放聲喊道。

一棵古老的白樺樹正朝空地倒了下來。

「快救小貓！」鼠掌對著火星喊道，而這時巨大樹幹的陰影完全籠罩了他橙紅色的毛髮。

高罌粟聽見她的喊叫聲，趕緊抓了一隻小貓，褐皮抓了另一隻，葉掌和高星則連忙退後，讓出空間，但一鬚卻還在伸手抓最後一隻小貓。鼠掌驚恐地睜大眼睛，眼睜睜地看著那棵樹朝一鬚的方向倒了下去。

她的心臟簡直快要停掉，這驚悚的一刻竟像一世紀這麼漫長。火星突然向前一跳，用自己的身子推開一鬚。鼠掌只來得及看見風族戰士跳了出來，下顎緊緊叼住那隻小貓，接著那棵樹便轟然一聲撞上地面。

「火星！」鼠掌跳下樹幹，衝向那棵橫倒在地上的樹。棘爪跟了上去，轉身向樹枝邊緣處的虎斑褐色身影走了過去。

「我搆到你們了！」他一邊喊道，一邊把被困在樹枝裡的風族戰士和小貓拉了出來。

葉掌腳步踉蹌，仍有些頭暈目眩，還好緊密叢生的樹苗幫她擋住了倒下的大樹。可是火星不見了！一隻兩腳獸正在嗥叫，這時又出現另一個斷裂的聲音，空氣也為之晃動。

「快離開這裡！」棘爪放聲大喊。

「沒有火星，我不走。」鼠掌哭喊道。

「我們會找到他的！」棘爪保證道，他看著一鬚。「你先帶他們去轟雷路那裡！」

另一棵樹在他們身後轟然倒下，地面為之搖晃。

「我們在隧道那裡等你。」一鬚回應道。

風族和影族貓兒走了，鼠掌跑到葉掌的所在處，後者正在樹枝叢底下扒抓。

「我看到他了！」她喊道，腳爪絕望地挖著地面。

棘爪擠過她身邊，用頭把凌亂的樹枝推到一邊。鼠掌這時已能看見她父親薑黃色的身影，他的身子就倒臥在沉重的枝幹下。棘爪向前挺進身子，用下顎咬住火星，使勁力氣，將他拉到鋪滿落葉的地上。

一道微弱的陽光射入空地，火星身上的毛髮更顯金黃閃爍。他眼睛緊閉，靜靜躺在那裡。

「他昏過去了。」葉掌低語道。

「火星……」鼠掌的尾巴開始顫抖。「爸！」她喊道。四周淨是隆隆作響的怪獸，牠們不斷撼動著整座大地，用黃色眼睛發出強光，在林木之間掃射來去。

「我們得帶他離開這裡！」棘爪斷聲說道。

「我們不能冒險搬動他。」葉掌答道。

鼠掌趴在地上。「他不走，我也不走。」

他們的上方突然出現刺耳的霹啪爆裂聲，大片黑影當頭罩下，她趕緊閉上眼睛，腦海中瞬間閃過一幅幅畫面——沙暴、舊營地、急水部落、羽尾……**星族！我還不想死，我們已經度過這麼多難關，我一定要親眼看到我們的部族熬過去！**

「鼠掌！」他們被瞬間掉落的樹枝給埋了起來，棘爪的喊叫聲像被矇住了一樣。「妳在哪裡？」

鼠掌睜開眼睛，長吁一口氣，剛剛倒下來的樹枝正好被其他樹幹給擋到，形成了一個小洞。她可以從凌亂的樹枝叢裡清楚看見棘爪暗棕色的身影。她搖搖尾巴，張張合合自己的爪子。「我沒事！」她喊道。她幾乎毫髮無傷，只被樹枝刮破一點皮。「棘爪，你有受傷嗎？」

她咕噥一聲，努力把自己的身子往他那兒挪，伸長脖子去舔他的毛髮。

「沒關係，我沒事！」棘爪喃喃說道，掙扎著想坐起來。「妳看見妳妹妹了嗎？」

鼠掌在幽暗處極力睜大眼睛。「葉掌？」

「我在這裡。」有聲音傳來，鼠掌隱約看見她的身影正蹲伏在火星身上，用自己的身子來保護他。

「小貓……救出來了嗎？」

鼠掌一聽見她父親粗嘎的聲音，趕緊向上蠕動身子，她在樹枝底下一逕壓低著頭，直到可以伸直自己的腿。她感覺到腳爪有鮮血汩汩流出，冰冰涼涼的。她費力鑽過凌亂的樹枝，臉頰終於能碰到她父親溫熱的鼻息。雖然火星的眼神呆滯，但卻已經張開。

「星族有和你說話嗎？」葉掌向他低語道。

「我好像沒見到祂們。」火星沙啞說道，「但我知道祂們就在旁邊。」他抬起頭。「一鬚有救到那隻小貓嗎？」

「救到了，他們沒事。」棘爪從樹枝裡鑽出，來到鼠掌旁邊。

鼠掌緊張地望著葉掌。「火星還好嗎！」

「他不會有事的。」葉掌答道，並用鼻頭抵住鼠掌的臉頰。「別怕，這一切都是冥冥之中安排好的。」

鼠掌只覺得一顆心快跳出來了。「我們要怎麼帶他離開這裡？」

「我還可以走。」火星喵聲說，腳步蹣跚地站了起來。

這時一隻兩腳獸的聲音突然從上方傳來，聽起來離他們很近，鼠掌趕緊轉身咆哮，抬頭一望，只見一個黑影正在他們上方樹枝隱約逼近。

「我們得立刻離開這裡！」棘爪嘶聲說道。

兩腳獸正向下探看密密疊疊的樹枝底下有什麼東西。葉掌身子緊貼地面，驚恐的眼睛睜得老大。

「我不會讓牠們再把妳抓走了！」鼠掌向她保證道。她看了棘爪一眼。「如果由我來轉移牠的注意力，你有辦法把他們帶走嗎？」

棘爪瞇起眼睛。「我覺得太危險了……」他正欲開口。

「我不會有事的。」鼠掌堅持道：「快，我們沒有時間了。」

她話說完，立刻從樹枝裡爬了出來，剛好看見兩腳獸的兩隻後腿。鼠掌憤怒嗥叫，刷地一個箭步從中間穿過去，順勢用爪子狠刮對方的皮。她聽見兩腳獸慘叫一聲，趕緊回頭一看，只見牠笨重地朝她追來，離她的夥伴們愈來愈遠。

鼠掌在滿是木屑的林地上穿梭狂奔。前方一頭怪獸正朝空中舉起牠的前爪，打算推倒另一棵樹。鼠掌閃身躲進刺藤叢裡，回頭張望她的夥伴們。**星族！求求祢幫幫他們！**這時她看見父親薑黃色的身影正在坍倒的樹幹枝椏間穿梭行走，往空地的盡頭走去；棘爪在他旁邊，葉掌棕色的虎斑身影跟在後面；等他們走到毫無遮蔽物的開闊空地時，鼠掌又探出頭來，故意出聲咆哮。她聽見兩腳獸跑了過來，用腿不斷踢打刺藤叢，想把她趕出來。鼠掌趕緊趴下去，低著頭，不斷咆哮嘶叫；她得讓兩腳獸把注意力放在她身上，才好讓其他貓兒逃脫。

她從荊棘叢裡往外窺視，只見棘爪朝她這兒望了一眼，直到走抵林間的安全地帶，才停下腳步。鼠掌鬆了一口氣，趕緊蠕動身子，死命鑽出刺藤叢，馬上朝空地邊緣衝過去，直到抵達通往隧道的小徑上。火星、棘爪和葉掌連忙走上前來。

「妳辦到了！」葉掌急急地說道。

「繼續走，別停下來！」棘爪斷聲說道。

鼠掌連忙加入他們的行列。火星腳步蹣跚，步伐相當不穩。

「現在不能停下來！」她催促道，同時用自己的身子扶住他，棘爪則在另一側攙扶。就這樣，他們把族長夾在中間，一路趕往通往雷族領地的隧道。這次他們總算擺脫兩腳獸了——只不過這座森林終究會淪喪在兩腳獸的手裡，只是時間早晚而已。

第十五章

葉掌從轟雷路下方的隧道衝出來，棘爪和鼠掌緊跟在後，火星則步履踉蹌地走在他們中間。瞬間出現的陽光甚是炫目，葉掌不禁瞇起眼睛；等到剛走出陰暗隧道的他們好不容易適應了冷冽的白晝光線，四處張望的葉掌，這才發現影族的貓兒全都疲憊不堪地躺在狹長的草地上，草地就緊臨著那條被棄的轟雷路。

高罌粟的孩子們喵喵地叫著，一逕往母親的懷裡躲；小雲忙著在眾多貓兒之間穿梭照料，卻苦無藥草可以使用；黑星站在那裡看著自己的族貓，彷彿不敢相信這種事怎麼會發生在他們身上，他白色的毛髮沾著點點血跡，黑色爪子也因被木屑碎片給戳傷而隱隱刺痛。

火星沙啞的聲音在她身後響起。「大家都沒事吧？」

「你應該躺下來。」葉掌勸他。「這裡沒有怪獸。」

「我們不能待在這麼空曠的地方。」棘爪

出言反對。

「我們得先休息一下再出發。」葉掌堅持道。

高星跛著腳向她走來。「火星還好嗎？」他嘶啞地開口問道。

「還好，只是被樹幹砸到的時候，他昏過去了。」葉掌解釋道。

高星閉上眼睛，從頭到腳起了一陣哆嗦。

「我要帶我的戰士回去了。」霧足將草地邊緣的戰士們集合起來。

「你們可不可以先幫我們把影族護送到陽光岩？」火星問道。

「陽光岩？」黑星瞇起眼睛。「為什麼要帶我們去那裡？」

「那是我們雷族暫時的居身之所，那裡沒有兩腳獸，會比較安全。」火星喵聲說：「煤皮有藥草可以幫你們治療傷者，也有足夠空間可供你們休息。」

要不然，影族能去哪兒呢？葉掌鬱悶地想道。現在整座森林幾乎都快被兩腳獸給佔領了。

「好吧！」霧足點點頭。「我們和你們一起走到陽光岩。不過你們歡迎影族進入雷族領地，並不代表我們也歡迎影族進入河族領地哦。」

「我們會加強巡邏邊界。」鷹霜警告著，眼神冰冷。

鼠掌瞪著他。「都什麼時候了，你們還在擔心邊界的事。你們要到什麼時候才能明白當初那場旅行對四大部族的意義？」

棘爪使個眼色，不准她再說下去。「影族不會越界的。」他擔保道。

「我們當然不會。」黑星厲聲說道。

棘爪轉向葉掌。「大概還要多久，我們才能離開？」

就在葉掌猶豫不決的時候，火星抬起頭來。「我已經好多了。」他很堅定地說道：「我們馬上就走。」

「小雲？」葉掌朝影族的巫醫喊道：「大家都有體力走到陽光岩嗎？」

「只要走慢一點，應該可以。」體型瘦小的虎斑貓回答著。

葉掌抬頭看看天空。太陽像顆火球一樣，慢慢沒入樹頂。「我們得趁天黑前趕回去。」她告訴棘爪。「不然天氣會變得很冷。」

「好！」棘爪喵聲說：「等大家都休息得差不多了，我們就出發。」

一群貓兒在林間緩步行走，稀薄的雲彩輕輕拂過西沉的夕陽。

「高罌粟？」葉掌配合影族貓后的蹒跚腳步慢慢前行。「妳的孩子們都還好嗎？」

高罌粟看看那三個被戰士們叼在嘴裡的小貓咪，點頭說道，「只有一些擦傷而已。」

「等我們到陽光岩，就可以幫他們清理傷口，再用金盞菊來做治療。」葉掌向她保證。

霧足挨著高星，緩步走在他旁邊，以便隨時攙扶這位步履不太穩的風族族長；蕨毛嘴裡叼著高罌粟的一隻小貓咪；裂耳跟在影族見習生們的後面，只要看到他們腳步慢了下來，就輕輕推他們一把。

「感覺上好像我們是同一個部族的貓。」葉掌追上鼠掌的腳步，對她輕聲說道。

她姊姊點點頭。「有點像我們當初結伴去太陽沉沒的地方。」

然而就在貓兒們費力走上陽光岩的斜坡時，壁壘分明的情況又出現了。影族貓兒爬上岩石頂端，河族貓兒則在林子邊緣止住腳步。蕨毛把小貓咪放在高罌粟身邊，重新回到雷族貓兒那裡。栗尾的四隻腳已經累到有些搖搖晃晃，蕨毛便用自己的身子幫她撐住。高星躺在靠岩石底部的地方，他累得再也爬不動了。一鬚、裂耳和鴉掌都圍在他身邊。

「情況怎麼樣了？」白掌衝到亮心身邊，用鼻頭探進她的毛髮，但卻馬上彈開。「妳流血了。」

「只是一點擦傷。」亮心要她放心。

「妳平安沒事吧！」柯蒂從突岩處衝了出來，小白樺跌跌撞撞地跟在後面。柯蒂將鼻頭壓在葉掌身上。

蕨雲出現在育兒室的入口，一臉疑惑地看著岩間擁擠的貓群。「這是怎麼回事？」

「大家都很平安。」棘爪穿過貓群，走到最前面。「這點最重要。」

「感謝星族保佑。」雷族貓后嘆了口氣。

煤皮費力地爬出洞穴。「火星呢？」

「我在這裡！」火星沙啞說道，他也穿過貓群，走到最前面。葉掌緊跟在後，因為她知道他的步伐還不太穩。

「火星剛剛昏過去了。」她在煤皮開口前先低聲回報道。

「影族的營地怎麼樣了？」霜毛問道：「你們保住了他們的營地嗎？」

「我們根本對抗不了兩腳獸。」火星鬱悶地說道：「我們只能趁牠們摧毀營地之前，先把影族的貓兒撤出來。」

「牠們毀了那座營地？」霜毛倒抽一口氣。

「那裡什麼也沒有了，只剩下倒在地上的樹木。」黑星大聲說道：「我們已經無家可歸了。」

「你們在這裡很安全。」火星告訴影族族長。

黑星眼睛閃過一絲寬慰的神色，他轉身對他的巫醫說，「小雲，你要盡你的力量去治療族貓。」

瘦小的虎斑貓開始在影族貓兒之間忙碌穿梭，他俯身嗅聞高罌粟，幫她舔洗身體。「她身上扎了許多碎片。」他抬頭喵聲說。

「高星的後腿有個傷口。」一鬚補充道。

煤皮看看四周帶傷的貓兒。「去把我們的藥草全都拿來。」她告訴葉掌。「希望我們的庫存還夠。」

葉掌匆匆走向存放藥草的洞穴，這時她聽見後面跟來的腳步聲，是柯蒂。

「傷者怎麼這麼多啊！」寵物貓的眼睛因驚恐而睜得斗大。

「至少我們還活著。」葉掌直言道，同時伸爪往岩縫探，拉出第一包藥草。「妳會幫忙拔小碎刺嗎？」

「我會的事情可多著呢。」柯蒂答道：「走吧，小白樺！」她喊道，一起朝著那群驚魂未定和冷得發抖的影族小貓走去。

「這隻寵物貓是巫醫嗎？」黑星大聲說道。

「沒問題的。」葉掌喊道：「她知道該怎麼做。」

柯蒂不斷溫柔地舔洗小貓們，安慰他們，還要小白樺跟他們玩，分散小貓們的注意，好讓她有機會在他們身上尋找木屑刺片。

葉掌把爪子塞進縫裡，希望能找到足夠的莓果作成藥糊，供需要的貓兒使用。她很驚訝，這裡存放的東西遠比她當初以為的還要多。她盡可能地把所能找到的金盞菊全都拿出來，然後又伸進去撈出更多莓果。

煤皮在她身後出現，看到岩石上堆滿藥草，滿意地點點頭。「妳不在的時候，我曾回去舊營地，盡量把能拿的東西全拿來了。」她解釋道，然後停頓一會兒，看著在坡頂上焦躁走動的影族貓兒，他們看起來一臉困惑，驚魂未定。「先去幫忙影族吧。」她命令道，「光靠小雲，是應付不來的。高星和我們族裡的傷者就由我來負責好了。」

「黑星肯讓我幫忙嗎？」葉掌問道。影族族長和他的長老們坐在一起，眼睛緊盯著正在幫忙照料另一隻小貓的柯蒂。

「妳不是已經讓他相信柯蒂幫得上忙嗎？」煤皮點醒她。

「那是因為她不是雷族的貓……」葉掌喵聲說。

煤皮瞇起眼睛看著她。「黑星不是笨蛋，他知道他的族貓需要我們的幫忙。」

葉掌點點頭，鼓起勇氣朝影族貓所在處緩步走去，並朝小雲喊，「我可以來幫忙嗎？」

小雲的眼裡流露出如釋重負和感激的神色，但就在他開口答應前，黑星繞著葉掌走了一圈，眼神像月亮石一樣冰冷堅硬。「我們可以自己照顧自己，謝謝妳了。」

「可是你都肯讓柯蒂幫忙了，我這裡還有藥草。」她提議道，語調盡量冷靜。

「有小雲就夠了。」黑星堅持道。

葉掌不安地挪動自己的爪子，不知如何是好，她想盡到巫醫的職責，但又不敢挑戰黑星的權威。這時小雲開口大聲說道，「黑星，我們真的需要那些藥草。」

黑星平貼耳朵，但小雲並不退卻，眼睛直盯著對方。「有葉掌幫我，速度可以快上兩倍。」

黑星抽動耳朵。「好吧！」他厲聲說道。

「我也來幫忙，好嗎？」蛾翅穿過岩石，加入他們。「霧足說沒關係。」

「那妳就幫忙吧！」黑星咕噥說道，轉身離開。

「謝謝妳，蛾翅。」葉掌低語道。她留了一包藥草在蛾翅腳下，然後又趕快回到岩縫那兒拿出更多藥包。煤皮還待在那裡，早已經開始在乾掉的橡樹葉子上調製藥膏。

「這些都可以拿去用。」她含糊地說，嘴裡仍在嚼著莓果。「需要的話，再回來拿。」

葉掌又回到小雲那兒，把藥膏放在他旁邊，小雲正在檢查鼻涕蟲的毛皮。「刺拔出來之後，再塗上這些藥膏。」她告訴他，「這可以預防感染。」她環顧四周，看看影族的貓兒們。

「你要我從哪裡先開始。」

「長老們的抵抗力比較不好，所以得先治療他們。」小雲頭也不抬地答道。

葉掌往一隻名叫圓石的長老走過去，他正坐在鼻涕蟲旁邊，眼裡仍滿布驚恐。她很有禮貌地向他點點頭，但他沒回應，她只好直接低下身子，幫他舔洗毛髮；當她用牙齒拔出一根刺，在傷口上抹藥膏時，那隻老貓不禁發出一聲輕嘆。

葉掌忙完一個，又接著一個，直到她的腳又累又疼，月亮開始點亮夜空，她抬眼望向她父親所在的斜坡處。「柯蒂，這裡就交給妳，可以嗎？」她問道：「只剩下一、兩個見習生了，我想先去看看火星。」

「沒問題，妳去好了。」

火星正躺在沙暴旁邊，低頭舔洗爪間乾掉的血跡。「你還好嗎？」葉掌低聲問道，與他互相磨蹭鼻頭。

「我沒事。」他開心地說道，眼神清澈柔和。

「你確定？」她仔細搜索他的目光。雖然她可以和星族溝通，但她無從得知昏迷的感覺是什麼。「星族有告訴你，要我們現在離開森林嗎？」

「祂們要我回來，盡我所能地保護族貓們。」火星告訴她。「這也是我要做的事情。」

葉掌聽見河族戰士在她身後的斜坡處集合。「我們要回營了。」霧足大聲向火星說道：「不過我想我們也已經很清楚，現在該是決定要不要離開森林的時候了。」

葉掌屏住呼吸，彷彿四大部族的命運全繫在一張蜘蛛網上，脆弱到禁不起一絲風的吹拂。

「我相信你們也注意到那條河流正逐漸乾涸。」霧足繼續說道。

一鬚走上前去。「兩腳獸已經改了水道的方向，」他喵聲說：「我們的戰士親眼看到牠們在峽谷那裡挖掘大洞，打算幫河流改道。」

霧足只是瞇起眼睛看著他，彷彿河流消失的背後原因已經不再重要。「豹星告訴過我，如果影族的營地被毀，那我們就得接受兩腳獸入侵的事實了。」她堅定地迎向火星的目光。「河族會和其他部族一起離開這座森林。」

葉掌只覺得肩膀像是突然卸下重擔一樣頓時輕鬆起來。火星終於如願以償，所有部族都肯離開森林了。

火星撐起身子，眼睛閃閃發亮。「一鬚，請告訴你的族貓，雷族和河族願意和他們一起啟程出發。」他轉頭看著黑星。「影族要加入我們嗎？」

黑星遲疑不決，但火星可沒心情等他回答。

「你已經看到兩腳獸的所作所為了，難道你還打算住在兩腳獸那裡？」他不滿地說道。

黑星終於點頭。「影族會和你們一起走。」他喵聲說，「畢竟我們已經沒有家可回，也沒有自己的領地了。」

火星抬起頭，對岩石上的所有貓兒喊話，「我們黎明就走。」

贊同的喵嗚聲在空中迴盪，葉掌很興奮激動。不管這場旅程會遇到什麼——不管他們要去哪裡——都絕對不會比待在這個地方，被兩腳獸以及牠們的怪獸團團圍住來得慘吧！她看柯蒂仍在幫影族貓兒。不知道有沒有時間先送她回家？又或者她已經習慣了他們，願意和他們一起走？

「我們要去哪裡？」裂耳開口第一個問道，他的問題馬上在貓群間引起迴響。

火星一臉期待地望向棘爪，但這隻虎斑貓卻低頭看著自己的腳，站在他身旁的鼠掌，身子緊緊挨著他；葉掌偏過頭，一臉困惑。他們看上去就像一對還沒做好準備的見習生，卻被質問有什麼好方法可以逮到老鼠。

「你們也知道，午夜所說的指示一直沒有降臨。」棘爪終於開口，慢慢吐出那幾個字，有如卡在喉嚨裡的刺。「所以我們也不太確定該往哪裡走，不過我們可以去太陽沉沒的地方。」

「如果在我們抵達那裡之前，都沒有出現任何指示，那我們就可以再找午夜問個究竟。」鼠掌插嘴道。

「我們要怎麼去太陽沉沒的地方？」黑星大聲說著。

「我們當初去程和回程是走不同的路……」棘爪突然住口，不是很確定地看看鼠掌。

「你是說你不知道該走哪一條？」火星暗示著。

「我們……」棘爪有些結巴，「我們先去高岩山，」他終於開口說：「再從那裡離開兩腳獸的地盤。」

「很好！」火星同意道：「那黎明時分，我們就在風族領地的邊界碰面。」

霧足和高星點點頭。

「到時再決定走哪個方向。」火星轉向黑星。「影族今夜就在陽光岩落腳好了，這樣也比較方便。」他喵聲說，很小心自己的語氣。「如果你們能留在這裡，我們明天也可以早一點出發。」

黑星似乎很感激火星圓滑的說法。「那我們就留在這裡好了。」他喵聲說。

「說得跟真的一樣，好像他們還有別的地方去似的！」栗尾和葉掌咬耳朵。

「不過我們會和雷族保持一定距離，並派一名警衛守夜。」黑星警告著。

「他們才剛救了你的部族！」霧足大聲喊，「難道你以為雷族把你們帶來這兒，是為了偷襲你們啊？」

「等你和豹星商量好到底要不要離開森林，再來批判我的決定吧！」黑星反駁。

葉掌臉部肌肉不自覺地抽搐，她看看她姊姊，但鼠掌顯然沒在聽，她正失神地望著遠處的森林，臉上有焦慮的神色。

葉掌靜靜地走到她旁邊。「妳還好嗎？」

「我只是希望星族能盡早給我們一個指示。」鼠掌喵聲說。

「我相信祂們一定會盡其所能的。」

鼠掌眼神熱切地注視著她。「妳說得對，就算沒有預言，我相信星族也會保護我們，為我們帶領方向。」

葉掌瞇起眼睛。她真希望自己也是那麼篤定。星族在影族最需要祂們的時候，竟然沒有降下任何旨意。這次能把所有貓兒平安救回，純粹只是運氣好，另外就只能依靠其他部族的鼎力幫忙。看來，星族對這一切是愈來愈使不上力了，若要繼續生存下去，貓兒們除了互信互助之外，根本別無他法。

第十六章

葉掌緩步走下堅硬的岩坡，這時夜空已被雲層所隱晦，迎面拂來的溫和微風像是允諾今夜不會再結霜，她聞到雨的味道。族貓們大多已經入睡，影族全瑟縮擠在陽光岩的邊緣角落，盡量與雷族貓兒隔開。

葉掌的四隻腳早就累癱了，但思緒仍然紛亂，白天的恐怖畫面加上對未來旅程的徬徨，全都在她腦海裡交織成影。她知道自己根本睡不著，於是乾脆往林子裡走去。儘管已經是禿葉季，但林間的霉腐味道和踩在大地的感覺，還是讓她覺得很舒服自在。

正當她快走近林子時，她聽見柯蒂喚她的聲音。「葉掌！」寵物貓正隱身在蕨葉叢裡。

「柯蒂，妳在這裡做什麼？」

「我有事情要告訴妳。」柯蒂用爪子扒著地面。

葉掌看著她。「什麼事？」

「我要走了！」柯蒂直言說道：「我要回

家了。」

不，不要走！拜託妳留下來！葉掌努力壓下想叫她留下來的那股衝動，走上前去，用鼻頭輕觸柯蒂的耳尖。

「這裡的生活不適合我，這麼多打打殺殺、這麼多流血和死亡，還有對未來的無所適從。」柯蒂繼續說道，「我和我的主人在一起很快樂，牠們一定很想我，我也沒想過我會待在這裡這麼久，但是小白樺需要我，而我也開始……」

「妳也開始喜歡上這種自由自在的感覺？」葉掌直接打斷她的話，因為她急著想點醒這個朋友，如果回到兩腳獸那兒，會失去什麼。

「應該是吧！」柯蒂承認道：「但今天我卻看到你們所謂的自由，竟是那麼不堪一擊。你們什麼事都得靠自己——包括食物、甚至是住的地方。」她搖搖頭，表示歉意。「我情願知道自己每天晚上都固定睡在哪裡，我肚子餓的時候，知道哪裡會有食物等著我。我喜歡我的主人，不是所有兩腳獸都像摧毀你們家園的那些兩腳獸那麼壞。」

「要不要我帶路，帶妳穿過林子？」葉掌提議：「火星答應要送妳回去的。」

柯蒂搖搖頭。「林子裡似乎很安靜。」她喵聲說，「夜裡不會有怪獸的，再說，妳也需要休息一下，明天才有體力展開旅程。」她回頭看了一眼陽光岩。「代我向火星說聲謝謝。」

葉掌用鼻頭悲傷地抵住她朋友的毛髮。柯蒂閉上眼睛，嘆了口氣，然後挺直身子。「我已經和小白樺道別過了，蕨雲已經又開始進食了，所以他和她在一起沒問題的。」

「謝謝妳當初在兩腳獸巢穴時那麼照顧我。」葉掌低聲說道：「我會想念妳的。」

「我也會想妳，還有我會幫忙找灰紋。」柯蒂承諾道：「如果我有看見他，我會告訴他，你們去了哪裡，族貓們都在等他回去。」

葉掌感覺到她溫熱的舌頭正在舔著她的耳朵。「再會了，葉掌。」柯蒂喃喃說道：「祝妳一切順利。」

「再會，柯蒂。」她的心好痛，她多希望自己能說服柯蒂留下，但卻只能眼睜睜地看著她的朋友消失在林間暗處。

蕨葉叢裡突然出現窸窣作響聲，嚇了葉掌一大跳，栗尾溜了出來。「柯蒂回家了？」

「她說她的兩腳獸一定很想念她。」葉掌解釋道。

「我聽到了。」栗尾點點頭。「妳還好嗎？」

「很好啊。」她打起精神，心想栗尾一定又會語調尖酸地說寵物貓不適合野外生活之類的話，但沒想到栗尾只是同情地眨眨眼睛。

「今天晚上我們就睡在這兒好了。」她提議道：「反正是待在森林裡的最後一夜了。」

一想到以後再也不能站在這些樹蔭底下，她就覺得難過，她突然好想躺下去，把臉埋進葉堆裡，完全拋開眼前的事。他們又不知道該走哪個方向，到時怎麼離開這兒呢？但她還是跟著栗尾走進蕨葉叢裡，一起整理出一個可以同時擠下兩隻貓兒的臥鋪。她躺了上去，感覺到栗尾的尾巴輕刷過她的鼻子。

「妳還有我們啊！」栗尾低聲說道。

「我知道。」葉掌試著不再去想柯蒂獨自返家的事情。

葉掌閉上眼睛前，抬頭仰望林間枝椏，心中默默感謝星族過去以來所賜予雷族的溫暖家園，更但願未來旅途的終點也有一個像這裡一樣安全的家園正等著他們。

⚡⚡⚡

將她給驚醒。她睜開眼睛，迎向這個潮溼又灰濛濛的黎明清晨。她伸直身子，甩掉毛髮上的雨水，而這個舉動連帶驚醒了栗尾。

「噢，」龜殼色的母貓發出咕噥抱怨聲，好不容易把身子撐了起來。「這種天氣怎麼旅行啊！」她的意思並不是要火星等雨停了再出發，葉掌很明白其實貓兒都知道這座森林已經是一刻也不能多留了。

她們離開濕淋淋的臥鋪，緩步走向陽光岩，兩族貓兒正在那裡集合。褐皮本來和一名影族見習生在說話，這時也停止，先甩掉耳朵裡的雨水再說。

「我在想褐皮又回到雷族這裡，不知道有什麼感覺？」栗尾順著葉掌的目光看過去，這樣輕聲說道。

「我想她應該不太習慣吧。」她低聲說道。

「今天這麼潮溼，路上一定很不好走。」灰毛擔憂的聲音自雷族戰士和見習生的聚集處響起，其他貓兒都焦慮地望著棘爪。葉掌知道他們在焦慮什麼。這不光是下雨的問題，整個部族都對眼前的未知之旅感到焦躁不安。

「不管路上有多泥濘，一等河族來了，我們就走。」火星堅持道，「你們有沒有聽到兩腳獸的怪獸聲？」

葉掌豎耳傾聽，的確有。儘管雨聲滴滴答答不斷，但她還是聽見怪獸在森林後方隆隆作響的聲音；這個聲音離陽光岩很近，是以前從沒有過的現象。她突然警覺到這個最後的避難所恐怕也快被兵臨城下了。

「我現在命令所有戰士和見習生在出發前再去狩獵一次，能抓多少算多少。」火星喵聲說：「抓來的獵物一律要和影族一起分享。」

「影族會自己組一支狩獵隊的！」黑星的聲音穿過岩石傳送過來。

葉掌見她父親臉色一沉。「很好，我們的戰士會告訴你們最好的狩獵地方在哪裡。」

「我們可以自己找到獵物。」黑星大聲說道。

火星好像想開口，但沒說話，反而轉身看著棘爪。年輕戰士正急急地抽動尾巴，四隻腳在地上不耐煩地動來動去。「棘爪，我要你現在組成兩支狩獵隊，千萬別讓任何一隻貓兒接近兩腳獸。」

「他的語氣聽起來像是在對灰紋說話似的。」鼠毛在葉掌耳邊說道：「那幹嘛不乾脆指派棘爪擔任副族長算了？」

「因為那麼做，就等於承認灰紋死了。」無意間聽到鼠毛談話的塵皮，如此反駁道。

火星輕輕彈掉鬍鬚上的雨水，轉身對煤皮下達命令，「先準備好旅途中足夠所有貓兒使用的藥草。妳那裡的藥草分量夠不夠？」

「夠了！」煤皮答道：「我只希望不管我們去到哪，路上都能找到可補貨的有用藥草。」

葉掌眨眨眼睛。她從沒想過這件事。他們的新家會有金盞菊、蓍草、紫草和其他可供治療的珍貴藥草嗎?她一想到自己必須在沒有藥草的奧援下徒手治療族貓們，就全身發抖。她趕緊做了個深呼吸，穩住自己，這才跑過去幫忙煤皮處理路上所需要用的藥草。

棘爪帶著一支狩獵隊往潮溼的林子裡走去，鼠毛跟在另一支隊伍後面。黑星看著他們消失在林間，這才向他的副族長枯毛咕噥說了幾句話；過了一會兒，這隻因雨水而毛髮緊黏在瘦弱身上的暗薑色母貓，也領著幾個影族戰士走下斜坡去了。

煤皮搖搖頭。「影族應該加入雷族的狩獵隊。」她低聲說道：「他們根本不知道哪裡可以狩獵，現在獵物又這麼少，他們應該接受我們幫忙的。」

「黑星為什麼這麼固執?」葉掌喵聲說。

「影族一向很自負。」煤皮開始打點岩縫裡的存貨。「他們被趕出了家園，現在什麼都沒有了，只剩下面子而已。」

「可是難道他們不知道和我們合作，才是上策嗎?」葉掌反駁道：「以後還有很漫長艱辛的路正等著我們呢!」

「各部族之間的防線還是很深，」煤皮提醒她。「這是我們固有的傳統。」

「妳是說妳同意黑星的做法嘍?」葉掌懷疑地問道。

「當然不是，但我能理解他的做法，」煤皮回答，「只不過這種做法會讓我們覺得很沮喪。」她繼續補充，「今天我一早醒來，本來要去幫忙照顧他們的傷者，可是黑星拒絕我。他告訴我，雷族昨天為影族做的已經夠多了，他不想欠我們太多。」

「他怎麼會認為是欠呢？」葉掌大聲說道：「昨天是四大部族一起並肩迎戰兩腳獸，我們都和星族一樣根本打不過牠們。」

「我知道。」巫醫喵聲說：「可是我們至少得為自己找到新的出路，所以我們還是趕快調製好旅途上要用的藥草。任何旅行都要跨出那第一步，而這一步得由我們自己來決定。」

雨一直沒停過。她們開始調製可以為旅途中的貓兒增強體力的苦澀藥方。這陣子以來，他們一直處於半飢餓狀態，所以更需要這種一代代傳下來的古老祕方。

等到藥方都準備好了，葉掌才想到她還沒告訴她父親有關柯蒂的事。「我可不可以先離開一下？」她問道。

「這裡該做的，也都差不多了。」煤皮向她說道：「我去看看蕨雲。」葉掌往育兒室的方向看了一眼。

蕨雲坐在凹洞邊，嘴裡正忙著舔洗小白樺。小貓咪很不高興他媽媽用粗糙的舌頭舔他耳朵，身子開始不斷掙扎——就像一般小貓的反應一樣。這幅景象讓葉掌心中突然燃起了一股希望。她想像小白樺會慢慢長大，然後接受訓練，最後成為新家園裡的戰士。她深信雷族一定可以度過這場難關，這個信念就像陽光一樣灑在她身上。她趕緊用葉子蓋住這些藥方，免得被雨淋濕，然後匆匆走下斜坡，朝她父親的方向走去。

火星此刻正遠眺陽光岩以外的連綿樹林。他坐直身子，無視雨水滂沱，尾巴蜷伏在腳邊，豎直雙耳，嗅聞空氣裡的味道，彷彿正昂首迎接未來的旅程。看到這一幅景象的貓兒們都很難相信昨天的他才昏死過一次。

他聽見葉掌喚他，轉頭問道，「什麼事？」

「我是要告訴你，柯蒂昨天晚上已經自己回去了。」

火星點點頭。

「我本來希望她留下來。」葉掌坦言道。

「現在不是邀新來者加入部族的好時機。」火星語氣溫和地直言道。

「可是她很會照顧小白樺。」

「這不表示她就能成為一隻部族貓。」他反駁道，「這些日子以來，她一直和我們住在一起，但她從來沒走出營地以外的地方，呼吸一下林間的芬芳氣息。當初她之所以逃出木製巢穴，來到這兒，是因為她認為和我們住在一起，比待在那裡安全。我很清楚寵物貓對林子裡的貓有什麼看法，她和她的屋主在一起會比較快樂的。」

葉掌聽見她父親竟然也說出寵物貓這個字眼，相當訝異，她不禁納悶，他是不是也想起當年和兩腳獸同居的那段時光。柯蒂一直沒有機會找他聊史莫奇的事。他現在還記得他的寵物貓朋友嗎？

「妳很想念她，是不是？」他突如其來地問道。

「嗯，沒錯！」葉掌承認道，「她是我很好的朋友。不過她知道我們一定得離開這裡。」她看著下方的森林。「過去熟悉的一切都得被割捨掉。」她喃喃說道。

她父親的眼裡出現悲傷的陰影。「對啊，譬如灰紋。」

葉掌不知道該如何安慰他，不管他心裡再怎麼相信他的副族長仍然活著，但他都不可能回來找到他們。

「我知道我們必須走，」火星繼續說道，「我也像大家一樣想盡快離開這裡，可是一想到我可能永遠再也見不到他，我就很難過。」

「別這麼悲觀嘛！」葉掌帶著希望的語氣說道：「柯蒂告訴我，她會幫忙留意灰紋的蹤影，她會告訴他我們去了哪裡。」

火星的眼裡燃起一絲希望的光芒，但瞬間消失。「可是他要怎麼從兩腳獸那兒逃出來呢？」他絕望地問道：「然後還得找到我們的新家……？」

「那你要另外指定新的副族長嗎？」她大膽問道。

「不！」她父親一躍而起，葉掌嚇得縮起身子。「沒有必要。」他平靜地繼續說道：「不管他的生還機有多麼渺茫，他都是雷族的副族長。」

葉掌還沒來得及再開口，身後便傳來喵嗚聲。是雷族的狩獵隊回來了，他們帶著剛捕殺的獵物走上岩石——有一些鳥和老鼠，雖然不多，但足夠族裡的每隻貓兒都分食到一點。沒多久，影族的狩獵隊也回來了，他們只抓到一隻鶇鳥。

「要不要把我們獵捕來的東西分一點給他們？」葉掌對她父親說道。

「這麼做，黑星會認為我們是在污辱他。」火星答道。

「我想上路之後，他們應該可以捕到更多獵物。」葉掌這麼說道。

「希望我們都可以。外面應該有比這裡還要多的獵物。」火星搖搖頭。「快去吃點東西吧！」他命令她。「河族馬上就要到了。」

「好！」葉掌匆匆走下去，朝棘爪和鼠掌正在分食一隻花雞的地方走去。他們看上去像是剛從水裡撈上來，全身都濕透了。

「要不要吃一點？」鼠掌提議道。

「好，謝謝。」葉掌只覺得肚子空空的，新鮮獵物的味道，讓她口水直流。鼠掌和棘爪挪了一下位置，讓葉掌坐進來一起吃。

「你要不要分一點給你姊姊？」葉掌問棘爪。影族的戰士正互相傳遞著那僅有的新鮮獵物，分量之少，根本只夠咬一口，就得傳給下一隻貓了。

棘爪搖搖頭。「我不想浪費我的時間。」

葉掌被他尖銳的語氣給嚇了一跳。

「我們剛剛出去狩獵時，曾遇到褐皮，棘爪問她要不要和我們一起去，」鼠掌解釋道：「她卻告訴我們，她是影族的戰士，絕對不可能為別族狩獵。」

「我真搞不懂她幹嘛那麼高傲，」棘爪咆哮。「難道她忘了她是在雷族出生的嗎？再不然也應該念在我們曾一起出生入死，一起前往太陽沉沒的地方啊！」

「我想她心裡也不好過，沒想到最後又是回到雷族這裡。」葉掌試探地說道：「她可能覺得自己更應該在這時候證明她對影族的忠心吧。」

「葉掌說得沒錯。」鼠掌喵聲說：「棘爪，她又不是針對你。不久前，你不是也告訴過我，雷族是你唯一效忠的對象嗎？至於所謂的血緣親族都在其次。你就放手讓褐皮去為自己的部族效忠吧！」

「我知道啦。」棘爪心不甘情不願地同意道：「我只是很想再和自己的姊姊一起狩獵。」

葉掌聽出他語調的悲傷。眼睜睜看著自己的手足待在別的部族裡，這種感覺一定很難受。她看看鼠掌，突然覺得她和姊姊能擁有共同的家是一件多幸運的事，不管這個家以後在哪裡。

「葉掌！」煤皮從洞裡喊道：「快過來幫我忙。」

葉掌趕忙跳上斜坡。

「妳把這些藥草拿去給貓后和長老們吃。」

「那小白樺呢？」

「只要給他一半劑量就夠了。」

葉掌憂心忡忡地看了黑星一眼。「這些藥方也要分給影族嗎？」

「我們還有多的。」煤皮喵聲說，眼睛閃閃發亮。「我會拿給小雲，告訴他這些是多出來的，讓他去問問黑星要不要用，反正都隨便他。」

葉掌很佩服她導師的好心腸以及處事的圓滑。這樣一來，黑星就能在不失尊嚴的情況下接受這些藥方。她拾起一包藥方，拿去給蕨雲。蕨雲很感激地吃下苦澀的藥，但小白樺卻很老大不高興。

「那味道好噁心！」他抱怨道。

「小孩子懂什麼？」蕨雲罵道：「趕快吞下去。」

葉掌發出快樂的喵嗚聲，這會兒又帶著藥包走到霜毛、長尾和斑尾所在的突岩下方。

當她把藥方放在地上時，霜毛搖搖頭。「別把這些東西浪費在我們身上。」她喵聲說：

「我們不和你們一起去。」

葉掌眨眨眼睛。「不去，為什麼？」

火星快步走了進來。「出了什麼事嗎？」

「霜毛說他們不和我們一起去。」

「我們太老了，根本走不動。」斑尾用粗嘎的嗓音說道：「一路上只會拖累你們。」

長尾也彈彈尾巴。「我也是廢物一個！我連腳底下踩了什麼都看不見。」

「族貓們會幫你的。」火星輕聲保證道。他抬頭仰望年長的母貓。「他們也會幫妳們。」

「我們知道他們會。」霜毛喵聲說：「但斑尾和我都老了，不適合這種長途旅行。我們情願死在這裡，至少是在銀毛星群底下，星族會守候著我們。」

葉掌身子縮了一下。不管他們在哪裡離世，星族都會與他們同在的。

火星沉重地點點頭。「霜毛，我不能強迫你們跟我們走。」他輕聲說道：「我知道妳走不動，斑尾也是，但是長尾，我不能把你丟在這裡。」虎斑戰士正想爭辯，火星又搶先說道：「昨天你是第一個聽見有風族貓兒進入我們領地的貓。你視力也許全無，但你的聽力和嗅覺卻和其他戰士一樣好，所以你一定要跟我們一起走。」

長尾閉上那雙看不見的眼睛，顫抖地深吸一口氣，這才再度睜開眼睛，轉頭面對火星，彷彿正用眼睛直視對方。「謝謝你，」他喵聲說：「我會跟你們一起去。」

暴毛跳上岩石。「火星！出問題了！河族今天走不成了。」

火星的耳朵不安地抽動。「為什麼走不成？」

「泥毛快死了，我們不能單獨丟下他。」

霜毛向前一步。「我們來陪他就好了。」

「我們可以照顧他，直到星族把他接走為止。」斑尾同意道。

暴毛一臉詫色地望著他們。「可是他又不是你們這一族的。」

「沒關係。」霜毛告訴他。「反正我們也不走，我們會好好照顧泥毛的。」

「河族營地比這裡更隱蔽。」葉掌喵聲說：「如果你們躲在蘆葦叢裡，就能躲開兩腳獸。」

「這倒是真的。」火星喵聲說：「我們帶霜毛和斑尾去河族的營地，要是豹星同意的話，我們就留她們在那裡陪泥毛，河族可以放心地和我們一起上路。」

「發生什麼事了？」黑星走近他們。

「泥毛快死了。」火星解釋道：「我們去風族領地之前，必須先到河族領地走一趟。」

黑星輕聲說，「那我們先走，在林子盡頭處等你們。」

一個粗嘎的聲音自他身後響起，葉掌立刻認出灰色毛髮的鼻涕蟲。「我也想去和泥毛道別。」老貓說道：「我從還在當見習生的時候就認識他了。」

黑星望著這隻老公貓，這是葉掌首度看見黑星眼裡有尊敬的神色。「這是當然的，鼻涕蟲。」他喵聲說：「你就和雷族去吧，我們在林子盡頭等你。」

火星掃視岩間。「大家都吃過了增強體力的藥方了嗎？」

「都吃了。」煤皮答道：「不過還剩下一些。影族也可以服用，反正也帶不走。」她故意裝出無所謂的語調，聽起來無一破綻。

小雲的尾巴很興奮地抽動著。「黑星，我們可以服用嗎？」年輕的巫醫懇求道。

「沒必要浪費掉。」黑星大聲說道，於是小雲趕緊把藥包發下去。影族族長看著長尾，瞇起眼睛。葉掌繃緊神經，以為他要說他們不能帶一隻瞎眼的貓展開長途旅行。

沒想到黑星卻說：「你們去河族的時候，這位盲眼戰士可以和我們一起走，沒必要帶著他來回過那條河吧。我會要求我們的戰士為他在林子裡帶路。」

火星既驚愕又感激地望著影族族長。「謝謝你。」他碰碰長尾的尾尖。「這樣可以嗎？」

長尾點點頭，於是跟著黑星走下斜坡，朝正等候著他們的影族戰士走去。

「大家都準備好了嗎？」火星向他的族貓喊道。

應和的喵嗚聲自岩間四面八方傳來，貓兒們全都跟著火星走向河岸。儘管雨勢不曾停歇，但眼前這條河仍只是涓細流淌。

「煤皮、葉掌，妳們和我一起去。」火星命令道，並在河岸邊停下腳步。鼻涕蟲、霜毛和斑尾已經跟著暴毛踩著水中石頭慢慢過河。「其他族貓在這裡等我們回來。」他向棘爪點個頭，交由他來負責，然後就跟著長老們過河了。

河族領地周圍的蘆葦叢現在已經變得枯黃乾燥，連根都暴露在外頭。葉掌跟著她父親一走進空地，便見到許多貓兒半帶敵意地繞著他們看，她嚇得身子不禁瑟縮了一下。

豹星站在巫醫窩的入口，眼神銳利。「你們來這裡做什麼？暴毛沒把我的話傳到嗎？」

「我已經告訴他們了。」暴毛喵聲說，連忙走上前去。「可是火星想過來和妳商量一下。」

「霜毛和斑尾隨後就到。」火星解釋道：「她們願意留下來陪泥毛。」

豹星垂下頭。「她們真周到。」她喵聲說：「可是真的沒必要，泥毛已經快要被星族接走了。」

面露訝色的鼻涕蟲，氣喘吁吁地蹣跚走向裡面空地，煤皮跟在後面，葉掌趕緊讓路，也跟在他們後頭，當她經過河族族長身邊時，還看了對方一眼，但豹星沒吭聲，直接讓他們進去。

他們一走進來，蛾翅便抬頭望著他們。她的眼裡有憂傷的神色。「已經束手無策了，任誰來都一樣。」她告訴煤皮。「我已經盡我所能地讓他不會感到痛苦。」

泥毛躺在空地中央，雨水穿過樹間枝椏不斷打在他糾結的毛髮上，但他動也不動，沒有力氣躲雨。河族的年長母貓影皮就坐在蛾翅旁邊，悲傷地望著眼前垂死的貓兒。

鼻涕蟲緩步向前，用鼻子碰碰泥毛的肩膀。「去吧，我的朋友，快去和星族團聚吧，我們會幫忙照顧你的族貓。」

煤皮傾身把鼻頭放在泥毛身上，葉掌也跟著蹲下來，將鼻子埋進他的毛髮裡，她的喉腔頓時充滿死亡的氣息，她強迫自己不能退縮，她閉上眼睛，心裡默想：**至少現在有星族在等候著你。**

泥毛突然全身發顫，氣喘吁吁，他吐出最後一口氣，腹部鼓起又落下，終於靜止不動，靈魂隨著戰士祖靈升空而去。

「他已經回星族那裡去了。」蛾翅喃喃說道。

葉掌悲傷地看著這具動也不動的軀體。這隻貓兒永遠無法見到新家了，不管那個新家究竟在哪裡。到底還有多少貓兒會來不及見到自己的新家呢？

第十七章

「沒有了他，我該怎麼辦？」蛾翅喘氣說道，大大的眼睛滿布驚恐。

「妳不會有問題的。」煤皮向她保證道：「悲傷難過是難免的，但不是現在。」

蛾翅看著她好一會兒，最後點點頭，轉身離開巫醫窩去告訴族貓們泥毛已經加入星族的消息。葉掌等在那裡，河族貓兒開始排隊穿過通道，前來致意，再一一回到空地上。

蛾翅一直垂首坐在雨中，雨水從她的鬍鬚串流而下。「我怎麼也不能相信他已經走了。」她喵聲說。

「他沒有走遠。」葉掌安慰她道：「他和星族在一起。」

「但願如此。」蛾翅喃喃說道。

豹星從巫醫窩裡出來，緩步走向火星。「影皮和大肚會留在這裡和你們的長老在一起。」她喵聲說：「他們太老了，根本無法長途跋涉，所以希望留在這裡為泥毛守夜。」

火星點點頭。「我們等河族準備好就出發。」他低聲說道。

鷹霜和暴毛走向豹星和蛾翅。只見鷹霜將鼻頭抵住他妹妹的臉，眼裡流露難得一見的溫柔神色。

「沒想到竟然有貓兒不能同行。」暴毛嘆口氣說道。

「我也是。」葉掌同意道，眼睛看向霜毛和斑尾。這時她的腦海裡又一閃而過灰紋從怪獸肚裡向外張望的畫面。

豹星慢慢走到空地中央，環目四顧。「大家都準備好了嗎？」

「但我們今天還沒去狩獵。」一隻河族貓后發言抗議道，同時用尾巴圈住自己的孩子。

「我們可以在路上狩獵。」豹星告訴她。

出發的時刻終於到了。貓兒們安靜地魚貫走向營地入口。霜毛和斑尾坐在空地上，目送他們離去。

「再見了，霜毛。」葉掌低聲說道：「再會了，斑尾，祝妳們狩獵順利。」

「你們也一樣。」霜毛答道。

葉掌抬頭望向灰濛濛的天空，光禿的枝椏交錯成十字，從天而降的雨水不斷打在她臉上，她眨眨眼，擠掉睫毛上的雨水。這場雨彷彿是星族在為他們的離鄉之行掉下眼淚。神情絕望的葉掌，不免懷疑戰士祖靈們是否會與他們同行，還是從此道別。

「走吧！」火星的聲音輕柔地在她耳畔響起。「族貓們都在等著我們呢。」

林間小徑行走不易，雨水將地上的腐葉泥地弄得濕黏溜滑。河族貓走在一起，緊跟著雷族貓的腳步，但仍保持一定的距離。栗尾走在葉掌旁邊，不斷用鼻頭輕推著走得有些跌跌撞撞的她。他們正逐漸接近林子盡頭，那片狹長的林子仍是河族的領地，再往前一點，就是高地荒原。這時葉掌聞到影族貓兒的味道。她抬起頭，看見他們正發抖瑟縮在樹林底下，全身溼透。

「我們還以為你們不來了。」黑星抱怨道，順勢甩掉他身上的毛髮。

影族貓不耐煩地繞著他走來走去。待在樹底下的他們顯得焦躁不安，因為這裡原本是雷族的地盤，就連褐皮也是一副想趕快離開這兒的模樣。但葉掌卻希望能再多待一下，她突然覺得自己沒辦法承受最後一次向森林道別的感覺。

火星看著自己的族貓。「我們必須向過去所熟悉的一切道別了。」他喵聲說。

葉掌感覺到栗尾的身子緊挨上她，也注意到鼠掌往棘爪的身上貼近。

「我想要回家。」高罌粟的其中一個孩子對著她大聲說道，無辜的眼睛睜得大大的。

「我們是要回家啊！」高罌粟哄著她的孩子，耳朵不斷抽動。「回我們的新家。」

正當她這麼說的時候，一隻黃褐色母貓從不遠處的林子裡現身。儘管雨水掩蓋了她的氣味，但葉掌還是認出眼前陌生的來者，她是莎夏。

蛾翅也認出她了，因為她馬上跳上前去，像小貓咪一樣在地上打滾。鷹霜也跟著他妹妹慢慢走上前去，尾尖來回彈動。河族貓兒很有耐心地等在一旁，但葉掌卻見到雷族貓兒眼中的疑惑，畢竟他們並不知道莎夏是誰，而影族貓兒的眼中則有明顯的敵意。

「她來這裡做什麼？」鼠掌低聲說道。

「也許是知道我們要離開了。」葉掌揣測道。

「但她為什麼要來呢？」

莎夏和自己的孩子打過招呼之後，轉身面對圍觀的貓群。灰毛發出警告的嘶吼聲，但火星使個眼色，制止他。

「沒想到我們又見面了。」豹星對著莎夏垂首說道。

「對啊。」莎夏自承道：「我是來這兒要鷹霜和蛾翅離開河族，和我一起走的。我已經看到兩腳獸對你們家園的摧殘，如果還讓他們跟著你們，未免太危險了。」

蛾翅低頭看著自己的爪子。葉掌心頭一震，**她該不會真的想離開吧？**她走過莎夏身邊，直接面對河族的巫醫。「我知道妳最近很辛苦，但妳不會真的想離開吧？」

蛾翅眨眨眼睛。「我……我不知道……」

「妳的部族需要妳。」葉掌提醒她，然後轉身面對鷹霜，「你不會就這樣棄你族貓而去吧？」

「這得由他們自己決定。」火星的聲音在雨中響起。「不過我是覺得他們應該和自己的族貓在一起。」

莎夏瞇起眼睛。「你真的要他們留下來？」風瞬間停止，所有貓兒為之屏息，因為她接下來說的是，「即便他們的父親是虎星？」

葉掌快速掃視河族貓兒們的受驚表情，雖然鷹霜和蛾翅是在河族長大的，但顯然連河族貓兒都不知道虎星就是他們的生父。

火星瞪著莎夏好一會兒。「我要他們留下來，就因為虎星是他們的生父。」他喵聲說。棘爪的爪子陷進泥地裡，鼠掌的眼睛瞪得比平常還大。「虎星是一名偉大的戰士，這兩隻貓兒已經證明他們從虎星身上所得到的真傳，那就是膽識。」火星繼續說道：「他們的部族現在最需要他們。」他把目光轉向棘爪和褐皮。「虎星的另外兩個孩子也已經在他們的部族裡各自掙得一席之地。」

現在已經沒有所謂的祕密了，每隻貓兒都知道虎星有四個孩子，他的血脈正在三個部族裡延續。蛾翅抬眼搜尋河族族貓臉上的表情；鷹霜也抬高下巴，彷彿不在乎他們在想什麼。

豹星點點頭。「火星說得沒錯。河族需要所有戰士的齊心效力，當然也需要我們的巫醫。」

「可是他們是虎星的孩子。」曙花的不滿聲音令葉掌嚇一大跳。這隻河族貓后正瞪著豹星，彷彿她在引狼入室。

鼠掌的目光發出怒火。「那又怎樣？這又不代表他們不會效忠部族？」

「鷹霜是我們族裡最優秀的戰士之一。」暴毛環顧他的族貓，補充說道：「你們有懷疑過他對河族的忠心嗎？」

「從來沒有。」霧足低聲說道。

豹星看看鷹霜和蛾翅。「你們要留在部族裡嗎？」

「當然，」鷹霜立刻回答。「我不會棄自己的部族於不顧的。」他看著自己的族貓，眼裡有不屈的神色。

葉掌只覺得自己的尾巴抖得厲害。他之所以這麼堅定，究竟是出自於忠心？還是野心使然？她看看棘爪。**為什麼擁有同樣生父的兩名戰士，差別如此之大？**

蛾翅抽動雙耳，看看她母親。「我也必須留在族裡。」她喵聲說：「我現在是他們的巫醫，他們需要我。」

莎夏點點頭。「很好。」她的目光掃過兩個孩子，「火星說得沒錯，」她喃喃低語。「我的確從你們身上看到了虎星的影子。」

葉掌聽見曙花嘴裡發出一聲低吼。

莎夏隨即轉身面對這隻河族貓后。「虎星根本不知道他有這兩個孩子，但他在天之靈一定會為他們感到驕傲。」她環視眼前的河族貓兒。「你們何其有幸，能有他們兩個為河族效命。」

她又走回鷹霜和蛾翅身邊，用身體摩搓兩個兄妹。「祝你們一路順風。」她喵聲說，轉身走進森林。蕨葉叢因她的鑽入而窸窣作響，所有貓兒全都靜靜地目送她離開。

第十八章

「快看！」雨鬚突然大叫一聲，貓兒們全都嚇了一大跳。原來象徵風族領地起點所在的高地邊緣，清楚可見一字排開，等候多時的風族族貓，他們像石頭一樣動也不動，背後襯著灰濛濛的天空。

「我們走吧！」黑星下令道。

他跳出避雨的樹蔭，匆匆走上泥濘的斜坡，後面跟著他的族貓。鼠掌一臉悲悽地望著森林，爪子陷在被雨水浸濕的熟悉大地。所有河族和雷族的貓兒都在林子盡頭處徘徊，不忍就此離去。

「這裡不再是我們的家了。」火星輕聲提醒他們。「新的家園正在旅途終點等著我們。」他率先離開，低著頭，避開強勁的雨勢。

其他貓也都跟著火星慢慢走出林子，鼠掌也加入他們的行伍。她身邊的蕨毛正弓背抵住蕨葉叢，將自己的氣味最後一次留在濕淋淋的葉尖上。

「我們還以為你們改變主意了。」泥爪對著快爬上來的三隻貓兒說道。

「泥毛那時正在彌留。」豹星解釋道：「我們等他嚥下最後一口氣才離開的。」

高星坐在他的戰士身邊，不斷發抖，他的肋骨像結瘤的樹枝一樣清晰可見；等到他們都爬上高地，他才站起身，僵硬的四肢令他臉部肌肉不斷抽搐。「對於泥毛的事，我很遺憾。」他喵聲說。

「他是死在銀毛星群底下，這一點至少比我們大家都幸運。」黑星喃喃說道。

他的話讓鼠掌聽了打從心底不舒服。「我們在太陽沉沒的地方，也有看到銀毛星群。」她反駁道：「等我們到達時，星族一定會在那裡等候我們的。」

泥爪的尾巴抽動著。「我相信你們看到星群，但那是我們的戰士祖靈？還是別的祖靈呢？」

鼠掌眨眨眼睛，想到山區裡的急水部落。要是泥爪說得沒錯怎麼辦？他們離開的不只是自己的家園，難道也離開了星族嗎？

黑星用爪子搓著泥濘的地面。「我們到底要不要走？」

「我們準備好了。」高星答道。

眼前一望無際的高地荒原變得不再熟悉，波浪般的綠草盡被剷除，只剩下滿佈輪痕的光裸大地。

豹星遠眺這片殘破的土地。「這裡有很多怪獸嗎？」

「太多怪獸了。」高星大聲說道。

貓兒們才剛剛開始穿越一大片黃泥巴地，鼠掌就已經覺得寸步難行了。她的腳陷進泥巴裡，腿像千斤重的石頭難以移動。

棘爪費力地爬了回來，陪在她身邊。「再加把勁，沒問題的！」

「當然沒問題，」她厲聲說道：「這難不倒我的啦！」

他瞇起眼睛。「我知道妳辦得到。」他喵聲說。鼠掌真希望她剛剛說話的語氣沒那麼衝。

塵皮走在他們後面，嘴裡叼著小白樺。雲尾費力地跟在他旁邊，毛髮上淨是泥漿，只有背上的毛因雨水沖刷的關係還是白色的。「小貓給我。」他提議道，然後從塵皮嘴裡接過小白樺，盡量不讓這個小東西沾上泥巴。塵皮點頭表示謝意，隨即跳下隆起的泥堆，回頭去幫蕨雲穩住她的腳步。

鴉掌嘴裡也叼著小貓，他站在有些崩坍的邊坡上，腿不斷滑動，兩眼直視眼前的地面。

鼠掌聽見前方怪獸的隆隆聲響，儘管下雨，但那臭味還是迎面撲鼻。她抬起頭，打在臉上的雨水刺痛她的眼睛，這時她看見前方有許多兩腳獸。「我們要怎麼過去啊？」她大聲問道。

「我們可以繞過去嗎？」火星對著泥爪大喊。

「高地上到處都是牠們。」一鬚回頭喊道：「老實說，這已經是最不容易撞見牠們的一條路了。」

一頭長著圓形巨爪和發亮牙齒的怪獸，轟隆隆地從遠處穿過，另一頭怪獸也醒了過來，開始翻攪地面。再更遠一點的地方，可以看見一塊突起的岩脊。

「如果我們能走到那裡，會比較安全。」泥爪提議道：「兩腳獸的怪獸爬不上去的。」

可是如果牠們真的想抓他們的話，還是可以碾碎岩石。鼠掌想到巨岩的下場。

「你說的對，那可能是我們唯一的機會了，我們先等這兩頭怪獸過去之後，再衝到那裡。」火星看看其他族長，他們也都點頭稱是。

鼠掌將身子平貼在泥地上，她只覺得濕冷的地面浸濕了她的毛髮，滲透她的皮膚。煤皮蹲在高星旁邊，正把一小團藥草推到高星面前。**最後一帖藥方了，應該是為了幫他增強體力吧，**鼠掌心中這麼想。

火星一等怪獸駛過，立即發令要大夥衝。

雷族貓兒拚命往前衝，鼠掌跌跌撞撞地跑在泥地裡，兩眼緊盯棘爪的虎斑身影，只要他在她的視線內，她就覺得自己很安全。等到她抵達岩脊時，早已精疲力竭，氣喘吁吁。棘爪伸出爪子，將她一把拉上岩脊。其他貓兒早已聚集在那裡。火星在他們之間來回走動，橙紅色的毛髮被泥巴染成棕黃色，但眼睛仍緊盯著還在泥地上奔跑的貓兒們。

鴉掌也到了，他把小貓咪交給一鬚，這才爬了上來。鼠掌聽見兩腳獸的吼叫聲，她回頭一看，只見一隻兩腳獸正蹣跚穿過泥地，揮舞著手臂；牠看見正往岩脊方向衝過去的貓兒，而褐皮也在其中，她正費力地從泥漿裡拉出一隻河族見習生。

「一定是黑星和豹星在下令起跑時多猶豫了一下。」鼠掌不滿地說道。

怪獸現在正在轉向，準備朝那些零星四散的貓兒駛過去。

「他們來不及了。」棘爪大聲喊道。

「我們得回去幫他們。」火星吼道。

原本全身疲憊不堪的鼠掌，這時又提起精神，躍下泥地，火星在前面帶頭，她感覺到棘爪的毛髮刷拂過她身邊，這時她瞄到鴉掌正衝向河族的貓兒。

怪獸的怒吼聲令鼠掌耳鳴不已。她衝向一群河族貓兒，看見一隻見習生正死命想從泥沼中爬出來，她張嘴咬住對方的頸背，一把將他拖了出來，脫身的貓兒趕緊往岩脊奔去。

「謝了！」

鼠掌抬頭看見正瞧著她的暴毛。他以感激的眼神向她致謝，隨即轉身也將另一個見習生拉出來。

「我的孩子！」曙花的尖叫聲嚇得鼠掌趕緊轉身。有隻小貓正躺在那隻河族貓后的腳下，另一隻則四處亂竄，朝怪獸那頭衝過去，驚慌失措的小東西根本不知道自己在做什麼。

「我來救他！」鴉掌衝上前去，一口叼住那隻小貓咪，趕緊煞住腳步，一轉身，泥漿四濺，隨即朝岩脊處跑去。

鼠掌一口咬住另一隻小貓，又用力推了曙花一把。「快！」她嘶聲說道。

她趕緊跑到岩邊，跳了上去，鑽進一處不在兩腳獸視線內的岩縫。她嘴裡叼著小貓，沿著溝縫跑，再從另一頭出來。曙花緊跟在後，後面還有火星以及一群河族貓兒，叼著另一隻小貓的鴉掌最後才出現。曙花趕緊跑過去，一臉感激地從鴉掌嘴裡接過小貓。

鼠掌把另一隻小貓擱在腳下，四處張望，尋找她妹妹。「葉掌！」她喊道。

葉掌蹲在高星旁邊。這位風族族長氣喘吁吁，驚恐的眼睛睜得老大。「竟然是在我自己的領地裡被追捕！」他疲累地說道。

葉掌聽見鼠掌喚她，於是抬起頭來。

「妳能過來看看這些小貓嗎？」鼠掌問道。葉掌很猶豫地看看高星，這時煤皮出現在她旁邊。

「我來照顧他。」她低聲說道。

葉掌匆匆趕去，低頭嗅聞每一隻小貓咪。她把耳朵壓在其中一隻小貓的胸膛上，然後又換另一隻。「他們只是受到驚嚇，有點累壞了而已。」她結論道：「沒事的。」

「我本來就很好。」其中一隻小貓尖聲說道，她是一隻暗灰色的小母貓。「那頭怪獸根本抓不到我們。」

「噓，小柳。」曙花安慰她道，隨即彎下身，開始舔洗小貓臉上的泥污。這時影族的貓兒也紛紛現身溝縫。

「大家都跟上了嗎？」火星向黑星喊道。

黑星點點頭，喘得說不出話來。

族貓們在岩間休息了一會兒，但眼前仍有另一大片泥地橫亙在他們和綠草坡之間，草坡再下去就是大片草地了。而兩腳獸此刻一定還在找他們，這裡離怪獸這麼近，繼續留在這裡，實在不太妥當。

「我們的行動應該要一致，」火星建議道：「在這次的旅行中，我們四族要像一個部族一樣一起行動。」

「那由誰來指揮？」豹星質問道：「你嗎？」

火星搖搖頭。「誰來指揮不重要，我的意思是如果我們能行動一致的話，才能降低危險性。」

「你根本不知道我們要去哪裡。」黑星辯道，「我們只能相信那幾隻曾結伴遠行過的貓，反正各部族都有一隻，所以我們可以各走各的。」

「可是你們剛剛就沒跟上啊！」火星直言道：「河族也是。我們一定要一起行動，至少在沒離開兩腳獸地盤之前。」

黑星瞇起眼睛。「沒錯，是應該一起行動，但各族還是得遵守各族長的指揮。」

鼠掌沮喪到爪子隱隱作痛，精疲力竭的感覺令她頭暈目眩。她注視著岩脊和草坡盡頭之間的一大片黃泥巴地。遠處還有更多怪獸，牠們正上下來回地堆著東西，有如可怕的邊界守衛。

棘爪緩步向她走來。「我已經和其他貓商量過了。」他的聲音低沉，鼠掌知道他所謂的「其他」貓兒無非是指褐皮、鴉掌和暴毛。「我們同意各自守在外圍。」他解釋道：「這樣一來，我們才能時時警戒可能遇到的危險，絕不能讓任何一隻貓兒落單；鴉掌和我會在後面壓陣，暴毛在前面領路，妳和褐皮分守兩側。」鼠掌點點頭。「我們已經把他們帶到這麼遠的地方了……所以我們有責任保護他們。」他補充道，眼神因憂慮而顯得暗沉。

鼠掌用尾巴纏住他的尾巴。「我們沒有做錯。」她低聲說道：「我到現在都沒懷疑過這一點。」

「都準備就緒了嗎？」火星喊道。

貓兒們漸往岩石邊緣靠攏，各自挨著自己的族貓。只有棘爪、鴉掌、鼠掌、暴毛和褐皮離開自己的部族，各自就定位。黑星先下達出發的命令，豹星、火星和泥爪也隨後發出命令，於是貓兒們紛紛跳下堅硬的岩脊，再度踏上溜滑的泥地。

他們壓低身子，靜悄悄地朝正在風族領地邊緣的怪獸方向前進。鼠掌守住貓群的一側，她豎直耳朵，以防兩腳獸的突然現身，同時小心監看有無落單的貓兒。

葉掌跑到她旁邊。「還好嗎？」

「應該還好吧。」鼠掌低聲說道。

「我是說妳還好吧？」葉掌追問道：「你們不必這樣保護我們，是我們自己決定要展開這場旅行的。」

鼠掌很感激地看著她。「我知道。」

當貓群快接近怪獸時，全都不約而同地慢下腳步，匍匐前進，慢到連鼠掌都覺得自己快變成一團泥球。然而這些沾滿污泥的貓兒在泥地裡，反而像是染上一層保護色。怪獸全聚在另一頭，離他們很遠，看起來還沒打算回頭。

「我的眼睛裡有泥巴。」小白樺尖聲喊道。

「噓！」蕨雲斥責他，小白樺隨即噤聲。

鼠掌的心臟撲通撲通地跳。現在只要再走幾個狐狸身長的距離，就可以抵達草坡邊，也遠離這片黃泥地和怪獸。這時她突然聽見一個令她毛骨悚然的聲音。怪獸附近方向有狗吠聲傳出，她抬起頭張望，正好瞧見那禽獸衝向他們。牠的耳朵上下跳動，巨大的腳爪在泥地上一路奔馳。

「有狗！」豹星大吼一聲。

「快跑！」高星下令道。

鼠掌驚恐地看著四周。小貓和長老們根本跑不過那隻狗！其他貓兒拚了命地往前衝，火星和其他族長在貓群之間發號施令。

「快幫忙叼住小貓！」火星下令道。

「快去幫忙長老！」豹星厲聲喊道。

鼠掌四處尋找小白樺，還好雨鬚已經一把叼住他，衝向坡頂。蕨雲緊跟在後，但鼠掌卻聽到愈發逼近的狗吠聲。那隻體型龐大的禽獸輕而易舉地跳過滿佈輪痕的泥地，速度比貓兒還快，甚至快過怪獸。長老們尤其明顯落後，有貓兒聲嘶力竭地喊他們快跑，甚至幫忙推他們。

鼠掌回頭看棘爪在哪裡，卻驚見他轉過身，直往那頭狗的方向衝去；鴉掌和褐皮跑在他兩側，身上沾滿污泥，根本難以辨識誰是誰。他們到底要幹什麼？

鼠掌只能目瞪口呆地看著他們衝向那隻兇惡咆哮的禽獸，一直等到他們快接近目標物時，鼠掌才終於明白他們想幹什麼——他們在棘爪的一聲令下分散開來，圍住那頭體型龐大的黑色獵犬；那禽獸見狀立刻慢下腳步，左右擺動牠那巨大的頭顱，彷彿正在考慮該先追逐哪隻貓兒；最後牠把目光對準鴉掌，直接撲向瘦小的黑色戰士。鴉掌立即朝褐皮那頭轉身，爪痕瞬間印在泥地上；而褐皮則反向衝出，越過鴉掌，躲過狗兒陰森的利牙，朝他厲聲怒罵。那頭狗無所適從，只好狂吠，並縱身一躍，跳向影族戰士。鼠掌看見牠撲向褐皮，當場嚇得喘不過氣來，這時卻驚見棘爪由狗兒後方衝將上去，後腿用力朝牠身上一扒，那頭禽獸隨即轉頭，但棘爪已經迅速轉身，拔腿就跑，那頭禽獸追了上去。

兩腳獸聽到了動靜，其中一隻跑向那頭狗，嘴裡不斷咆哮，當時正拔足狂奔的棘爪只離那頭禽獸的陰森利牙一根狐狸尾巴之遙；鴉掌也在這時轉向，追向那頭狗，身子輕擦過狗的鼻頭，害他緊急煞車，頓時搞不清楚方向；他四處張望，眼裡怒火四射。鴉掌靠著有力的後腿來個緊急大轉彎，又跑了回去；那頭狗迅速出擊，一張嘴差點咬到鴉掌；兩腳獸再度咆哮，向前彎下身子，伸出爪子。

鼠掌屏住呼吸。千萬別讓兩腳獸抓到你！她在心中對著鴉掌吶喊。他們真的不能再失去另一隻貓了！但兩腳獸的爪子竟伸向那隻狗的項圈，一把揪住牠，往回拖。鼠掌霎時鬆了一口氣，只覺頭暈目眩。

鴉掌趕緊逃離兩腳獸，褐皮和棘爪緊跟在後。「快跑！」他衝向鼠掌，放聲大喊。鼠掌也趕緊轉身，追上她的夥伴。大部分的貓兒都已抵達坡頂，正往另一頭衝下去。鼠掌四處張望有無貓兒需要協助，卻見兩隻影族長老，因體力耗盡和驚嚇過度的關係，正被枯毛和暴毛連推帶拉地往前走；鼠掌跟著他們蹣跚爬上坡頂，再衝下斜坡。

就在她往坡底衝的時候，突然驚覺自己已經越過風族領地，永遠離開四大部族的地盤了。以前的氣味標記早已被滿地泥巴、雨水以及怪獸的臭味給完全掩蓋。

鼠掌強迫自己不准回頭。他們已經離開原來的家園，漫長的旅程才正要開始。

第十九章

四大部族一路沉默地穿過草地，有如雲彩的影子在地上移動。鼠掌很感激棘爪一直緊挨在她身邊，為她擋掉刺骨的寒風。雨勢正逐漸緩和，天上的積雲被冷冽的寒風撕成碎片，這代表天氣將愈來愈寒冷；全身打顫的鼠掌，抬頭遠望前方的兩腳獸巢穴，感覺上似乎比巨岩還高大。

她的爪子被路上的刺狀殘梗給戳得好痛，整片田野好像都是這些東西，她多麼渴望能踩在鋪滿腐葉的柔軟地面上。空氣中瀰漫著陌生的氣味——包括兩腳獸、轟雷路上來回穿梭的怪獸、從兩腳獸巢穴飄送而來的狗兒氣味以及無賴貓最近才留下的味道。即便鼠掌被部族貓層層圍繞，這可是她這輩子從沒有過的經驗，但她還是清楚嗅聞到貓兒們因遠離家園而不自覺散發出來的緊張氣味。她掃視前方的灌木樹籬，心上突然一驚，山毛櫸泛黃的樹葉正猛烈晃動，而那絕非風的關係。

烏掌像突然甦醒的影子一樣從藏身處大搖大擺地走了出來，一臉驚愕地瞪著所有部族貓；隨後又有另一隻貓從樹籬裡鑽出來。鼠掌馬上認出那是毛色黑白相間的大麥。好久以來，大麥一直讓烏掌住在他所定居的兩腳獸穀倉裡。

「火星，是你嗎？」他叫喚老朋友的名字，雙耳忍不住地抽動。四大部族的貓兒全都停下腳步看著他。他們知道這隻黑色的雷族見習生以前被他導師虎星驅逐出門的事情。雖然他在森林裡待的時間不長，少有貓兒與他熟識，但也有許多貓兒曾在高岩山之旅時見過他。

「嗨，烏掌！」高星點頭向他招呼。

「烏掌！」火星穿過其他貓兒，走上前招呼他的老朋友。

「火星！」烏掌與雷族族長互觸鼻頭，然後環顧四周。「灰紋呢？」

火星瞇起眼睛。「灰紋沒有和我們在一起。」

「他死了嗎？」震驚的烏掌倒豎著毛髮。

火星搖搖頭。「兩腳獸把他抓走了。」

「兩腳獸？」烏掌應聲說道：「為什麼？」

「牠們設陷阱抓我們。」火星粗嘎的聲音帶著濃濃的悲痛。「我們只好全數離開森林。」

「什麼？」烏掌抬起鼻頭嗅聞空氣裡的味道：「風族跟河族也和你們在一起嗎？還有影族？」

「兩腳獸正在摧毀我們的家園。」火星解釋道：「如果我們繼續待在那裡，就算不餓死，也會被牠們的怪獸給碾個粉碎。」

「你們看起來都快餓壞了。」大麥走上前來，如此說道。

「嗨，大麥。」火星和他打聲招呼。「日子過得不錯吧？」

「光看你們的樣子，就知道我的日子絕對過得比你們好多了。」他老實不客氣地說道。

「你們要去哪裡？」烏掌問道。

「先到高岩山，然後……」火星轉頭探詢棘爪，但棘爪卻不發一語地看著他。

「你們今晚會在我們這裡過夜吧？」烏掌問道：「最近這兒的獵物很多，天氣一冷，老鼠都跑進穀倉裡避寒了。」

「等一下，烏掌。」大麥提出警告。「穀倉裡容納不下這麼多貓，要是兩腳獸進來幫牛隻搬稻草，一定會嚇一跳的。」

「也對。」烏掌說道：「但總要幫幫他們啊！」

「我想他們可以待在廢棄巢穴裡。」大麥提議道。

「對哦！」烏掌轉向火星。「你知道那個地方嘛！當初被大老鼠攻擊後，你和藍星就是躲在那裡啊！」

火星抬頭望向天際被染紅的雲彩。「我本來希望今夜可以趕到高岩山的。」

「可是若有食物能先充饑，那是再好不過了。」黑星不同意他的想法。

火星垂下頭，「你說的對。」他轉向烏掌。「謝謝你。」

「你們先把貓兒們安頓好，我們再告訴戰士們到哪裡去獵捕。」烏掌喵聲說：「這裡的食物很多，絕對夠每隻貓兒吃得飽飽的。」

鼠掌聽見部族間傳來興奮的陣陣低語聲，小貓們一聽見有機會可以吃飽，開始喵喵叫，抱怨自己肚子餓。

「你們絕對想不到我們有多累和多餓。」火星喵聲說。

烏掌看滿身污泥的好朋友，「哦，火星，」他喃喃說道。「我想我可以想見得到。」

⚡⚡⚡

這棟廢棄頹圮的兩腳獸巢穴並沒有屋頂，但還好雨已經停歇，四周石牆足以為他們遮擋刺骨的寒風。

「我記得這裡。」一隻叫灰足的風族貓后低聲說道：「當時碎星把我們驅逐出境，後來火星要帶我們回家時，就是睡在這裡。」

「我從沒想過會再回到這裡。」網足大聲說道。

小貓們和長老們滿是感激地魚貫走進巢穴，他們很開心終於有機會可以躺下來好好休息；烏掌和大麥帶著戰士們去捕獵食物，至於包括鼠掌和鴉掌在內的見習生，則留下來擔任守衛工作；煤皮和葉掌在貓群之間忙碌走動，檢查有無貓兒因先前的高原大逃亡而受傷。

「鼠掌？」葉掌喊道：「妳可不可以到外面幫我們拿些被雨浸濕的青苔？有些貓后和長老都太累了，恐怕沒辦法自己走那麼遠。」

鼠掌點點頭，趕緊出去在外面牆腳挖了許多濕淋淋的青苔回來。

貓兒們急著接過青苔，用前爪擠出水分，不斷舔食；等到最後一隻風族長老也喝夠了，鼠掌這才得以安穩坐下來，讓那發疼的爪子有休息的機會。就在她舒服地在角落裡安頓下來時，戰士們紛紛回來了，全都帶著剛捕來的獵物；霎時之間，藏身所裡充斥著各種溫熱美味的味道。這時鼠掌看見棘爪丟了一隻肥美的老鼠在她面前，心上不禁一喜。

「要不要和我一起吃？」她提議道。

「不用，」棘爪喵聲說，「這隻是妳的。」

鼠掌把整隻老鼠吃得精光之後，竟發現肚子有些疼，原來她已經很久沒吃這麼飽了，難怪胃會不太舒服，不過這種不舒服的感覺遠比飢餓要好過多了，自從回到森林以後，這可是她第一次覺得既溫暖又有飽足感。

「這地方很適合休息。」高罌粟開心地說道：「我的孩子已經再也受不了餐風露宿之苦，昨晚的那場雨簡直快把他們凍僵了。」

「今夜他們就可以好好地睡上一覺了。」蕨雲同意道。

天色暗了，才見棘爪回來。他把自己安頓在鼠掌旁邊，嘴裡叼著一隻和先前那隻一樣肥美的老鼠。

火星躺在沙暴旁邊，薑黃色的尾巴和深紅色的尾巴互相交纏。「你今夜要和我們一起睡嗎？」他對著正站在巢穴入口觀看貓兒們進食的烏掌說道。

「好啊！我喜歡這點子。」他緩步走向雷族貓兒聚集的角落，影族齊聚在另一側，至於河族與風族也各據一處。

「我從來沒想過自己還有機會可以和族貓們睡在一起。」烏掌喃喃說道。

「真希望不是在這種情況下。」火星嘆口氣說道。

烏掌的眼神瞬間暗了下來。「你們要怎麼找到新家？」

「星族會告訴我們的。」鼠掌喵聲說，她看看棘爪，但他沒有抬頭。「對不對？」她又去看葉掌，隱約覺得不安。葉掌低下頭，也沒說話。

鼠掌醒來時，冷冷的日光已經瀉入巢穴；她張張合合自己的爪子，不知道現在到底多晚了。她睡得很飽，於是抬頭張望，只見她父親站在一塊橫躺地面，自成一天然平台的石頭上，剛好就在廢棄巢穴的中央。四周貓兒正睡眼惺忪地抬起頭來，在日光下瞇起眼睛。

「我們睡得太久了。」火星喵聲說：「已經快日正當中了，我們得趕快趕到高岩山去。因為不管未來要去哪裡，勢必都還有很漫長的旅程等著我們。」

泥爪站起身子，臉上有些不悅的神情。「我們為什麼一定得離開這個地方？這兒獵物這麼多。」

「這陣子以來，也只有這一次讓我的小貓真正吃飽過！」高罌粟也插嘴說道。

「這地方的獵物很多。」高星同意道。風族族長儘管經過一夜好眠，但還是一臉倦容。

「烏掌只是邀我們在這裡暫住一夜而已。」火星反駁道。

「那又怎樣？要是我們想在這裡待得久一點，他能怎麼樣？」黑星有些挑釁地瞪著烏掌。

「我的部族需要食物和藏身所，必要時就算要靠武力強取，也在所不惜。」

棘爪站起身，「這不是我們該待的地方。」他喵聲說：「我不知道我們究竟該去哪裡，但我敢肯定絕不是這裡。」

鼠掌也點頭說道，「要是星族真要我們在這裡安身立命，當初幹嘛還大費周章要我們一路旅行到太陽沉沒的地方呢？如果只是在這裡定居，根本不需要什麼預言啊。」

鴉掌的耳朵不停地抽動。「我們一定要完成已經開始的旅程。」他大聲說道。

「我同意。」暴毛也從河族所在的角落應聲說道。

「我也是。」褐皮伸長身子，弓起背。「我們應該繼續往前走。」

「我也覺得他們說得沒錯。」豹星突然開口說道：「這附近有太多兩腳獸。要是牠們的狗沒被綁好，那我們怎麼辦呢？我們絕對會被困在這裡，逃無可逃。」

黑星瞇起雙眼。「說得也對。」他低聲說道。

高罌粟很不情願地站起身來，推推小貓咪，把他們叫醒，「走了，小寶貝。」她低聲說道：「我們得走了。」

「可是這裡好溫暖。」其中一隻小貓喵聲說。

「而且有新鮮的獵物可以吃。」另一隻也尖聲說道。

「我們一定得走。」高罌粟告訴他們，單調的語調很顯疲累。鼠掌有些同情起眼前這位勇敢的影族貓后，只見她緩步走向入口，小貓們緊跟在後，經過一夜長眠，小貓們的毛髮都已糾結成團。

「我和你們一起去高岩山。」烏掌提議道，尾巴刷拂過火星。

貓兒們沉默地魚貫走出藏身所，朝著遠方清朗的蒼穹下那幽暗陡峭的高岩山前進。風吹亂了鼠掌身上的毛髮，不禁令她全身發抖。已經過日正當中的時候了，如果再為了配合長老們和小貓們的腳程而慢下腳步，恐怕無法趕在太陽下山前抵達高岩山。

「現在雷族的副族長是誰？」她聽見烏掌在問火星。

鼠掌看看棘爪，但他目光始終直視前方。

「還是灰紋啊！」火星粗聲說道。

烏掌驚訝地看著他的老友。「可是他已經不見了。」

火星轉身看他，眼裡有痛苦的神色。「我們被迫離開家園已經夠慘了，別再要求我放棄對好友所抱有的最後一絲希望！我相信如果換作是他，他也不會輕言放棄我。」然後才又開始邁出腳步。「雷族已經有一個副族長了，沒有必要再選出新的副族長。」

隨著太陽的漸漸隱沒，高岩山儼然隱晦成一大片藍黑色的陰影。白天的長途跋涉已經磨損了貓兒們的腳掌，如今這陡峭多石的斜坡似乎怎麼爬也爬不到盡頭，此刻他們正精疲力竭地癱躺在慈母口的外緣。鼠掌正凝神注視著那條通往月亮石的幽黑通道；他們才剛抵達這裡，族長們和各族巫醫便逕自消失在那條通道裡。

「我真希望妳和他們一起進去。」鼠掌對著她妹妹喃喃說道：「這樣子妳就可以告訴我，星族說了什麼。」

「豹星說這種時候不適合見習生在場，火星也同意她的看法。」葉掌喵聲說。

「妳想星族會告訴他們什麼？」

「誰知道呢？」葉掌低聲說道。

這時突然傳來地上碎石被踩踏的聲音，火星率先步出通道，高星、豹星和黑星隨後走出。他們全都面無表情地各自回到自己的部族。

「我好想知道裡面發生了什麼事！」鼠掌焦躁地說道。

「他們不可能告訴我們裡面發生什麼事的。」葉掌提醒她。

鼠掌只覺得沮喪。這對葉掌來說當然無所謂，反正她和星族之間本來就存有某種特殊的溝通管道，但難道她就不能幫幫那些沒有這種交流管道的貓兒們嗎？

「鼠掌！」棘爪喊道。這隻虎斑公貓正穿過貓群走向她。「我們要到那兒碰面！」他低聲說道，頭顱朝山脊的最高點示意。「我們必須決定下一步該怎麼走。」

鼠掌偏過頭。「我們不是要去太陽沉沒的地方找午夜嗎？」

「這是我們最後一次確定未來方向的機會了，」棘爪答道：「因為自此以後，我們就得帶著族貓們進入他們以前從未去過的地方，所以我們走吧！」

鼠掌跟著他爬上陡峭的斜坡，遠離其他族貓。她看見暴毛也從河族那裡匆匆趕往山脊最高點，他灰色的身影在月光下閃閃發亮。褐皮和鴉掌早已坐在高低起伏的岩脊頂端，身影就鑲在滿天星斗的夜空之下。

幽幽渺渺的世界在高岩山的另一側綿延開展，大片的黑色陰影令鼠掌不敢喘息。遠方有白雪覆頂的高山、陌生的貓兒、危險的動物，還有太陽沉沒的地方，那無邊無際的水域正是午夜居住之所。鼠掌全身打顫。哦，星族，我們究竟該何去何從？

「大家是否都同意我們應該前往太陽沉沒的地方找午夜呢？」棘爪問道。

褐皮睜大眼睛，眼裡有憂慮的神色。「我實在想不出，除此之外我們還能怎麼辦；但萬一她已經不在那兒了，那又該怎麼辦呢？」

「這次的長途旅行非常危險。」暴毛同意道。

「當初我真的以為我們可以帶大家找到一個安全可靠的新家園，」鼠掌喵聲說，她想到當初剛從太陽沉沒的地方帶回午夜訊息時，自己的那股興奮。「我以為我們有辦法拯救大家。」

「但我們卻可能陷大家於不必要的險境之中。」棘爪低聲說道。

「為什麼星族不選其他的貓兒來傳達訊息呢？」暴毛嘆口氣。

剎那間，鼠掌為暴毛感到心疼與不捨——暴毛失去了很多，他的妹妹在第一次旅程中喪命，如今兩腳獸又抓走了他父親。鼠掌不由得將身子挨近暴毛，往他身上靠近。

「你們會不會覺得我們的祖靈已經放棄我們了？」褐皮脫口說出大夥兒心中的恐懼。

「祂們的確沒降下午夜所承諾的預言。」棘爪承認道：「你們有誰見過垂死的戰士了？」

「會不會是指泥毛？」暴毛揣測道。

「可是他是巫醫欸。」鼠掌指出。

「午夜知道這其中的差別嗎？」褐皮喃喃說道。

貓兒們互看彼此，沒有說話。

「但泥毛是死在河族的領地上！」一股不安的疑慮突然自鼠掌心中竄起，讓她覺得很不舒服。「要是泥毛就是那個預言指示，那我們豈不是走錯方向了嗎？」

五隻貓兒面面相覷，眼裡滿是恐懼，因為他們想到，難道得回去告訴他們的族長，他們得帶著族貓再次回到森林，再次面對可怕的怪獸嗎？

哦，星族，難道我們真的搞錯方向了嗎？鼠掌仰頭向天，閉上眼睛，但就在她打開眼睛的那一瞬間，天邊一個移動中的光影吸引她的注意，她倒抽一口氣，其他貓兒也順勢抬頭尾隨她的目光……在他們的頭頂之上，一顆流星拖著長長的銀色尾巴瞬間墜落。

「垂死的戰士！」鼠掌深吸一口氣。這就是他們一直在等的預言！星族的其中一位戰士祖靈為了告訴他們未來的方向，而犧牲、點燃自己，化為灰燼。那顆流星在夜空中所留下的燃燒痕跡，有如一根淺淺淡淡的蜘蛛絲，一路伸向地平線上那呈鋸齒起伏的山頂。

「我們現在終於知道要走哪個方向了。」棘爪低聲說道。

「就是要越過那座山。」鼠掌喵聲說。

第二十章

天剛破曉時的寒氣把葉掌給冷醒，她將身子往煤皮那兒靠近，身體下方的石頭似乎正從她身上源源吸走她的體溫；四周的空氣冷到她一睜開眼睛，便可見到自己的鼻息有如上升中的縷縷輕煙。葉掌站起身，伸個懶腰；岩間的寒霜在淡淡的黎明曙光下閃閃發亮，這時一股味道隨風飄送而來，香噴噴地令她不禁口水直流。烏掌緩步走上斜坡，嘴裡叼著一隻剛捕殺的兔子。

其他雷族貓兒還在睡夢中，他們全都擠在某塊岩石的凹面處，離其他部族的夜宿之處有幾條狐狸尾巴之遙，但兔子的味道卻喚醒了他們，他們的頭顱隨著烏掌在貓群中的穿梭行走而紛紛抬了起來。火星已經在伸懶腰，暴毛在他身邊。烏掌把剛捕來的獵物丟在雷族族長腳下。

「這算是告別的禮物吧。」他喵聲說。

火星看著他。「我希望你能和我們一起

走。」他喵聲說：「我已經失去灰紋，我不想再丟下任何朋友。」

烏掌搖搖頭。「我家就在這裡，不過我相信我永遠不會忘記你們的，我一定會等你們回來。」

葉掌突然覺得心上一陣痛楚，他們還有機會回來嗎？他們即將展開漫長的旅程，但究竟有多漫長？她可是一點頭緒也沒有。

「我們曾共同經歷過那麼多事情，」火星喃喃說道，因想起過去種種，眼裡隱約發出閃亮的光芒。「我們曾親眼目睹藍星喪命，虎星失敗……」他嘆口氣。「發生過這麼多事，有如川流不息的河水。」

「在我們加入星族行列之前，還會有更多河水在我們身邊川流不息。」烏掌向他保證道：「這不是終點，這只是一個開始。你需要有獅子一樣的勇氣來面對這場旅程。」

「當你已經失去這麼多時，實在很難再有任何勇氣了。」火星的眼裡淨是愁雲。「我從來沒想到有一天我會離開森林！就連當初血族來襲時，我也誓言以死捍衛自己的家園。」

烏掌用尾巴輕撫過火星的毛髮。「要是我遇見了灰紋，我會告訴他你們去了哪裡。」他承諾道，然後很嚴肅地頷首致意。「再會了，火星，祝你們一路順風。」

「再會了，烏掌！」

黑色獨行俠跳下斜坡，葉掌不禁為她的父親難過起來。他離開了兩個最要好的朋友——甚至不知道其中一個下落如何。她看見沙暴用臉頰磨蹭火星，彷彿是在提醒火星，他並不孤單。

煤皮交替伸直自己的前腿。「我們得先檢查一下貓兒們，好確定他們的身體狀況可以應付得了眼前的旅程。」她喵聲對葉掌說道。

葉掌點點頭。她想起昨晚鼠掌和其他貓兒從山脊頂回來時，眼神淨是光芒。

「我們見到垂死的戰士了。」棘爪的聲音因興奮而顯得氣喘吁吁。

「你們看到預言指示了？」火星本來在沙暴旁邊打瞌睡，當下馬上跳了起來。

「你們確定嗎？」煤皮問道。

「一顆流星從空中劃過，」鼠掌解釋道：「然後消失在山的後方。」

黑星也從影族的聚集處跑了過來。他一臉困惑。「那就是我們本來要在巨岩等的預言嗎？」

褐皮看著他，突然像是想到什麼似的。「沒錯！這裡的高岩山一定就是午夜口中的巨岩！而不是四喬木那裡的巨岩！」

暴毛點點頭。「她從來沒來過森林，在她眼裡，這裡看起來的確很像一塊巨岩，只不過和我們的認知完全不一樣。」

豹星用肩膀擠過貓群，走到前面。「那麼在那些山脈後面，究竟有什麼呢？」

「山脈？」蕨雲把小白樺拉近自己。

「上次我們爬過去之後，就找到了太陽沉沒的地方，」棘爪解釋道：「不過這次這顆流星的落點似乎更遠。」

鷹霜瞇起眼睛。「所以我們得找出一條新路嗎？」

「也不見得。」棘爪告訴他。

「如果能循上次那條路走，會比較安全，」褐皮喵聲說：「否則我們可能會迷路，更何況也快下雪了。」

「一旦我們越過那座山脈，便可以往流星的落點前進。」鼠掌補充說道。

葉掌看見她姊姊的鬍鬚急急地抽動，而棘爪的爪子也在岩石上一張一縮，彷彿正迫不及待地想要啟程；但他們的眼中也透露出些許的不安，他們對於未來的一切感到惶恐，因為他們很清楚這場旅程的不可預測。葉掌不禁心上一驚，星族為什麼要派一名垂死的戰士來為他們指引方向？這對部族滿心寄望的未來而言，似乎是個凶兆。

「走吧，葉掌！」煤皮的聲音把她拉回嚴寒的現實世界裡。

「煤皮，」葉掌有些猶豫。「妳覺得那個來自星族的預言是不是在告訴我們，祂們會與我們同行？」

灰色巫醫若有所思地看著她良久。「但願如此。」

「妳沒把握嗎？」葉掌揣測道。

煤皮看看四周，發現附近沒有貓兒。「我們昨天去月亮石的時候，我幾乎聽不太見星族的聲音。」她自承道。

「但祂們有說什麼嗎？」葉掌警覺地問道。

煤皮瞇起眼睛。「我知道祂們在對我說話，但我就是聽不出來祂們在說什麼。好像祂們的聲音也被呼嘯而過的狂風給蓋掉一樣。」

「妳一點也聽不出來嗎？」

「聽不出來，」煤皮閉上眼睛好一會兒。「但祂們的確在那裡。」

「祂們一定也和我們一樣正遭逢苦難。」葉掌低聲說道：「眼睜睜看著森林被毀，卻無力阻止，對祂們來說一定也很難受。畢竟那也曾是祂們的家。」

煤皮點點頭。「妳說得沒錯，但祂們也像我們一樣，一定會復原的，只要這五大部族仍舊存在。」

「但祂們會到新家來找我們嗎？」葉掌煩躁地說道：「祂們知道到哪裡找我們嗎？」

「我們無法回答這些問題。」煤皮挺直身子，語氣突然變得輕快起來。「走吧！我們的族貓需要我們。」

葉掌朝烏掌放置兔子的地方緩步走去，那隻兔子仍原封不動地擱在她父親腳邊。一隊戰士已經出發前往捕獵。

「我可以把這個拿去給蕨雲和小白樺嗎？」她問道，但火星似乎正沉湎於自己的思緒當中。

「當然可以。」沙暴說道。

葉掌有些焦慮地抬眼看看她的母親。「他沒事吧！」

火星回過神看著她。「當然沒事。」他喵聲說：「快去吧，把這拿去給蕨雲。」

葉掌叼起那隻兔子，匆匆走向伏臥在小白樺旁邊的蕨雲。小虎斑貓的身子在寒風中打顫，蕨雲正用力舔他，想帶給他一點溫暖。

「睡在外面實在太冷了！」蕨雲看見葉掌出現，這樣抱怨道：「我幾乎一夜沒闔眼。」她看著小白樺，眼裡有恐懼的神色。葉掌猜想她大概怕一閉上眼睛，醒來時，連自己的最後一隻小貓也喪命了。

「這給你們。」她把兔子丟在地上。「應該能幫妳恢復一些體力。」

蕨雲的眼睛一亮，很感激地望了葉掌一眼，立即撕咬下一隻後腿，把它放在小白樺面前。「給你吃。」她催促他道：「我們以前常吃兔子，只是已經很久沒嚐鮮了。」

「妳自己也要吃一點哦。」葉掌勸說蕨雲。

「我會的。」蕨雲答應道。

⚡⚡⚡

葉掌的肚子咕嚕咕嚕地叫，她真希望狩獵隊早一點回來。她看看四周，想知道還有誰看似需要她的幫忙，但大部分貓兒都只是心情愉悅動動身子，伸展有些僵硬的四肢，緩步踱向岩間，從小洞裡舔水喝。包括棘爪、鼠掌在內的幾隻貓兒，此刻正坐在靠近山脊頂的地方，灰色的大岩石被陽光暈染成玫瑰紅的顏色。

葉掌聽見白掌纏著棘爪說道：「拜託你告訴我們，那裡到底有什麼啊？」

棘爪看向身後的遠方山脊。「再過不久，你們就會知道了。」

「可是如果你先告訴我們，我們才好有心理準備啊！」蛛掌直言道。

「他說得沒錯。」白掌喵聲說：「你要讓我們先有心理準備啊！」

棘爪認輸地嘆了口氣，把尾巴從爪間拉了出來。「好吧，那裡有很多羊，牠們毛茸茸的，看起來就像一朵雲，下面長著四條腿；牠們並不可怕，可是當你看到牠們時，一定要小心附近的狗，因為兩腳獸會利用狗來控制羊群的行動。當然還有轟雷路——大部分的轟雷路都很小，但要穿越的數量實在很多；再來就是山區了……」

他的聲音漸弱，葉掌感覺到陣陣寒風正穿透她的毛髮。山區裡究竟有什麼東西讓這些貓兒這麼害怕呢？他們該用什麼方法才能讓小貓們和長老們成功攀越那種地方？哦，星族，祢們究竟在哪裡？要是她能確定星族與他們同在，或許她就不會如此害怕了。

葉掌從沒想過在高岩山之外，還存在著另一個廣闊的世界。眼前是一望無際的田野，間或點綴著幾頭羊，看上去真的就像棘爪形容的有如一朵朵的小白雲。鼠掌緩步走在她旁邊，一吐一吸之間淨是白色的霧氣。

「妳還認得這裡嗎？」葉掌問道。

「還認得一點。」鼠掌喵聲說。

「所以我們沒走錯路嘍？」

「沒！」

葉掌納悶，姊姊似乎不太想說話。她看見她和棘爪互換了一個憂慮的神色，他一整個早上都在貓群間穿梭，先是走在這頭，然後又轉到另一頭，像是怕走丟任何一隻貓兒一樣。

葉掌感覺到空氣微微震動，遠方的隆隆聲響令她不由自主地停下腳步，聽起來好像有暴風雨正要來襲，可是眼前清澈的天空明明告訴她這是不可能的啊！她伸出鼻子，嗅聞空氣。是轟雷路！

「這條轟雷路很大哦。」鼠掌警告著。

當他們走近時，那隆隆聲響迅速變成巨大的轟雷聲，嗆鼻臭味直灌葉掌喉間。前方的貓兒慢下腳步，全都聚攏在一起，只不過仍盡量靠近同族的族貓。鼠掌從貓群中推擠而過，葉掌緊跟在後，直到抵達兩側陡斜的溝渠。再過去就是那條轟雷路了。

「我們應該先讓小貓們過去。」火星一路走進狹窄的溝渠。葉掌跳到栗尾旁邊，爪子在油綠的草面上滑了一下。道路雙向都有怪獸呼嘯而過，她感覺到腳下地面的震動，身子不禁縮了起來。

「就由每個部族各自找機會過這條路。」泥爪很堅持。

「河族一定會先過去的。」鷹霜大聲說道。

「不是所有戰士都像河族戰士一樣強壯，」豹星指出。「火星說得沒錯，我們應該幫忙體力較弱的部族。」

「我的部族不需要你們的幫忙。」泥爪厲聲說道：「更何況這一定會亂成一團，因為貓兒們會不知道該聽誰的命令。」

「那就由你做總指揮，好不好？」火星粗聲說道。

「除了我之外，誰都不准指揮影族戰士！」黑星吼道。

棘爪穿過貓群，站到火星旁。葉掌的位置離他不遠，所以嗅聞得到他身上散發出來的恐懼味道：「你們再這樣吵下去，只會讓大家送命！你們可不可以等到所有貓兒都平安抵達對岸之後，再來吵誰來指揮這件事？」

黑星壓低耳朵，鷹霜則急速揮動尾巴。

「讓他繼續講下去。」火星發出警告聲音。

「我來指揮雷族。」棘爪喵聲說：「風族交給鴉掌，褐皮負責影族，暴毛則負責指揮河族。」

「風族不能交由鴉掌指揮。」泥爪爭辯道：「他只是個見習生。」

「你以前有穿過這條道路的經驗嗎？」棘爪質問道。

「沒有！」泥爪不屑地說道：「可是我有指揮部族的經驗。」

「鴉掌可以指揮的！」棘爪厲聲說道。

暴毛沒理會他們，他彈著尾巴，直接帶領自己的族貓走到轟雷路邊緣，他接著蹲伏下來，伺機發令。一頭怪獸呼嘯而過，毛皮在陽光下閃閃發亮；等牠一走，暴毛立刻一聲令下，河族貓兒紛紛一擁而上，拚命往前跑。葉掌的目光搜尋著曙花，很快便瞧見那灰白色的身影，她看見有兩隻河族戰士幫忙叼著她的小貓咪，這才鬆了一口氣。

等到他們全衝到對岸，葉掌才又聽見另一頭怪獸隆隆駛來的邪惡聲響。感謝星族保佑，河族已經平安通過。她抬頭查看那距離到底有多遠，心頭突然一驚，泥爪根本沒等鴉掌發號施令，便要他的族貓直接穿過路面。

這時突然傳出怪獸的怒吼聲，鴉掌瞪大驚恐的眼睛。「快點！」他一馬當先地跑到前面，一把叼起一隻小貓，衝到對岸，丟進路邊，又衝回來想抓住另一隻小貓。「快把小貓帶走！」他大聲命令道。他的爪子不斷扒抓溜滑的路面，試圖穩住自己的腳步，他一口咬住另一隻小貓的頸背，再次衝向對岸。其他戰士和見習生也趕忙叼走剩下幾隻小貓，緊追在後，貓后們趕緊跟上，但風族的長老晨花顯然落後一大截。

「快跑啊！」葉掌喊道。

火星正蹲伏在葉掌上方的轟雷路邊緣，他快速瞄過逐漸逼近的怪獸，正判斷是否能及時救助晨花。

「待在這裡，別去！」棘爪對著他大聲吼道。

火星將身子壓得更低，雙耳平貼。「繼續跑啊！妳辦得到的！」他向那隻風族母貓喊道。但怪獸突然如一陣炫風使勁轉身，在轟雷路上轉了個方向，朝火星疾駛而來。葉掌只覺得恐懼如浪潮般湧來，她閉上眼睛不敢看，以為這下一定血肉模糊。

但還好沒有。她瞇起一條縫，恰好看見那怪獸從火星身旁忽地掃過，距離之近，彷彿要扯掉他的毛髮；牠像風一樣呼嘯而去，速度絲毫不減。葉掌終於敢張開眼睛，晨花還在努力蹣跚地穿越轟雷路，另一頭的族貓全都引頸望著她。火星從道路邊緣退了回來，氣喘吁吁。

「沒事了，他安全了！」栗尾用鼻頭碰碰葉掌的肩膀。

「我還以為他死定了。」她低聲說道。

「妳父親很勇敢，」栗尾喃喃說道：「但可不是個笨蛋。」

葉掌轉身看見影族正等著穿越轟雷路。她希望黑星已經記取泥爪行事莽撞的教訓，還好影族族長眼睛正看著褐皮。

這時一名見習生正想衝向路面。

「你給我回來！」褐皮厲聲喊道，及時喝止了莽撞的見習生，讓他退回隊伍當中。

「我們必須一起行動！」她堅持道。黑星同時點頭同意。

眼前沒有任何怪獸。黑星小心地踱步向前，抬起鼻頭嗅聞空氣中的味道：「現在快衝！」他大聲喊道，影族貓兒紛紛從溝渠中跳出來，衝向轟雷路。高罌粟的孩子被戰士們叼在嘴上，高罌粟自己也跟著族貓，奮力向前跑，宛若水中的一條魚兒正朝下游賣力游去。等到所有貓兒都抵達對岸，才看見一頭怪獸轟隆穿過路面，葉掌不禁鬆了口氣。

「接下來，就該我們了。」棘爪喊道。

突然遠處盡頭傳來微弱的哭聲。葉掌一聽身子不禁僵住。高罌粟的一隻小貓在混亂中又跑回轟雷路上！他分不清方向地在堅硬的路面上轉圈圈，喵嗚喵嗚地叫著自己的媽媽。

塵皮和鼠毛壓低身子，正打算衝上前去。

「等一下！」棘爪卻命令道：「太危險了。」

雷族已經就好定位。

高罌粟費力穿過影族族貓，想去找自己的孩子；但一隻河族的貓后卻離那隻小貓更近一點，於是只見曙花突然跳上轟雷路，一嘴叼住路上的小貓，把他帶回路邊，丟在草地上，開始用力舔他。

突然她停止動作，有些困惑地用舌頭舔舔自己的嘴巴，好像突然發現到這隻小貓不是她的；她有些不好意思地看看自己的族貓，而這時高罌粟也跳了過來，一張嘴就叼起她的小貓。葉掌很緊張，心中暗自祈求高罌粟千萬別因為河族貓后的熱心過頭而大動肝火。還好前者流露出感激的神色，她向曙花點頭致意後，這才帶走自己的小貓。

「那裡就是羽尾把我從刺籬笆裡救出來的地方。」鼠掌用鼻頭指指木柱之間閃閃發亮的線狀網。他們已經穿過了轟雷路，葉掌的腳爪終於不再發抖。她很感激姊姊用以前的故事來分散她的注意力。「當時其他貓兒還在旁邊爭論不休該怎麼救我，」鼠掌繼續說道：「但羽尾早就在用一些嚼爛的羊蹄草塗抹我的毛，然後我就像一條魚一樣滑了出來。」

「不過妳也被扯掉了很多毛髮。」暴毛提醒她，但鼠掌卻嬉鬧地用前腳拍打對方。

這裡似乎並不危險，沒有兩腳獸或狗的新鮮味道，只有很多羊兒正在吃草，根本對貓兒們不屑一顧。貓兒們三三兩兩穿過草地，各族自成隊伍；只有鴉掌、褐皮、棘爪、鼠掌和暴毛離開自己的族貓，輪流在隊伍前後跑來跑去，以防有貓兒落單。

高星拖著疲憊的步伐走著，一鬚一整天都陪在他身邊。其他族長不時瞄瞄年事已高的風族族長，顯然有些掛慮。

「我們應該找個地方休息。」隨著天色漸暗，冷風又起，吠臉如是建議道。

「前面有一處小灌木林。」火星喵聲說：「我們可以在那裡休息。」

其他族長也都點頭同意，於是貓兒們爬上斜坡頂，往林子裡走去。葉掌很舒服地躺在一堆青苔上。

「我聞到狐狸的味道。」黑星警告著。

「這味道已經不新鮮了。」豹星嗅聞空氣，然後說道。

「但他可能趁我們睡覺的時候來襲。」泥爪喵聲說。

「應該讓所有部族睡在一起。」曙花喊道，並伸出尾巴，把她的小公貓，一隻胖嘟嘟的圓臉小虎斑貓給攔下，不讓他去追眼前的蟲。「躺下來，小滾。」她斥責道。

「小貓和貓后睡正中央，」一鬚提議道：「這樣子他們會比較安全。」他看看高星。「年事已高的貓也應該睡在裡頭。」

「很好，」黑星同意道：「由每個部族派出兩名守衛擔任警戒工作。」

葉掌緩步走向栗尾，由衷感激能有蕨葉叢當自己的窩。她想，有了四大部族的保護和隱密的矮樹叢為小白樺遮蔽寒風，今夜蕨雲應該可以睡得安穩些了。林子裡很安靜，只有貓頭鷹的叫聲不時打破寒夜的靜謐。這裡不是家，四大部族混在一起的味道讓葉掌的鼻子有點癢，但她覺得很安全，於是在煤皮旁邊蜷伏起身子，進入夢鄉。

他們緩緩朝西沉的太陽前進，葉掌已經逐漸習慣穿越轟雷路了。雖然各部族還是各自穿越，但貓后們都會互相幫忙注意彼此的孩子，畢竟她們已經知道這些小貓常會被怪獸的噪音和臭味給嚇得分不清楚方向。於是部族間的防線就像雨中的蜘蛛網一樣，正逐漸消融。

「這個下午，我們應該就可以抵達山區了。」棘爪大聲說道，同時葉掌正像平常一樣趁晨間時候在族貓之間檢查有無貓兒受傷或感染。

「已經這麼接近了嗎？」她抬眼看看那些峰頂，本來還只是地平線上一些細微起伏的曲線，不知曾幾何時，竟全成了險峻的巍峨巨石。她看見峭壁頂端覆蓋的皚皚白雪，不禁不寒而慄。已經有一些貓兒在咳嗽了，這不免讓葉掌開始擔心會不會開始引發綠咳症的大流行，這種病足以讓整個部族在一個禿葉季之間悉數滅亡。

「葉掌！」火星喊道：「要不要自己去捕捉獵物？」

「好啊！」她語氣熱切地答道。最近她一直忙著照顧族貓，不是用蜘蛛網敷傷口，就是拿羊蹄葉治療擦傷，總是盡量利用她和煤皮一路上找到的各種藥草，所以也已經好幾天沒自己去狩獵了。

「那妳就和棘爪、鼠掌一起去吧。」火星命令道：「看看能不能抓一、兩隻老鼠回來。」

鼠掌跳到她身邊。「我們去哪裡抓呢？」

「那邊的田野應該有很多老鼠。」棘爪用尾巴指指樹籬外一處開闊的草地。

「那就走吧！」鼠掌催促道。

棘爪跟在後面，葉掌尾隨其後，她鑽過樹籬，發現自己置身於一大片寬廣的草地中。

棘爪和鼠掌沿著草原邊緣遊走，但她卻直接走向那些被禿葉季的寒風和雨水給打得有些七零八落的長草叢。她一下子便聞到老鼠的味道；他們在短缺獵物的森林裡待了那麼久，所以一時之間，她竟不敢相信自己運氣會那麼好；她蹲下身子，匍匐穿過草地，直到搜尋到更新鮮的氣味蹤跡。又過了一會兒，她眼尖地看見一個棕色身影在草叢中窸窸窣窣地找東西，便一個箭步撲上前去。

方。

但那老鼠卻在她的爪子襲來之前逃逸無蹤，只見她整個身子趴躺在前一刻老鼠還在的地方。

「我看妳還是比較習慣在森林裡狩獵吧！」鷹霜以高傲的口吻說道，害葉掌嚇了一跳。她轉身看見河族戰士正冷眼看著她，尾巴蜷繞在腳下。

「你沒有別的事好做了嗎？」她不客氣地問道：「你不必幫自己的部族狩獵嗎？」

「我已經抓到三隻老鼠和一隻鶇鳥，」他喵聲說：「現在休息一下，也是理所當然的吧！」

葉掌正想再頂他一句時，卻見鷹霜抬起鼻子，嗅聞空氣裡的味道：「有狗！」他嘶聲說道：「朝這兒來了！」

葉掌這時也聽見草叢裡出現沉重的腳步聲。她驚恐地看看四周，不知該往哪個方向逃。

「快回到樹籬那兒！」鷹霜指揮道。

葉掌拔腿就跑，但憤怒的咆哮聲又嚇得她瞬間不敢動彈。她回頭一看，只見鷹霜正弓背與一隻黑白花色，怒聲嘶吼的狗兒對峙中。河族戰士厲聲嘶鳴，往後一躍，順勢出招，伸爪劃過狗兒的鼻子。

「棘爪！鼠掌！救命啊！」葉掌大喊道。

狗兒再度進攻，鷹霜及時跳過，但那禽獸旋即轉身，往鷹霜剛剛所在之處大口一咬。

「小心！」棘爪從葉掌身邊的草叢裡衝出來，一躍而上那狗兒的背；他無視牠的抵抗和嗥叫，硬是用利爪緊緊抓住牠，那禽獸不斷甩動身子，急欲擺脫他。但棘爪不肯鬆手，狗兒乾脆轉頭張嘴就咬，那口利牙只離棘爪的臉一個老鼠身長之距，棘爪嚇得趕緊鬆手，跌在地上。他還沒來得及回神，那狗已經轉身向他，一臉憤怒地淌著口水。

說時遲那時快，鷹霜突然衝進棘爪前方，瞄準狗鼻一掌掃過去；棘爪趕緊爬起來，也加入攻勢；葉掌驚恐地僵立在那裡，看著兩名戰士身手矯捷的身影，有如本尊與分身的交錯。

狗兒終於夾著尾巴慢慢後退，鷹霜用後腿撐起身子，故意朝那隻狗發出可怕的嘶鳴聲，狗兒嚇得哀鳴連連，拔腿就跑，往樹籬那兒去了。

「棘爪，你沒事吧！」葉掌倒抽一口氣。

「我沒事！」

「還好我來救你。」鷹霜冷笑道。

「是我救你的吧，你還真健忘哦！」棘爪反駁道。

鷹霜聳聳肩。「應該也算吧！」他心不甘情不願地承認道。

「不過你倒是挺會虛張聲勢，嚇那隻笨狗的！」

「發生什麼事了？」鼠掌匆匆從草叢裡跑出來。「我聞到狗的味道。」

「牠攻擊我們，但棘爪和鷹霜把牠給嚇走了。」葉掌回答道。

「真的假的?!」鼠掌驚訝道。

「我得回去了。」鷹霜突然大聲說道。剛剛的死裡逃生並沒有使鷹霜變得比較友善。不過看見這名河族戰士轉身大步離去，葉掌倒是挺高興的。

「好了，我們去狩獵吧！」棘爪喵聲說，跳進草叢裡。

「走吧！葉掌！」鼠掌回頭叫她。「妳得在我們進入山區前，先飽餐一頓才行。」

葉掌抬頭望向那白雪皚皚的山頭，心中暗自希望自己也像姊姊一樣勇敢。四大部族費盡千辛萬苦，好不容易走到這裡——但小貓們和長老們應付得了那些岩石峭壁和嚴寒的冰霜嗎？戰士和見習生們又該怎麼處理這些問題呢？她閉上眼睛，默默向星族祈禱，但字字句句全無回應，她慌了，彷彿這裡真的沒有星族在傾聽她的心聲。

第二十一章

四大部族沿著小路一路往山頂挺進，刺骨寒風不斷從山上直瀉而下。厚厚的雲層遮蔽了整片天空，葉掌從那暈黃的色澤判斷，應該快要下雪了。

棘爪和暴毛領著他們沿著陡峭山谷的邊緣而行。這裡和森林不一樣，完全超乎葉掌的想像——樹木寥寥無幾，淨是長滿節瘤的矮小樹種，它們緊緊攀附著平滑的灰色岩面，根本沒有獵物生存的空間。長期的挨餓已經讓風族的貓兒毛髮稀疏，難以抵擋山中寒氣，但他們還是意志堅定地低著頭慢慢往前走，高星看起來像一片葉子般弱不禁風，不時得靠隨侍在旁的一鬚攙扶；影族貓兒看起來好一點，但也是眼神疲憊、腳步緩慢；至於河族則變得比過去身形消瘦，原本光滑的毛髮不再，成了半陳封的記憶，他們幾乎已經忘了以前曾有過的豐衣足食。

高罌粟的一隻小貓抬頭看看那些峭壁，眼睛睜得像貓頭鷹一樣圓。「我們真的要走到那裡嗎？」

「沒錯！」高罌粟冷冷地說道。

晨花停了下來，僵硬地舉起其中一隻腳，用舌頭舔舔腳底。

「妳還好嗎？」葉掌問那隻年長的母貓。晨花的腳爪有鮮血汩汩流出。葉掌遠眺隊伍前方，鼠掌和棘爪正並肩走在一起。「鼠掌！」

鼠掌立刻回頭。

「我們可不可以停一下？我得幫晨花的腳爪敷個藥。」

「我去告訴火星。」鼠掌答道。

「需要幫忙嗎？」棘爪喵聲說。

「如果可以的話，能不能幫我找點蜘蛛網和紫草。」葉掌看著眼前貧瘠的山景，根本不敢巴望會找到什麼有用的東西。

走在隊伍中央的蕨毛抬起頭。「我們也幫忙找找看。」他低聲向周遭貓兒說道，喵嗚聲瞬間在貓群中傳散開來，所有部族的戰士開始在岩間四處尋找。

葉掌仔細檢查了晨花的腳爪。「妳得保持它的乾爽。」她喵聲說：「如果妳繼續用舌頭舔它，就沒辦法結痂了。」

吠臉一路穿過貓群，來到她們身邊。「怎麼了？」

「走太久，磨破皮了。」晨花低聲說道。

「這個可不可以用？」枯毛走過來，將嘴裡叼的葉子全丟在地上。

葉掌小心嗅聞那些葉子，聞起來不像她以前用過的藥草；她先用舌頭舔舔其中一片，不敢貿然直接咬下去。那味道聞起來苦苦的，有股澀味，這讓她想起金盞花的味道：「或許可以！」她看看吠臉。「要不要用用看？」

吠臉嗅嗅其中一片葉子。「看起來很像我們在高地荒原用的一種藥草。」

「妳就用用看吧！」晨花提議道：「要是有效的話，也可以用在其他貓兒身上。它如果讓我很不舒服，我也會馬上告訴妳。」

於是葉掌把葉子嚼爛，將汁液抹在晨花的腳爪上。

老貓的臉部肌肉有些扭曲，葉掌見狀不敢再塗。「沒關係。」晨花咕噥道：「只是有點刺痛，妳繼續塗，沒關係的。」

蛾翅跳了過來，其中一隻前爪黏著一團白色的蜘蛛網。

「太好了，謝謝！」葉掌小心地從對方的前爪拉出一些蜘蛛網，敷在晨花腫脹的爪墊上。

「要是又痛了，要跟我講哦。」

「我會的。」晨花把腳輕輕放回地面。「還可以。」她喵聲說。

棘爪匆匆走回隊伍最前方，於是貓兒們又出發了。鼠掌低著頭，靜靜走在葉掌身邊。

「這就是妳當初回家的路嗎？」過了一會兒，葉掌喵聲說。

「應該……是吧！」鼠掌含糊說道。

葉掌驚愕地看著她。他們之所以走這條路，純粹是因為褐皮說，如果能走以前走過的山路，會比較輕鬆容易一點。所以葉掌以為鼠掌認得這條路。她看看前方愈走愈窄的山谷，幾乎快窄到比岩縫寬不了多少。「妳這裡不太熟嗎？」

鼠掌眨眨眼睛。「這樣往回走，看起來是有點和以前不太一樣。上次是急水部落帶我們走的。」

葉掌不禁倒抽一口氣。她開始懷疑他們究竟能不能遇見那些崇拜陌生祖靈，能在嚴寒山壁間存活下來的部落貓。

四大部族緩慢前進，越爬越高，而這其中只有暴毛看起來最自在。他在岩間輕鬆彈跳，一點也不像河族的貓，就連他的毛髮也和眼前裸裎的灰色世界頗為應和。

貓兒們一路向上攀爬，似乎永遠沒有盡頭，爬完了今天，還有明天。地形愈來愈陡，難度愈來愈高，但峰頂卻仍是遙不可及。晨花的腳掌已經好多了，葉掌開始不斷用眼睛搜尋那種藥草的蹤跡，以備不時之需。

「妳確定我們的方向對嗎？」栗尾低聲說道：「這條路愈走愈窄了。」

她說得沒錯。他們正走向一條蜿蜒於萬丈深谷間的窄小崖徑，小徑的一側是陡峭直下的山崖，另一側則是垂直突聳的山壁。山風從缺口源源灌入，有如溝中之水川流不息，葉掌身上的毛髮隨之翻飛，她頂著刺骨寒風，瞇起眼睛，緊盯住前方。

貓兒們成一路縱隊，沿著山壁邊突出的崖徑慢慢往前走。

「看緊小貓！」黑星對著隊伍大喊，聲音在山崖之間古怪地迴盪。

崖徑順著山的弧度不斷蜿蜒緩升，通向兩峰之間一道狹窄的隘口；崖徑在貓兒們的腳下發出喀吱喀吱的碎石聲，不時有砂礫被踢下幽暗的山崖，碎石灑落的聲音不斷迴盪在山壁之間。

葉掌盡量緊靠岩壁而行，心臟撲通撲通地跳得厲害，甚至能感覺得到後方栗尾所呼出來的溫暖鼻息。

突然前方傳來淒厲的慘叫聲，一塊大石頭嘩啦嘩啦地往下墜，朝狹窄的崖徑撞出一個缺口，掉進下方的深淵，影族一名叫煙掌的見習生來不及走避，也摔了下去，他本來還死命攀著崖邊，爪子在岩邊不斷掙扎；影族副族長枯毛衝上前去想抓住他，但那多加上去的重量只是壓碎更多石頭，就這樣煙掌死命攀抓的岩塊突然全數垮落；枯毛及時往後一跳，差點連自己也跟著摔下去，只見那見習生直墜而下，在半空中扭動身子，最後消失在無邊的幽暗中。

一隻影族貓后俯身對著下方斷崖大喊，「煙掌！」

「快退回去！」暴毛吼道。他像魚兒一樣穿梭於隊伍之間，沿著崖徑急急往回走，把她拖了進來。

所有貓兒都嚇得不敢動，葉掌只能在心中默默祈禱星族能趕快前來接走這位見習生。高星望著下方的深淵，「我們是無能為力了，」他喵聲說，伸長身子。「我們得繼續往前走。」

「你們就這樣丟下他？」貓后哭喊道。

「掉下去根本沒有生還的機會。」黑星說道：「更何況我們也找不到他的屍體。」他用鼻頭碰碰貓后的腹側。「對不起，夜翅，不過我向妳保證，影族會永遠記得煙掌的。」

已經瘦到眼窩凹陷的貓兒們帶著驚恐的神色和悲傷的情緒再度出發，他們緊貼山壁而走，即便岩壁不斷摩擦自己的毛髮也不在乎。只不過煙掌墜崖的地方成了一個缺口。還好長尾是走在隊伍的前面——葉掌不敢想，要是硬要這隻盲眼的公貓跳過缺口，那該怎麼辦才好？——不過還是有幾隻貓落在可怕的缺口後方。

暴毛蹲在缺口的一側，爪子緊緊攀住岩面。「快跳！」他向風族見習生鼬掌大聲喊道：「這邊很安全，你絕對可以輕鬆地跳過來。」

鼬掌往下看看幽暗的深谷，眼睛睜得斗大。

「如果你不快點跳，等在後面的貓兒會凍死的。」暴毛正逐漸失去耐心，口氣有些咆哮。「叫你跳就跳！」

鼬掌抬起頭，眨眨眼。他蹲下來，將重心後移，伸出前腿，往前一躍，一落地，便被暴毛一把抓住頸背，拉過來，推向崖徑，轉身再等著接下一個。

「我的孩子跳不過去的！」高罌粟縮回身子。

「妳可以把他們遞過來給我嗎？」暴毛喵聲說。

高罌粟平貼耳朵。「距離太遠了。」

「我來好了。」鴉掌小心擠過暴毛身邊，跳到高罌粟那頭。她看著他，眼裡滿是驚恐。

「放心，我不會失手讓他們掉下去的。」他保證道。他叼起其中最小的一隻，緩步走到缺口邊緣。被叼在嘴裡的小貓嚇得一直蠕動，驚慌害怕的喵咪聲迴盪在山谷。高罌粟睜大眼睛，看著鴉掌一躍而過；當他在暴毛那頭落地時，崖徑上的小碎石也應聲滑落，但他仍舊站得四平八穩，葉掌不禁佩服他動作的精巧靈敏。

「千萬站著別動哦。」他喵聲說，把小貓輕輕地放在崖徑上，又轉身跳回去，叼住下一隻小貓。

等到三隻小貓都被平安帶過來，高罌粟這才尾隨而上，她的腿長，這種缺口對她來說不是問題。「謝謝你。」她喘口氣，將鼻頭輪流壓在每隻小貓身上，然後才輕輕推著他們，要他們往前走，繼續爬坡。

「我們來幫其他貓兒跳過這個缺口吧。」鴉掌對暴毛喵聲說：「你待在這頭，我去另一頭。」

等輪到葉掌時，她的腳已經抖到自己根本不相信能靠它們跳過去。

「沒問題的。」鴉掌低聲說道：「沒有妳想像的那麼難。」

葉掌感覺得到他溫暖的鼻息拂過她毛髮，她試圖把注意力放在那裡而不是眼前的大缺口上。她知道如果是在老家，下面若是柔軟的林地，她根本想都不想就能輕鬆跳過去；但在這裡，這缺口似乎會把她拖下去，有如一條幽黑的大河不斷把她往下拉……

「什麼都不要想！」暴毛大聲喊道。

葉掌眯著眼睛，感覺到腳下的石頭。**星族！幫幫我吧！**她蹲下身子，一躍而起，在落地的那一剎那緊緊穩住自己的腳步，力道之猛，連腳爪都隱隱作痛。

「做得好！」暴毛喊道。

葉掌緩緩轉身，看見栗尾正準備起跳，她趕緊往後縮起身子，給正朝她這兒跳過來的栗尾一些落腳的空間，但她的腳跟剛好擦過缺口邊緣，葉掌連忙衝上前去，一把叼住她的頸背。

「謝了。」栗尾連呼吸都有些發抖。

「不客氣。」葉掌因為嘴裡咬著對方龜殼色的毛髮，所以只能從齒縫間喃喃答道。

「快走吧，快跟上前面的隊伍。」暴毛喵聲說：「我們得確保其他貓兒都安然無恙。」

他們小心翼翼地緩步爬坡。高嚳粟已經穿過一道狹窄的深谷，消失在盡頭，葉掌緊跟在後，希望盡快離開這條崖徑。深谷過去便是開闊的緩坡，可通往另一條崖徑，一側有巍峨聳天的石壁，另一側是緩升的斜坡，間或有突起的石塊，石楠和青草就在這些石縫間爭取生長的空間。貓兒們像影子一樣在岩間徘徊。煤皮正穿梭其中，檢查貓兒們的身體狀況。

葉掌的胃咕嚕咕嚕地叫，她真希望這些洞穴和岩縫裡有小型獵物藏身。自從進入山區後，他們就幾乎沒再進食過。兩腳獸領地上的豐富獵物已經成了遙遠的記憶，這裡看來是沒有足夠食物可以餵飽一整族的貓兒，更遑論四大部族了。

「看來已經有貓兒去狩獵了。」栗尾喵聲說。褐皮正領著一小支隊伍爬上山谷的另一側。黑星正走向下方一點的岩石，影族戰士隨伺在旁。

「葉掌！栗尾！」

葉掌聽見她父親在喚她，連忙跳過去找他。

「棘爪正在組一支狩獵隊。」他喵聲說：「妳們兩個可以加入。」

「我不是應該留下來幫煤皮嗎？」葉掌問道。

火星看看那隻灰色的巫醫。「這裡沒有貓兒受傷，只有少數受到驚嚇，煤皮說她應付得過來。」

「好吧！」葉掌喵聲說，趕緊去找棘爪，栗尾緊隨在旁。

「小白樺沒問題嗎？」葉掌經過蕨雲身邊時，還特地停下腳步問道。

「他沒事。」蕨雲向她保證道，然後看看天上的雲。「就怕下雪……」

小白樺瞇起眼睛看著葉掌，「為什麼柯蒂不能和我們一起來？」他嘀咕道：「是不是妳叫她走的？」

葉掌搖搖頭。「她有自己的家。」她輕聲告訴他。

「可是她好好玩哦！」

「等我們到了自己的新家之後，就有很多時間可以玩了。」蕨雲承諾道。

「如果我們到得了的話。」當她們踱步離開時，栗尾這樣輕聲說道。

「我們當然到得了。」葉掌說道，希望自己的語氣夠堅定。

當她們走近時，鼠掌抬頭看了她們一眼。「棘爪正在解釋急水部落是怎麼狩獵的。」她低聲說道：「這對我們會很有幫助。」

「在山區裡狩獵，靠的是定力，而不是鬼祟的行動。」棘爪正在說道。

「可是我們不是部落貓，我們是部族貓！」雨鬚爭辯道：「我們為什麼要學他們的狩獵方式？」

「這裡不是森林。」棘爪厲聲說道：「沒有矮樹叢作掩護，獵物很快就會看到你。在這裡，你必須耐心等候，保持靜止不動，與這座山合而為一，獵物自然就會走向你。」

「獵物有那麼笨嗎？」鼬掌不屑地說道。

「這是急水部落教我的！」棘爪的眼睛閃閃發亮。「如果你不想挨餓，就得學會他們的捕獵技巧。」他輕彈尾巴。「蛛掌和我一起；鼠掌，你和雨鬚一隊；妳們兩個……」他看看葉掌和栗尾。「妳們另成一隊。」

「我們去哪裡捕獵？」葉掌環顧山谷，這裡到處都是危險的崖徑和幽暗的岩縫，她突然想到那隻害羽尾喪命的大野貓，開始不寒而慄。「我們在這裡安全嗎？」

「如果妳夠機伶的話，就很安全。」棘爪用尾巴指指上方的突岩。「先試試那裡吧！」他提議道。

栗尾點點頭，爬上斜坡，下頭的貓兒頓時被飛灑的砂石給淋得灰頭土臉；葉掌甩掉身上砂礫，緊跟而上，她的腿很痠痛，但她還是繼續往前走，直到抵達那塊突岩。栗尾彈彈尾巴，示意要她安靜，葉掌立刻聞到熟悉的老鼠味道。她蹲在栗尾旁邊，凝神注視裂縫裡的雜草叢。保持靜止不動。她想到棘爪提到的方法，但她實在太餓了，根本等不下去。

草叢開始窸窣作響，栗尾將身子輕輕往前挪，這時草叢一陣騷動，老鼠衝了出來，直接跑向另一個岩縫。葉掌嚇了一跳，但栗尾卻一躍而上，不料竟直接滾落突岩。

葉掌的腦海霎時浮現煙掌掉落深淵的畫面，她強作鎮定地往下一看，還好，栗尾還活著，只見她驚聲連連地在陡峭的斜坡上跌跌撞撞地想止住自己的腳步，最後竟撞上矮小的山楂叢，那株植物頓時被她的重量給撞得搖搖晃晃，卻及時擋住她，沒再讓她往下滑。

「栗尾，」她喊道：「妳還好嗎？」

雷族戰士抬頭看看她，驚魂未定的眼睛睜得斗大。「我沒事。」她喵聲說：「只是腳有點磨破。」她開始往回爬。

棘爪被栗尾一路蹬落的砂石給嚇了一跳，趕緊穿過斜坡，衝了過來。「發生什麼事了？」

「我滑了一跤，沒事啦！」栗尾告訴他，不過眼裡仍可見到驚魂未定的神色。

「妳們兩個要小心點！」棘爪厲聲說道，卻突然停下腳步，目光越過她們，看向前方。

「你在看什麼？」葉掌轉過身，心撲通撲通地跳。她鬆了一口氣，原來他在看一隻正從岩縫裡鑽出來的老鼠。

「不要動。」棘爪輕聲命令道。

「可是我只要撲上去就可以抓到了。」栗尾輕聲回道。

「等一下。」棘爪喝止道。

這時葉掌聽見頭頂上隱約傳來翅膀拍打的聲音，她抬頭一看，只見一隻巨大的褐色禽鳥在她頂上盤旋。她倒抽一口氣，一時之間竟分不清楚那隻禽鳥瞄準的獵物究竟是誰？是老鼠？還是他們？

「如果運氣好的話，」棘爪低聲說道，而這老鷹正縮起翅膀，朝他們俯衝而來，動作迅猛，有如星族的戰士祖靈，「他的目標是那隻老鼠，那我們就能抓到一隻足供全族貓兒分食的大獵物了。」

「要是我們運氣不好呢？」栗尾喃喃說道，但棘爪沒有回答。

頭上那隻老鷹的翅膀似乎一張開來就會比雷族和河族之間的那條分界河還要寬闊，葉掌努力壓下想抽身逃跑的衝動。禽鳥愈飛愈近，近到她可以清楚看見巨大翅膀上的根根羽毛，他的眼睛發出銳利稜光，像兩顆黑色的水晶。

「再等一下，再等一下。」棘爪的聲音從齒縫間吐出。

就在葉掌清楚看見巨大禽鳥掌上的肌腱時，他竟急速越過他們，無視突岩上的那隻老鼠和三隻貓兒，逕自往下方山谷的部族貓群衝將過去。

棘爪跳到岩邊，朝著下面大喊：「小心！」

大片的金褐色羽毛在貓群中瞬間亮開，貓兒們四處竄逃，驚恐尖叫。只有戰士們就地撐起後腿，往上跳躍，他們出鞘的爪子劃破空氣，老鷹鼓動翅膀，打算揚身飛起。就在他快要飛起來的那一剎那，葉掌看見他長長的爪子底下抓著一個正在掙扎的小東西，耳裡聽見小貓的驚慌哭喊聲。**不！**

「小沼澤！」高罌粟放聲大喊。

同一瞬間蕨毛猛然一跳，乘風而起，趁老鷹飛高之前伸長爪子，緊抓住那隻鳥掌。他憤怒嘶吼，死命攀緊；老鷹驚聲尖叫，甩掉金棕色的戰士。蕨毛瞬間墜落地面，但之前的猛烈攻勢也讓老鷹鬆了手，小貓也掉在他旁邊。

葉掌趕緊衝下突岩，跌跌撞撞，一路往山谷滑去，腳爪不斷被石頭磨傷。棘爪和栗尾也隨後跟上，他們用之字形走法越過陡坡，才不至於失足跌倒；但葉掌卻是一路連滾帶爬地下來，一株灌木將她攔腰擋住，才沒讓她直直衝進谷底。細條樹枝打在她身上，但終於減緩了她下滑的速度，她爬了起來，直接穿過谷底。

「妳去看看蕨毛有沒有事！」葉掌命令栗尾。「我來看看小沼澤。」

高罌粟蹲在一團小毛球旁邊，這小東西就躺在地上。蕨雲從腹側抵住影族貓后，想安慰她，她能理解她的心情。

葉掌俯身探看小貓咪，用舌頭舔舔他的胸膛。她感覺得到他兩側腹部的上下起伏，小小的心臟正猛烈跳動著。他的肩膀有鮮血流出，但傷口並不深。

「他沒事的。」葉掌保證道：「只要別讓他失溫，就可以恢復過來了。」她抬起頭，正好看見煤皮一拐一拐地朝她這兒走來。

「先盡量用舌頭舔他的傷口。」煤皮命令道：「萬一感染的話，我們也有珍貴的藥草可以幫他治療。」

葉掌立刻照辦，舌尖馬上感覺到小貓的血腥味。

高罌粟把她剩下的小貓全都聚攏在自己身邊，因為驚魂未定的關係，渾身仍顫抖不已。「你們怎麼會帶我們來這種地方？」她哭喊道，抬頭四處尋找那幾隻帶他們進入山區的貓兒。

「我沒想到老鷹竟然敢攻擊這麼多隻貓！」鼠掌一路跳過山谷，氣喘吁吁地說道。

「你們早就知道會發生這種事？」黑星生氣地質問道。

「我們知道老鷹會抓急水部落的貓，但他們都會反擊。」鼠掌可憐兮兮地說道。

「我們不是急水部落，」黑星厲聲說道：「你們應該早點警告我們，讓我們有地方可以躲啊！」

「躲在哪裡？」高罌粟哭喊道：「這裡根本沒有躲的地方，也沒有可以狩獵的地方，我們在這裡根本成了被捕的獵物！」

「這倒是真的。」曙花喵聲說，她的語調很驚慌。「我們會一個接一個被抓走的。」

「只要我們團結，就不會。」塵皮反駁道。

「沒錯！」枯毛同意道：「下一次，我們會有所警覺的。」

「下次再有老鷹來襲，我們會在牠撲向小貓之前就先把牠趕走。」

「就算有十個部族，也趕不走那麼巨大的鳥啊！」高罌粟大吼道。

「也許不能。」豹星喵聲說：「但這裡的每隻貓兒都會為了保護我們的小貓而誓死奮戰。」她的目光掃過四大部族，所有戰士和見習生都發出同意的喵嗚聲。

葉掌眨眨眼睛，如今已經不再是四大部族展開危險的旅程，而是合而為一的部族了，恐懼和絕望已經將他們緊緊結合在一起。她把小沼澤交還給高罌粟，因為小雲已經過來了。

「蕨毛還好嗎？」她喊道，緩步走向坐在金色戰士旁邊的栗尾。

「我沒事！」蕨毛喵聲說，努力想爬起來。

「我會照顧他的。」栗尾承諾道。

葉掌慢慢走到她姊姊身邊，用鼻頭抵住她身子。「妳確定不會再有更可怕的事情發生了？」她低聲說道。

鼠掌轉頭看看，默默無語，眼裡淨是疑色。葉掌絕望地抬頭望天，懇求星族保佑他們，但仍不免懷疑，她的禱告能否穿越層層雲霧，傳到祖靈耳中。

一片雪花緩緩掉落，有如回應了她的禱告。

第二十二章

鼠掌瞥見上方的突岩出現動靜。她停下腳步，抬眼張望，爪子陷入雪地裡。一隻隼鷹正在離她上方幾個尾巴之遙的突岩處享用地鼠大餐。鼠掌知道自己的薑黃色毛髮必定如同淺色天空下的夕陽那般明顯。她動也不敢動，只希望那隻隼鷹沒注意到她。

腳底下的雪地相當柔軟，她懷疑自己有沒有足夠的力量跳過去，逮住那隻隼鷹。恐怕是不行！過去幾天來，她已經耗盡了體力，連狩獵的力氣都快沒了。

那隻隼鷹把地鼠壓在岩石上，低頭撕咬出一條肉。饑腸轆轆的鼠掌好生嫉妒，她以緩如融雪的行動，慢慢匍匐前進，只希望那不斷飄下的雪花可以多少掩蓋她鮮明的毛色。

她一定得抓到獵物。再讓族貓們餓下去，寒冬恐怕會比老鷹更快一步地將他們一一解決掉。儘管大夥兒曾信誓旦旦地向高罌粟保證，但失去煙掌的傷痛和幾乎失去小沼澤的那股陰影，已經多少磨損了他們對自己的信心，就連最堅強的戰士也不例外。鼠掌沉浸在懊悔的思緒中，甚至忘了自己身在何處。她是帶著族貓步向死亡的幫兇之一，就算她真的抓到那隻隼鷹，她也沒把握回頭能不能找到族貓們的落腳處。她只知道他們在附近的某個地方互相依偎，蜷伏在雪地裡，祈求星族能解救他們。

要是她能確定他們已經抵達急水部落的狩獵區，那麼最起碼可以向以前認識的貓兒們求助。暴毛已經在夜裡出發，往那些白雪皚皚的峭壁間四處搜尋。暴毛似乎頗能適應這處貧瘠的山區。她知道他在找溪兒那隻母貓，以及和急水部落有關的任何標記，但到目前為止，他什麼也沒找到。對急水部落來說，他們根本沒必要去做什麼邊界防線或氣味標記。他們的狩獵區那麼險惡，不會有其他貓兒想佔地為王的。

隼鷹拍拍羽毛，抖掉身上的積雪，霎時將鼠掌的思緒拉回現實。她繃緊倦累的肌肉，正準備一躍而上。

突然上方閃出幾個影子，嚇得她縮了回去。三隻精瘦，身上有泥色條紋的貓兒從隼鷹上方的岩石俯衝而下。其中一隻用長長爪子就地逮住那隻隼鷹，另外兩隻朝鼠掌瞬間撲來，嚇得她幾乎沒命，她感覺強韌的利爪拚命把她往雪堆壓，她只得不斷掙扎，但他們太強壯了，根本無力掙脫，過了一會兒，她精疲力竭，不再動了。

「鼠掌？」

她聽見一個熟悉的聲音在喚她，並感覺到有爪子正把她從雪地裡拉出來。她眨眨眼，擠掉眼睛旁邊冰冷的雪花，看見一隻叫鷹爪的貓兒正一臉驚愕地看著她，另外還有兩隻護穴貓站在他身後，也是各自瞪大著驚訝的眼睛。

「妳在這裡做什麼？」他質問道。

鼠掌急著整理自己的思緒，她突然認出其中一隻護穴貓，他是鋸齒，當初他是被放逐的貓兒之一，卻跑回來拯救自己的部落，脫離尖牙的魔掌。她突然放心多了，至少她認識其中兩隻貓。「我們離開森林了，」她解釋道：「我們正在穿越這座山區。」

鷹爪眯起眼睛。「又要穿越一次？」

「這次是全部的貓。」

「全部？」

「四大部族。」鼠掌喵聲說：「我們不能再待在森林裡了，那裡已經被破壞殆盡，只是我們沒想到這次的旅程會這麼艱辛！煙掌掉進懸崖裡，小沼澤差點被老鷹抓走……」她氣喘吁吁地說道。

「小貓？」鷹爪問道：「也在這裡？妳瘋了嗎？妳應該把他們全帶到急水洞穴休息的。妳把他們丟在哪兒了？」

「我們躲在岩石底下休息，上頭長了一棵樹，看上去好像是一個巨爪。」

鷹爪看看那兩名護穴貓。「樹岩！」他喵聲說：「我們快去那兒。」

護穴貓一路跳過雪地，平貼雙耳，頂著滿天雪花前進。

「我們得趕在妳的族貓凍死之前，先找到他們。」鷹爪喵聲說，用嘴叼起溫熱的隼鷹屍體。

鷹爪尾隨護穴貓向前奔行，鼠掌提起精神盡量跟上他的腳步。

「等我們把他們帶到急水洞穴，他們就安全了。」鷹爪回頭大聲說道。這個全新的希望讓鼠掌重新獲得了動力，她費力地走著，直到離開迎風面，跟著鷹爪的腳步沿著一條岩徑而行，那兒有尖銳的突岩幫他們擋掉風雪。鼠掌的腳下不斷有小石子滑落陡坡，但她還是繼續向前跑。

「老鷹！」護穴貓在前方崖徑盡頭戛然止步。鼠掌看向山谷邊緣，她的族貓們就是待在那塊突岩上，在雪地裡，他們的毛色有如斑駁的暗色污跡，只見他們頭頂上方，有老鷹盤旋的獵食身影，鼠掌突然嚇得胃部抽緊。

護穴貓往後一蹲，向前一躍，縱身跳過橫亙於中間的深谷缺口。鷹爪也輕鬆跳過，即便嘴裡仍叼著那隻死隼鷹。

鼠掌的目光看看缺口那頭，又低頭看看腳下的深淵，只見深淵下方的石頭有如利齒突出於雪地之上。她一鼓作氣，往鷹爪等候處縱身一跳。她伸出前爪，死命攀住崖徑，後腿在空蕩蕩的空氣裡不斷踢打。鷹爪探出身子，用牙齒咬住她的頸背，將她拖了上來。

她一踩上堅硬的地面，便趕緊尾隨他們繼續向前奔跑。在他們上方，老鷹正收起雙翅，往地面俯衝。

「小白樺！」蕨雲的嘶喊聲劃破空氣。枯毛向前一跳，一把叼起小貓，把他和貓媽媽一塊推進岩石下方的陰暗處。棘爪也趕緊護送曙花和她的小貓咪進去。鷹霜跳到一鬚旁邊，共同保護高星躲開老鷹的攻勢。

老鷹飛撲而下，長長的爪子劃破空氣，護穴貓突然從貓群之間竄出，鋸齒對準老鷹的翅膀一撲而上，另一隻貓也衝將上來，瞬間用爪子扯掉老鷹尾巴上的羽毛。空氣裡充斥著老鷹拍打翅膀的巨大聲響，他死命飛了上去，尖叫聲迴盪在風雪之中。

部族貓慢慢從岩間爬了出來，驚魂未定地瞪著剛剛救他們脫離險境的陌生貓兒。部族貓個個骨瘦如柴，失魂落魄，鼠掌真怕部落貓一開口就會要求他們放棄穿越山區的打算，先回去等天候暖和一點，再重新展開旅程。

棘爪一路跳過來，腳下濺起大塊雪花。「鷹爪！鋸齒！」他開心地和兩隻護穴貓互搓鼻子。

鴉掌也衝將上來，用尾巴彈彈鷹爪的腹側。「真巧啊！」他喵聲說。

「這是鷹爪，」鼠掌向族貓們介紹。「這是鋸齒和……」

「我叫無星之夜。」第三隻護穴貓喵聲說，她的聲音有一種鼠掌遺忘已久的怪腔調，不過能再聽到腔調實在太好了。

鷹爪四處張望。「暴毛呢？」

「他出去狩獵了。」褐皮解釋道。

火星擠過貓群，走到前面。「你們能不能幫忙我們？小貓們都快凍僵了。」他喵聲說：

「有一隻快死了。」

「讓我看看。」鷹爪說道。

「在這裡！」葉掌從突岩下方喊道，高罌粟正在那裡舔著那隻已經軟趴趴的小貓。無星之夜趕緊叼起小貓，放在高罌粟的肚皮上。

「不要再讓他碰到地面。」急水部落的母貓厲聲說道：「岩石會吸掉他的體溫，妳不能舔他，越舔越濕，只會讓他更冷而已。」她伸出前爪搓揉小貓，把他潮溼的毛髮搓揉開來，小貓開始動了一下。「繼續搓揉他，」她告訴葉掌：「記住，不要舔哦！」

影族貓后很感激地看著無星之夜，但那隻部落貓只是點頭致意，便直接對著火星發問。

「你們在這裡待多久了？」她問道。

「太久了。」鼠掌低語道。危險已經遠離，她這才覺得一股飢餓感又爬回自己身上，寒冷的氣溫令她覺得昏昏欲睡。

「我們帶你們回洞穴去吧。」鷹爪提議道：「你們在那裡會很溫暖的，還有東西可以吃。」

「我們還得繼續趕路，」黑星的眼裡閃過一絲光芒。「我們得趁風雪更大之前，趕緊離開山區。」

「如果你們不和我們一起走，會凍死的。」鷹爪喵聲說。

黑星平貼耳朵。火星把目光轉向影族族長。「小貓和長老們撐不下去的。」他冷靜地說道。

「而且高星也需要休息。」一鬚大聲說道。風族族長看上去就像其他長老一樣又倦又累。

「我們都需要休息。」豹星補充道。

「可是鴉掌告訴我們，越過這座山區，就有高地荒原了。」泥爪反駁道：「我們應該往那兒去。」

黑星轉頭問小雲。「你認為呢？」

「長老們沒有體力再走了。」巫醫喵聲說：「再說小貓們也都沒吃東西，一定會凍死的。」

「如果不給這隻小貓一個溫暖的地方好好休息，她熬不過這個黃昏的。」葉掌大聲說道，同時一邊忙著搓揉小沼澤，他的媽媽高罌粟在一旁看著。

「好吧，」黑星看著鷹爪。「我們和你們一起回去。」

鷹爪看看泥爪。鼠掌想他大概以為泥爪是族長之一，因為高星已經累到無法代表部族發言了。

「我們也跟你去。」泥爪低聲說道。

鷹爪低頭以示敬意。「很好。」

高罌粟叼住小沼澤的頸背，小貓咪不斷扭動，發出尖銳的抗議聲。「乖，聽媽媽的話。」高罌粟說道：「我們很快就到安全的地方了。」

其他貓兒也都開始動作，他們撐起身子，準備跟著部落貓到他們的洞穴去。

突然一個黑色身影從突岩附近的溝渠暗處衝了出來。

「棘爪！我聞到部落貓的味道了！」是暴毛！他停下腳步，四處張望一臉訝色的貓兒，這才認出眼前的鷹爪。「原來你在這裡！」

「我們先遇到鼠掌。」鷹爪解釋道。

暴毛往前走了幾步，和護穴貓互搓鼻頭。「溪兒好嗎？」他問道。

「她很好！」鷹爪答道：「我們趕緊走吧。」他看看鋸齒和無星之夜。「我在前面帶路，你們兩個在後面壓陣。」

鼠掌也拖起沉重的腳步，趕去幫忙帶領族貓沿著一條看不見的小徑，往瀑布的方向走去。一直等到他們抵達深山裡的裂口區，她才停下腳步，眼前水聲隆隆，大片水幕嘩啦啦地沖刷拍打著岩面，濺起白色水花，直衝入下方深潭。棘爪、鴉掌、暴毛和褐皮全都在她身旁停下腳步。

「我們回來了。」鼠掌低聲說道。

暴毛看著他妹妹長眠的那方小土墩。「沒想到我們還能再回到這裡。」他喃喃說道。

族貓們跟著鷹爪魚貫經過他們身邊，朝通往瀑布後方的窄小崖徑前進。

「走吧！」暴毛低聲說道：「族貓們需要我們，他們以前沒見過急水部落。」他匆匆往前走，棘爪、鼠掌和褐皮也逐一跟上，只有鴉掌仍待在原地，兩眼注視著羽尾的墳墓。

貓兒們一個接一個地慢慢走進瀑布裡，他們的毛髮因被水花濺濕而更顯毛色暗沉。暴毛、棘爪和褐皮在貓群間穿梭，鼠掌看見灰毛站在如雷貫耳的水幕邊緣。「我們一定得走到後面去嗎？」

瀑布的後方，隱約可見灼亮的眼睛在岩間移動，隨著氤氳水氣閃爍不定。「進去吧！」鼠掌催促灰毛道：「我向你保證，裡頭很溫暖的。」

雷族戰士走了進去，鼠掌緊跟在後。原已淡忘的氣味再度迎面拂來，等她的眼睛適應了幽暗光線之後，這才看見急水部落的貓兒全都一臉驚愕地瞪著眼前這群不速之客。

一隻像其他部落貓一樣身上也有泥色條紋，但條紋底下是棕色虎斑毛髮的年輕母貓，此刻正四處張望，她的神情顯然興奮多於驚訝，甚至有欣喜的神色。她是溪兒，是隻狩獵貓，上次他們來訪時，她對他們特別友善。鼠掌看見她的目光正焦急地在眾多貓兒之間搜索，她知道溪兒在找誰。

鼠掌突然驚覺暴毛從她身邊刷地一聲一躍而過，直接衝向溪兒，兩隻貓兒深情地互觸鼻頭，鼠掌不禁為他們有些難過，看來暴毛又得再嚐一次心碎的滋味了，因為等到他們離開時，他又得被迫再次和溪兒分離。

第二十三章

葉掌緩步走入洞穴，瞇起眼睛朝暗處望去。瀑布的水聲如雷貫耳，就連空氣也為之震動，外頭光線穿透大片水幕，巍顫顫地灑在岩壁間。一條細細淌流的山澗發出冰霜般的冷光，竄流過滿佈青苔的岩間，在洞穴底部形成一方池水。岩牆後方有兩條通道，左右各一，盡皆消失在幽暗裡，陰暗穴頂的上方垂掛著像爪子一樣的尖石。

葉掌感覺到急水部落的貓兒們正瞪著她看，他們的眼睛在黑暗裡閃閃發亮。她踱步走向鼠掌。「他們好像不怕我們欸。」

鼠掌眨眨眼睛。「為什麼要怕我們？我們這麼瘦，看起來一點威脅也沒有，何況這裡也沒其他的貓了。尖牙已經死了，急水部落唯一的敵人就剩下老鷹而已。」

「我忘了尖牙那件事了。」葉掌喵聲說：「如果他還在山裡稱霸的話，我們恐怕就慘了。」

「對啊！」鼠掌同意道，眼光瞬間柔和起來。「羽尾的死，不僅救了急水部落，也算間接保護了現在的我們。」

等到葉掌的眼睛漸漸適應了裡頭的光線，她才開始仔細觀察，有些貓兒外形輕盈柔軟，有些則肌肉發達，肩膀結實，但體型普遍都比部族貓小，甚至比風族的貓還精瘦，他們的頭顱比較寬，頸子比較細長。

小貓們本來在其中一個通道入口外面玩耍，這時也都停下動作，緊盯著魚貫入洞的部族貓。

一隻灰白相間的貓后走到葉掌那兒，嗅聞她的味道。

「這位是翅影。」鼠掌解釋道：「上次我們在這裡的時候，就是她照顧褐皮的，那時候褐皮因為被大老鼠咬傷而病得不輕。」

貓后垂下頭。「尖石巫師說你們會來。」她喵聲說：「殺無盡部落告訴他，老朋友會帶新朋友回來。」

儘管葉掌已經精疲力竭，但還是因好奇而豎起毛髮。「他怎麼會知道？」她低聲問鼠掌。

「尖石巫師可以和急水部落的祖靈溝通，就像妳可以和星族溝通一樣。」鼠掌小聲回答。

鷹爪踱步過來。「這裡有剛捕來的獵物。」他說道，尾巴指指地上一堆新鮮獵物。

葉掌眨眨眼睛。「那絕對不夠我們全部族貓吃的。」

「去吃吧！」鷹爪再次朝那個獵物堆拍彈尾巴。「鋸齒正在召集一支狩獵隊，馬上就會有足夠的獵物了。」

從新鮮獵物堆那兒傳來的兔子香味，讓葉掌的肚子咕嚕作響，但她不能先吃，得等到確定其他族貓都無恙才行。她頷首致意，離開鼠掌和她的朋友們，去找正和其他巫醫聚在入口附近的煤皮。

「有隻叫鋸齒的貓說我們可以使用那裡的窩。」煤皮指指地上幾個淺淺的凹洞，裡面鋪滿了青苔和羽毛。

「空間夠嗎？」小雲狐疑道。

「最年長和最虛弱的貓兒可以睡在窩裡頭，」吠臉建議道：「至於其他貓兒就自行打地鋪嘍，至少這裡不會有風雪。」

「而且還有食物。」葉掌朝那堆新鮮獵物堆示意。急水部落的貓已經在幫忙叼取獵物，把牠們發給各部族了。鷹爪丟了一隻兔子在泥爪腳下，風族副族長很飢餓地看著那隻兔子，先向護穴貓點頭致謝，這才把兔子拖去給他的貓后和見習生們。

「我們應該先把小貓安頓在窩裡，讓他們溫暖一點。」蛾翅喵聲說。

葉掌跟著其他巫醫去把小貓和貓媽媽們一起帶到柔軟的凹洞裡；當她正忙著將高罌粟和小貓安頓在窩裡時，一隻身子很長的部落公貓緩步朝她走來。他的毛髮滿佈泥色條紋，幾乎看不出來原來真正的毛色，只能從他鼻子旁邊的白色鬍鬚大概知道年齡。

「你們這兒誰是巫師？」他問道。

葉掌嚇了一跳，靜靜看著他。鼠掌曾經告訴過她，在急水部落裡，巫師和族長是由同一隻貓兒擔任。他到底想見誰呢？她看到煤皮正忙著檢查曙花的小貓咪。

「我帶你去找火星好了。」她決定道，於是帶著他去她父親那兒。火星正和其他族長站在一起低聲討論。

「我們不能在這裡待太久。」黑星低聲說道：「雪只會愈下愈大。」他四處張望，這時葉掌走了過來。

「這位是尖石巫師。」葉掌低頭致意過後，便慢慢往後退。

「你是巫師？」尖石巫師問火星。

「我是雷族的族長。」他答道：「煤皮是我們這個部族的巫師。」他用尾巴指指煤皮。而煤皮正在洞穴的另一頭，很有興味地朝著他們這邊看。「這位是黑星、豹星和高星。」火星輪流介紹三位族長。

「你們都是族長？」

「對，我們都是。」豹星喵聲說。

尖石巫師的眼睛緊盯住高星，這位族長的眼睛因為精疲力竭已經快睜不開來了。「你看起來不太舒服。」他喵聲說：「我們會拿些藥草給你服用。」他回過頭，和一隻灰色的虎斑母貓使個眼色。「飛鳥，去拿些增強體力的藥草過來吧。」

虎斑貓一溜煙地跑進其中一條通道。

「急水部落很感激你們的朋友幫我們除掉尖牙這個大禍害，尤其羽尾，我們永遠不會忘記她。」

「她和她父親一樣有膽識。」火星同意道。葉掌聽到火星提到灰紋時，語調仍是那麼悲切，不禁臉部也跟著抽搐。

「你們先吃飽和休息一下吧。」尖石巫師繼續說道。

「等我們休息夠了，馬上就走。」黑星說道。

尖石巫師垂下頭。「我們不會耽擱你們的。」

這時飛鳥叼來一些藥草，把它放在高星面前。

葉掌好奇地動動鬍鬚。「這是什麼藥草？」

尖石巫師的琥珀色眼睛隱約閃過一絲光芒。

「我正在學習當一名巫師。」葉掌趕緊解釋。「我只認識森林裡的藥草，但山區裡的……」她停頓一下。「這裡的東西都很不一樣。」

「不好意思，希望她沒太叨擾你。」煤皮溫柔的聲音自身旁響起。「她一向很好學。」

「想當巫師，好學是應該的。」尖石巫師用粗嘎的聲音說道：「她會學到很多東西的。」

他瞇起眼睛，溫柔地看著葉掌。「這些藥草是狗舌草和羊耳朵，對增強體力很有效。」

「等一下我可以再仔細看看這些藥草嗎？這樣一來，我才能在路上認得它們。」

「當然可以。」葉掌感覺得到這位睿智老者的和藹和親切，她渴望從他身上學到更多東西，也想瞭解部落和部族的不同。「翅影說你早就知道我們會來？」她喵聲說：「真的嗎？」

尖石巫師點點頭。「是殺無盡部落指示我的。」

「你的祖靈也會託夢給你嗎？」煤皮問道。

「託夢？」他重複說道：「哦，不，我是從岩石、葉子和水的跡象裡去尋找和詮釋的，這些對我而言，都代表殺無盡部落的聲音。」

「煤皮會幫我們部族詮釋預言哦。」葉掌急著說道：「從星族那裡來的指示，她正在教我怎麼解讀。」

「她很有這方面的天分。」煤皮補充道。

「那麼也許她會想看看尖石洞穴。」尖石巫師提議道。

「尖石洞穴？」葉掌重複道：「是不是就像我們的月亮石？」

「我不知道什麼是月亮石，」尖石巫師低聲說道，同時轉過身子，往洞穴裡的其中一條幽暗通道走去。「但如果那裡是你們祖靈最能顯靈的地方，那就對了，我們的尖石洞穴的確很像你們的月亮石。」

他的尾巴因興奮而抽動。葉掌緩步跟在煤皮和尖石巫師後面，走進狹窄的通道。她很好奇，他們是不是也像以前要去月亮石一樣，得在幽黑的地底下走上好一段路，但沒想到這條通道只有幾條尾巴長，一下子就進入另一處開闊的洞穴，四面淨是平滑的岩壁。

葉掌眨眨眼睛，適應了裡頭的幽暗光線之後，這才環目張望。這個洞穴比前面那個洞穴要小多了，但卻有許多像爪子一樣的尖石垂掛在頂上，有些則從地面上冒出來。淡淡的光線自洞穴頂的缺口射入，因此葉掌可以看見那些尖石上閃爍著盈盈水光，它們涓流滴落堅硬的地面上，形成一窪窪的小水坑。

尖石巫師用爪子輕觸其中一窪水坑，水面瞬間興起波光粼粼的漣漪。「雪會融化，這些水坑就會形成，等到星光閃耀之際，我就能從水裡看見殺無盡部落希望我知道的事情。」

「你多久和殺無盡部落溝通一次？」煤皮問道。

「只要有水坑形成，就可以。」尖石巫師答道。

「我們都是在月半時分和星族……」

葉掌的目光不斷在洞穴四周游移。她緩步離開正彼此交換經驗的煤皮和尖石巫師，獨自穿梭在石頭之間，直到視線裡不再出現他們的身影。她的腳爪很沉重，疲倦的感覺如水一樣浸淫她全身；她在潮溼的石地上躺下來，鼻頭擱在腳爪間，頂上尖石不斷滴落的晶瑩水珠令她有些目眩；她閉上眼睛。**星族！祢們在哪裡？**

她的心緒被急水的聲浪所捲，隱約渺茫地聽見獅子的怒吼聲，朦朦朧朧看見波浪起伏的暗色身影——她認不出來這些身影。**祢們在哪裡？**她絕望地問道。有細微的聲音向她傳來，說著她聽不懂的話。恐懼席捲葉掌全身，她陡然睜開雙眼。

星族不在這裡，她只聽見急水部落的祖靈聲音。葉掌突地感到前所未有的孤單與寂寞。

儘管葉掌央求她父親把她的睡鋪讓給其他貓兒，但火星仍堅持要她和煤皮一起睡在鋪有羽毛的凹洞裡。

「現在部族比以前更需要巫醫。」他告訴她。「所以妳一定要好好休息。」

她怎麼能休息？她只好先舔乾淨自己身上凌亂髒污的毛髮，希望煤皮沒注意到她從尖石洞穴那兒回來之後就一直很驚恐的眼神。**沒有星族，我們該怎麼辦呢？**這個念頭不斷在她腦海中打轉。

鼠掌和棘爪已經睡了，他們一起蜷伏在洞穴後方。正當葉掌在整理煤皮身旁的羽毛堆時，突然瞧見溪兒溜出洞口，後面跟著鴉掌和暴毛。「他們要去哪裡？」她低聲問煤皮。

「他們要去為羽尾守夜吧！」煤皮低聲說道，閉上眼睛。

葉掌在她導師身邊安頓好，然後用尾巴蓋住鼻子。她很好奇，不知道羽尾現在和哪邊的祖靈在一起？她把身子挪向煤皮，想從導師灰色溫暖的毛髮中尋求一絲慰藉。既然自己已經知道星族根本沒和他們同行，她又怎麼睡得著呢？但她真的太累了，一閉上眼睛，睡意立刻襲了上來。

她的前方是閃閃發亮的大片水域，藍色水面閃爍著點點星光，一絲波瀾也沒有，連風也是靜止的。葉掌定定地看著水面，不敢抬頭，深怕連水面上的點點星光也只是幻覺一場。要是天空真的空無一物，那該怎麼辦？是不是表示星族不在這裡？

突然一陣風颳起，吹亂她的毛髮。葉掌眼前一片幽黑，她微微顫抖。有隻貓兒在跟她說話，聲音輕柔到幾乎聽不見；葉掌舉起鼻子，徐徐的微風裡頭有熟悉的味道，但那味道淡到她根本不確定是誰。

「誰在那兒？」她喊道。

風勢更強了，低喃的聲音開始膨脹，直到葉掌聽見那個聲音在說什麼：「不管你們去到哪裡，我們都會找到你們。」

葉掌轉身一看，只見斑葉那張模糊的臉，祂的眼睛閃閃發光，和星光點點的水面相互輝映，但身形卻像輕煙一樣裊裊，比水中星光還要縹緲。

「祢們沒有離開我們！」葉掌輕聲說道。

斑葉沒有回答。風停了，眼前的斑葉沒入黑暗。

⚡⚡⚡

「妳今天心情很好哦！」煤皮喵聲說，抬頭看著正坐在她身邊的葉掌，而葉掌正沐浴在從瀑布穿透而入的晨光裡。

葉掌停止梳洗的動作。「我做了一個夢。」她承認道。

煤皮坐起身。「星族託夢給妳了？」

葉掌眨眨眼睛。如果星族只把訊息傳遞給見習生，而不是雷族的巫醫，煤皮會不會覺得很沒面子？「我很抱歉，」她開口說道：「也許祂們來的時候，剛好我在睡覺，而妳已經醒了，所以祂們才會選擇找我溝通……」

煤皮將尾巴輕輕地放在葉掌肩上，打斷她的話。「沒關係的，葉掌。」她喵聲說：「我一向知道妳的通靈本領比誰都強，可以直接和星族溝通，這是一種天命；妳有這種天賦異稟，讓我覺得與有榮焉。」

葉掌看著她，搜尋話裡的含意，眼裡有鬆了一口氣和感激的神色。

「夢的內容是什麼？」煤皮追問道。

「很模糊。」葉掌先澄清。「但我確定星族還在這裡守護著我們，我相信不管我們到了哪裡，祂們都會與我們同行。」

火星緩步走了過來，燄紅色的毛髮閃閃發亮，映照在粼粼水光下，成了白花花的一片。

「我們要走了嗎？」煤皮問道。

火星搖搖頭。「一整晚都在下雪，尖石巫師說路上的積雪更深，他們正在組一支狩獵隊，好讓我們有足夠的食物可以撐過這場惡劣的天候。」

「意思是我們被困在這裡了？」葉掌警覺道。

「只是暫時而已。」火星看著黑星在洞口前面走來走去。「我們會盡快離開這裡的。」

「葉掌！」栗尾一路跳過來。「妳想不想和那些部落貓去狩獵？」她看看火星。「我是說如果妳有空的話？」

火星轉向煤皮。「她有空嗎？」

「當然有空。」煤皮答道。

「謝謝。」葉掌喵聲說。住在森林久了，如今老待在陰暗的洞穴裡，感覺很奇怪，所以儘管外面很冷，葉掌還是很高興能出去戶外吸收一點新鮮的空氣。

她跟著栗尾，走向鷹爪和鋸齒，溪兒也和他們在一起，暴毛站在她身側。葉掌很驚訝暴毛的樣子簡直脫胎換骨——他的毛髮也像部落貓一樣出現一條條的泥色條紋，肌肉結實，看上去就像是急水部落的一員，而非骨瘦如柴的部族貓。

「希望我們的狩獵之行不會被他們給拖累。」鋸齒對溪兒和鷹爪低聲說道：「我們還有好多張嘴得餵飽呢！」

「不會啦！」溪兒喵聲說：「當初暴毛離開這兒的時候，也已經很會狩獵啦。」

「他是不賴。」鋸齒承認道。他看看葉掌。「妳是見習生吧？妳未來想當什麼？狩獵貓？還是護穴貓？」

葉掌看著他，不懂他在說什麼。

「急水部落的貓兒都是各司其職的。」暴毛解釋道：「護穴貓負責保護貓兒安全，狩獵貓負責餵飽大家。溪兒是狩獵貓，鋸齒是護穴貓。」

「那為什麼你也要去狩獵？」葉掌有些遲疑地問鋸齒。

鋸齒突然發出好笑的喵嗚聲。「當妳把注意力全神貫注在獵物身上時，誰來幫妳盯著天上的動靜啊？」他反問道。葉掌這才突然驚恐地想到曾襲擊過族貓們的巨大老鷹。她很不高興鋸齒的倨傲態度，但她忍住不說自己是巫醫見習生，因為這對部落貓而言，聽起來很像是在告知他們，她是日後未來的族長。

「在森林裡，我們都是一邊狩獵，一邊靠嗅覺去察覺周遭的危險。」栗尾喵聲說。

「真的？可是老鷹在你們頭上飛得這麼高，你們怎麼聞得到牠的味道？」鋸齒反駁道。

「拜託你們好不好，」溪兒不耐煩地說道：「別再浪費時間了。」

她率先從瀑布後方走出去，沿著通往山頂的崖徑，一路前行。暴風雪已經停了，但腳下的積雪很快就讓葉掌的四肢凍得發僵；空氣十分冰冷，幾乎難以呼吸，她的眼睛才一離開溫暖的洞穴，淚水立刻流出；但她不想發牢騷，她要證明給鋸齒看，森林裡的貓也像山區裡的貓一樣厲害。她盡量掩飾住自己不斷顫抖的身體；然後她抬頭一看，卻見山頂淨是厚重的黃色積雲，這意謂雪會下得更大。

他們走近一株矮小的荊棘叢，那株植物的枝椏被新降的雪給壓得抬不起頭來。溪兒停下腳步，蹲低身子；鋸齒和暴毛守候兩側，也一樣低下身子；葉掌模仿他們，和身旁的栗尾同樣把肚子平貼在雪地上。溪兒緊盯著灌木叢，鼻子不斷抽動，好像聞到獵物的味道。

葉掌也用鼻子聞，兔子的味道隨風飄來，她很直覺地開始往前匍匐。

「不要動！」暴毛噓聲警告她。「等著看溪兒怎麼做。」

溪兒像結冰一樣動也不動，只能從那泥紋腹部的輕微起伏看出她不是雪地上的一塊石頭。正當葉掌開始覺得如果自己再不活動一下，恐怕就會變成冰柱時，一隻小兔子從灌木叢底下跳了出來，正動動鼻子測試風向。

兔子愈跳愈近，根本沒看見平貼在雪地上的貓兒們。葉掌張開嘴巴，灌木叢附近的獵物氣味還是很強烈，這實在很奇怪，兔子不是已經出來空地了嗎？可能是因為兔子曾躲在裡面很久吧！說時遲那時快，溪兒迅雷不及掩耳地衝將上去，撲向兔子，直接張嘴一咬，仁慈地瞬間取了牠的性命。

葉掌的眼角餘光注意到灌木叢裡出現動靜，第二隻兔子才剛跑進雪地，葉掌便一個箭步地衝了上去。兔子跑向突岩，但葉掌的動作更快——而且很餓——先一步逮到了他。

「眼力不錯哦！」溪兒用喵嗚聲向她道賀。

「我聞到兩種氣味。」葉掌氣喘吁吁地說道。

鋸齒驚訝地看著她。「妳可以同時聞到兩隻兔子的味道？」

「我們以前待的那座森林，裡頭充滿各種植物和獵物。」她喵聲說，試圖解釋。「但山上的空氣比較乾淨，味道沒那麼雜，所以很容易可以嗅出不同的氣味。」

栗尾得意洋洋地看著她，暴毛也輕輕點頭；鋸齒頷首表示佩服，然後拾起其中一隻兔子，帶頭走回瀑布區。

⚡⚡⚡

葉掌坐在靠近洞穴入口的地方，四周貓兒的溫暖鼻息令她覺得好舒服。塵皮躺在一鬚和高星的旁邊；蛛掌在鴉掌身旁伸展身子；高罌粟和蕨雲坐在一塊聊天，她們的孩子正一起玩得興起；就連鷹霜看到蛾翅在為晨花清除身上跳蚤時，神情也是一派輕鬆。儘管眼前景象和樂融融，但葉掌還是有點擔心。以前她從沒見過部族之間可以如此和睦相處，就算在大集會現場也見不到。星族可能還在等候他們，但等他們到達新家時，還會有四大部族嗎？

她的目光望向隆隆作響的水幕之外，她看見峰頂之上有一輪微顫的圓月，可是今天卻沒有任何一隻部族貓提到今天是月圓時分，是開大集會的時候了。看來現在也沒這個必要了。突然她聽見耳邊傳來粗重的呼吸聲，她轉頭一看，尖石巫師正低頭俯看著她。

「妳在看月亮，是想從那兒尋找預言嗎？」他喵聲說。

「我想到大集會。」葉掌喵聲說。

「大集會？」尖石巫師一臉困惑。

「在我們離開森林前，四大部族只有在滿月時分才能在平和的情況下會面。」

「難道各部族之間無法和平相處嗎？」

「嗯，時有爭執。」葉掌承認道：「我們不像你們，我們的狩獵區都有明顯的分界。」

尖石巫師看看四周。「但眼前遭遇的困難卻讓你們團結了起來。」他做出定論。

「不過彼此間的防線還是存在。」葉掌堅稱道。

「為什麼？互相合作不是更容易找到食物嗎？」

「四大部族從以前就存在了，我們各自效忠自己的部族，各部族也因此而逐漸壯大。」

「但你們全都信仰星族？」

「我們最終都會成為星族的戰士。」葉掌低聲說道，她看看月亮，水幕後方的月亮有如模糊的白色圓盤。

尖石巫師的眼睛閃閃發亮。「妳雖然還只是個見習生，但妳很有智慧。」

葉掌感覺到耳朵因不好意思而微微發燙，她趕緊看向別處。

「我們今天晚上要為自己舉辦一場集會。」尖石巫師提高聲量，繼續說道：「來自四大部族的所有貓兒，還有急水部落的貓兒們，我們還沒為脫離尖牙的魔掌舉辦過任何慶祝活動，」他喵聲說：「我們一直在悼念羽尾為我們所做的犧牲，但今天我們要藉這個機會表揚來自遠方的貓兒們，謝謝他們當初幫助我們剷除一大禍害。」

部落貓群起發出同意的喵嗚聲。小貓咪們都興奮地喵喵叫，其中幾隻比較大膽的小貓慢慢走向高罌粟的小貓和小白樺正在玩耍的地方。

「你們要不要過來和我們一起玩？」急水部落的小貓提議道。

小白樺看看媽媽，蕨雲點點頭，眼裡有溫暖的神色；高罌粟和曙花也都很快同意，於是這幾個部族的小貓們二話不說，立刻跟著急水部落的小貓跑過洞穴。

急水部落的貓兒一個接一個地站起身來，從獵物堆裡叼起一隻獵物，然後很慎重地放在每隻部族貓的面前，直到所有部族貓都有一份。四大部族的貓兒們全都愣愣地看著，不知道該怎麼辦。

當鋸齒把一隻獵物放在葉掌腳下時，她驚訝地瞪大眼睛。

「我可以和妳一起分食嗎？」他問道。

葉掌害羞地點點頭。

尖石巫師緩步走到洞穴中央。「我們要用這場盛宴來紀念羽尾。」他大聲說道：「她的精神將永遠與急水部落同在，同時也要為那些拒絕放棄我們，又回來幫我們實踐祖靈預言的貓兒們致上無限的敬意。」他依次向站得筆直的棘爪、鼠掌、褐皮、鴉掌以及暴毛鞠躬表示敬意。

「現在就讓我們一起享用大餐吧！」尖石巫師大聲喊道，他的聲音在洞穴不斷迴盪。

鋸齒先從地上的兔子身上咬下一塊肉，然後把兔子推到葉掌前面。葉掌想這大概是急水部落的風俗吧！於是她也咬了一塊，再把兔子推回去。以前在森林時，貓兒們也會分食獵物，但因為獵物很充足，所以通常每隻貓兒都能分到一整隻獵物。她很好奇，急水部落這種分食獵物的正式儀式是不是起源於山區獵物稀少的緣故。

吃完大餐，貓兒們全都撐飽著肚子躺在地上，低聲聊了起來。高星一拐一拐地走到洞穴中央，環顧所有貓兒，直到他們安靜下來；一鬚蹲在他旁邊，用自己的力量撐住風族族長羸弱的身軀。

「那隻瘦瘦的老黑貓是誰啊？」一隻急水部落的小貓問道。

「噓！」他的媽媽嚴厲地摑他一掌。「那是偉大的族長！」

儘管高星得靠年輕戰士的攙扶才能站得直，但他的眼睛仍像年輕時一樣炯炯有神。「鴉掌？」

風族見習生一臉迷惑地抬起頭。

「膽識十足的鴉掌一向對我們部族忠心耿耿。」高星為了掩飾咳嗽的聲音，而顯得些破音。「他早該贏得他的戰士封號。」他粗聲說道：「只因為過去這陣子以來，悲劇不斷，所以一直沒為他封號。今夜，如果尖石巫師肯好心暫借我們這個地方舉行儀式的話，我希望能在此為鴉掌高超的戰士技巧與膽識致上我無比的敬意，並賜予他一個戰士封號。」

同意的聲浪自風族貓兒間響起，但鴉掌卻走上前來，這個舉動令他們很驚訝，因為這不是儀式中的一部分。

「我可以說句話嗎？高星？」他喵聲說。

高星瞇起眼睛，點頭同意。

「如果可以的話，我想自己選擇戰士封號，我希望大家以後可以叫我鴉羽。」鴉掌輕輕說著，他的聲音幾乎被嘩啦啦的水聲給蓋住。「我希望能藉此封號永遠懷念……那隻一直沒走完第一趟旅程的貓兒。」

暴毛輕輕彈動自己的耳朵，低頭看著腳爪。

四周靜默許久，高星才又大聲說道：「這是一個很棒的提議，很好，我就封你為鴉羽，願星族守護你，從今以後，你就是我們風族的戰士了。」

風族的貓兒都跳起來，跑上前去向鴉羽道賀。

「這個想法太棒了！」鼠掌跳到鴉羽身邊，棘爪、褐皮和暴毛也都加入其中。

「這個名字很棒。」當棘爪開心地在鴉羽身邊喵嗚打轉時，褐皮這麼說道。暴毛用鼻頭輕觸鴉羽的腹部，彷彿感動到說不出話來。

「謝謝你！」鴉羽低聲說道，他眼睛望向被月光染銀的瀑布。「今晚我要到羽尾墳上去守夜。」

葉掌看著他離開朋友和族貓，走出洞外。

「所以他現在已經是戰士了？」鋸齒問她，眼裡閃著好奇的光芒。

「對啊！」葉掌站了起來。「謝謝你和我一起分享食物。」她低聲說道。孤寂的月亮正在召喚她離開擁擠的洞穴。她渴望到清澈的夜空之下搜尋銀毛星群的蹤影。

她緩步從瀑布後方走出來，爬上岩石，高高地坐在池子上方，那水沫四濺的池子是由瀑布的水沖積而成。葉掌往下望著鴉羽守夜的地方，這時的夜空星光點點。鴉羽低頭坐在由石塊堆積而成的小土墩旁，那裡就是羽尾的墳墓。羽尾真的是和殺無盡部落在一起，而不是星族嗎？葉掌默默禱告，無論祢們是誰，都請好好善待她。

她看著鴉羽好一會兒，為他的失落感到傷痛。她抬起頭，凝神注視山巒頂端，心想星族會不會也正看著鴉羽？坐在這麼高的地方，特別會有一種心平氣和的感覺，這是一種自從她很久以前在森林裡的樹下靜坐之後，便沒再出現過的感覺。皎潔的月光下，她彷彿看見洞穴入口的對面崖徑有什麼東西在那裡，直覺是兩團在星空下發亮的銀色身影，她幾乎可以肯定是兩隻貓兒坐在那裡，祂們正低頭看著鴉羽，一隻比較高，一隻比較矮，毛色都有同樣的斑影，彷彿有血緣關係。

是羽尾和銀流嗎？

葉掌眨眨眼睛，等她睜開眼睛時，銀色的貓兒已經消失無蹤。

第二十四章

鼠掌跟著暴毛沿著一條岩徑匆匆而行，這條路幾天前還被埋在一根尾巴之深的厚重積雪裡。暴毛似乎打定主意要翻遍整座山林，也要把獵物找出來。岩石間不斷有融雪的滴答聲在迴盪，就連最厚實的積雪也正在慢慢融化中；暗灰色的雨雲緩緩向山區席捲，陣陣暖風正逐漸釋放被冰雪挾持的山頭。

鼠掌已經不止一次覺得好奇，為什麼族貓們都已經準備要離開洞穴了，他還執意邀她一起出來狩獵。他們又帶不走什麼新鮮獵物，也許暴毛想抓點獵物向急水部落致謝，感謝他們的熱情款待吧。

「為什麼不找溪兒一起來狩獵？」她氣喘吁吁地說道。那隻狩獵貓這幾天總是和暴毛如影隨形。

暴毛正全神貫注地要往一塊大圓石上跳，沒有答腔。

「你是不是和她吵架了？」顯而易見，這

隻河族戰士似乎有什麼煩惱。他弓起肩膀。自從他們離開洞穴之後，他就一句話也不說。鼠掌好不容易跟著他爬上大圓石，思緒飛快地轉著。是不是暴毛要求溪兒加入他們，和他們一起去找新家？這個猜測令鼠掌的尾巴不自覺地打顫。外來者加入部族，這種事並不是第一次，畢竟她父親小時候也是寵物貓，但至少火星出生的地方離森林很近，而溪兒卻是山區裡的貓。鼠掌知道不管四大部族以後在哪裡定居，都不可能定居在這種地方。

她突然瞄見前方岩脊有一隻老鼠正躡手躡腳地走出岩縫，尋找食物。她噓地一聲警示暴毛。

暴毛當下止住腳步，蹲伏下來，耐心等老鼠離洞更遠，走到小徑這邊來。鼠掌雖然很想自己抓，但她知道在這種環境下，暴毛的毛色更適合偽裝。她將自己的橙色肚皮盡量貼平地面，希望這種不動如山的姿勢可以讓自己完全隱形。

暴毛靜止不動好一會兒，突然一躍而上，當場咬斷老鼠的頸椎，叼起獵物，回頭看著鼠掌。

「那是你為溪兒準備的離別禮物嗎？」鼠掌小心翼翼地追問道。

暴毛眨眨眼睛。

「你到底怎麼了？」鼠掌問道，她再也受不了她的朋友一副為情所困的模樣。

暴毛丟下嘴裡的老鼠，神情突然變得非常疲累。當他抬起頭時，眼裡有著無所適從的陰暗神色。「我決定要留在急水部落了。」

「你說什麼？」

「我已經失去羽尾和灰紋，而且從小就沒見過銀流，我在部族裡已經沒有任何至親了。即便是我的導師石毛也已經過世；除了羽尾之外，他是我在河族裡最至親的貓兒了；更何況我現在連家也沒了。感覺上好像我所有的一切都被奪走，一個接一個地被奪走。」

「那你的部族怎麼辦？」鼠掌反駁道：「河族需要你啊。」

「河族裡還有很多很棒的戰士。」他凝視著鼠掌的眼睛，或許是看到她眼裡擔憂的神色。「妳不用擔心鷹霜。」他喵聲說，似乎能解讀她的心思。「河族就算沒有我，也不會有問題的。」

「但這裡那麼陌生，」鼠掌辯駁道：「等我們找到新家，你可以重新開始啊……」

「哦，鼠掌，妳還不明白嗎？我愛上溪兒了，我想和她在一起。」

「我以為你會要她加入我們！」鼠掌含糊說道。

暴毛搖搖頭。「離開山區，她會有失落感的，但我知道我可以在這裡適應得很好。這裡有水，雖然比平地上的河水要吵多了，但也是水啊！而且也有豐富的獵物，我現在也像部落貓一樣知道怎麼狩獵了，更何況我妹妹的魂魄也在這裡……」他發出一聲長嘆。「所有部族貓都失去了他們的家園，但我覺得我失去的東西比他們更多。這是這一陣子以來我第一次覺得我已經找到屬於我自己的東西。」

「你不要再說了。」鼠掌悲傷地說道：「我能理解。」

當他們走回洞穴時，鼠掌的心緒紛亂。她覺得他們失去的真的已經夠多了，一切都變得不一樣了。他們走進瀑布後面，暴毛直接把老鼠丟進新鮮獵物堆裡，但鼠掌站在洞口卻顯得有些恍神。

「鼠掌！」葉掌朝她跑來。「尖石巫師要發可以增強體力的藥草給族貓們吃。」

鼠掌看著她。「哦……那很好啊。」她喵聲說。

「妳還好嗎？」

「葉掌！」煤皮在洞穴的另一頭喚她。

「我得走了，」葉掌氣喘吁吁地轉身要走。「風族正在等藥草呢！」

鼠掌看著她走遠，眼睛逐漸適應了洞裡的幽暗。一個身影正從陰暗處走了出來，朝她接近，她認出那寬厚的虎斑色肩膀，心上不禁一沉，鷹霜來找她幹嘛？

「鼠掌？」

她眨眨眼睛，原來是棘爪！他正滿臉疑惑地看著她。「妳不進來嗎？」他喵聲說：「我們得先確定每隻貓兒都吃飽了才行。」

鼠掌覺得一陣暈眩。

「出了什麼事？」棘爪看著她。

鼠掌無奈地搖搖頭。她穿過洞穴，正好瞧見暴毛正在向溪兒低聲說話。

棘爪順著她的目光看過去。「暴毛要留下來，不是嗎？」

「他想和溪兒在一起。」鼠掌低聲說道。

接著是一陣沉默。「妳會想他，是不是？」

「我當然會想他！」鼠掌答道，這問題很讓她詫異，她轉頭抬眼看著棘爪，卻見他琥珀色的眼睛有某種東西忽隱忽現。他是嫉妒嗎？「哦，棘爪，」她輕聲說道：「我的心一向與雷族同在，你又不是不知道。」她的尾巴輕拂過他的腹側。「而且我的心也已經給了你。」

他閉上眼睛，鼠掌突然擔心自己是不是說錯話了。棘爪再度睜開眼睛，目光溫柔地望著她，她覺得自己可以永遠沉溺在那種目光裡。

「我們都應該忠於自己的心。」他低聲說道。鼠掌原本還在擔心未來的可能險阻，但如今這些憂慮似乎都如綠葉季的薄霧一樣緩緩消散。暴毛留下來的決定，讓她覺得失去了一個朋友，但她知道她永遠不會孤單。

前方的動靜吸引了她的注意。尖石巫師正緩步走向洞穴中央。

「四大部族要離開了。」他向他的部落貓大聲說道：「我希望我們部落裡有一些貓兒可以自願為他們帶路，幫忙他們走出山區。他們要往丘陵地的方向去，而不是日落地，所以必須帶他們沿著那條可通往巨石的小徑走。」

鼠掌覺得很興奮，急水部落的貓會帶他們直接走到垂死戰士消失在山脈後方的地方嗎？尖石巫師依次向各族族長頷首致敬。「我祝星族的子民們一路順風。」

「謝謝你，尖石巫師。」火星也垂首回禮。「我們何其有幸能得到貴部落如此熱情的招待。可惜我們現在要離開了，我們必須前往戰士祖靈所承諾的地方。」他轉身面向其他族長。「高星，風族也準備好了嗎？」

風族族長看著他，眼裡有不解的神色，站在旁邊的一鬚肯定地向高星點點頭，但泥爪卻搶在高星還沒開口之前，便抬頭大聲回應：「我們準備好了。」

「影族也準備好了。」黑星大聲喊道。

豹星也舉起尾巴。「我這邊的貓兒們也都準備好了。」

「不包括我在內。」暴毛向前一步。「因為我要留下來。」

所有貓兒頓時陷入一片沉默。這時塵皮開口說道：「你不能挑這時候離開自己的部族啊！」

「他有自由選擇的權利。」高罌粟低聲說道，她的目光落在溪兒身上，神情柔和地顯然已能理解這一切。

「灰紋的孩子不會輕率做出這種決定的。」沙暴插嘴道。

火星若有所思地看著暴毛。「我還記得當年灰紋捨自己的部族而選擇銀流時，他內心的掙扎與痛苦。」他喵聲說：「不過也因為他做了那樣的選擇，才有你和羽尾的出生。若是沒有你們兩個，急水部落和四大部族肯定不會有今天的局面。羽尾除掉了尖牙，而你則完成一場艱辛的旅程，為我們帶回星族的旨意。我相信沒有貓兒會質疑你的忠心與膽識，也不會批評你的選擇，因為你的父親已經證明了一件事，那就是忠於自己的心，才能成就大事。」

贊同的喵嗚聲在洞穴間不斷迴盪，直到豹星大吼一聲，才安靜下來。

鼠掌的毛髮倒豎，豹星肯讓她的戰士離開嗎？

河族族長看著暴毛，她瞇起眼睛。「暴毛，」她終於開口說道：「河族永遠不會忘記你過人的膽識與高超的戰士技術，只不過我們各自的生活都會起很大的變化，要再見面恐怕是不可能了，包括這輩子和下輩子。」她平靜地頷首接受了暴毛的決定。「我在這裡先祝福你了。」

當族貓們緩緩魚貫步出洞穴時，溪兒用尾巴輕輕拂過暴毛的腹側。鼠掌回頭悲傷地看著她的朋友，希望他至少能像其他部落貓一樣護送他們走到部落領地的盡頭；但暴毛只是站在原地，灰色的毛髮在瀑布的粼粼光影中閃閃發亮，然而他的眼神卻洩露了心底的悲悽。鼠掌知道不管他多麼想留在急水部落裡，看著族貓離他而去的感覺，一定就像再次失去銀流、羽尾和灰紋一樣。

「他不會有事吧？」她問棘爪。

他快速地舔舔她的耳朵。「沒問題的。」

他們跟著其他貓兒走出峽谷，爬上山頭，當他們沿著連綿的山脈而行時，太陽就掛在山的另一邊。

「你覺得他們帶我們走的方向是對的嗎？」她低聲問棘爪。

棘爪眨眨眼睛。「但願是對的。」他伸長脖子。「好像和星星隕落的方向是一樣的。我只希望他們別把我們帶得太遠，走過頭了。」

正當他這麼說的時候，急水部落的貓兒突然轉向，穿過一條蜿蜒的隘口，然後地面突然陡降，一大片綠野綿延在眼前，丘陵相連，這邊是綠油油的青草地，那邊是陰暗隱蔽的林地。從他們所站立的山脈盡頭處來看，在習慣了這陣子以來在懸崖峭壁間常見到的灰白色調之後，乍看見那一大片茵茵綠意，反倒有些陌生了起來。陽光下，鼠掌看見光禿的林木之間有閃閃發亮的河流川流不息，有如橡樹林裡銀色的白樺樹皮。

「就是這裡嗎？」棘爪低聲說道。

過的話。

「有丘陵、也有可以藏身的橡樹，還有川流不息的河水。」鼠掌發現自己正在複誦午夜說

「但這裡好大哦！」褐皮從他們身邊滑下來。「我們怎麼知道要在哪裡停下腳步？」

棘爪甩甩頭，他們無聲地看著眼前美景，直到上方有個光影抓住了鼠掌的注意。有東西在山脈隘口的岩頂之間快速移動。她緊張地毛髮倒豎，是老鷹嗎？她強迫自己抬頭去看，那不是鳥！是暴毛和溪兒！他們正沿著山脊奔跑，向離去的族貓們放聲高喊再會。

暴毛在岩石之間輕巧彈跳，溪兒配合他的步伐並肩而躍，兩隻貓兒的毛髮在跳躍中互相刷拂。暴毛光滑的灰色毛髮只有在越過小塊雪地時才顯出顏色，鼠掌不禁覺得這隻河族貓兒其實就像是一隻土生土長的部落貓。

第二十五章

葉掌甩掉鬍鬚上的細碎雨絲，跟著其他貓兒，緩步爬上石楠覆蓋的坡地。他們已經走了一個早上，遠遠離開了雪地與山區。但自從下山之後，這雨就一路跟著他們。

「妳有沒有注意到高星？」栗尾緩步走在她旁邊，低聲問道。

風族族長正走在一鬚身邊，穿過一叢叢的石楠；儘管天上飄雨，但他並不需要一鬚的攙扶，他自信滿滿地緩步前行，彷彿相信自己已經帶領族貓找到新的家園。他豎直耳朵，一隻兔子突然從一塊大圓石底下衝出來；一鬚看看他的族長，只見高星點個頭，一鬚即刻衝上前去；裂耳和網足隨後也追上斜坡。

「我想是石楠的氣味讓風族感覺好像回到家一樣吧。」葉掌喵嗚說道。

在這裡，不只風族，所有貓兒似乎都比在山區裡的時候來得自在許多。黑星正走在火星身旁；塵皮和枯毛並肩而行，石楠枝椏刷拂過他那條紋毛色的腹側，此刻的他正和影族副族長聊得起勁。

「我記得塵皮向來不喜歡和其他部族打交道。」葉掌說道。

「他很快就會恢復原來的老樣子了。」栗尾據實以答。「等我們在新家安頓好，一切都會變回原樣的。」

「從以前以來，就一直是四大部族各自鼎立。」葉掌低聲說道，像是說給自己聽，但真的得如此嗎？她看看四周，突然發現自己根本無從分辨這群貓兒各自屬於哪個部族。

「我真慶幸我們終於走出山區。」栗尾喵聲說：「暴毛實在很勇敢，竟然選擇留下來。」

「部族對他來說，其實也沒什麼可留戀的了。」葉掌低聲說道。

「不管怎麼樣，我還是情願留在部族裡。」栗尾很篤定地說道。

「就算未來在哪兒落腳？」葉掌一臉驚訝地問她。

「妳看看這個地方！」栗尾用尾巴輕彈四周的綠地。「沒有怪獸，也沒有被翻得亂七八糟的泥巴地，而且能再聞到獵物的味道，感覺真好。」她伸出舌頭，舔舔嘴巴。

她在說話的同時，一鬚正小跑步地走回自己的族貓，嘴裡叼著一隻兔子。葉掌知道她說得沒錯，這地方在感覺上是比前幾天所走過的路要來得安全多了。但在沒有星族的指示之前，又怎麼知道這裡究竟是不是他們的新家呢？

⁂

「葉掌！」

煤皮的聲音驚醒了她。她眨眨眼，勉強睜開眼睛，天色還很暗。

「發生什麼事了？」她問道，好不容易站了起來，放眼環顧這處可供所有貓兒們休息過夜的隱密灌木林，冷颼颼的寒風正在林間橫掃拍打。

「火星希望能盡早出發。」煤皮告訴她。

「我們為什麼不能留在這裡？」葉掌聽見小白樺生氣的喵嗚聲。等她的眼睛適應了黎明前的幽暗時，她才看見小白樺正蹲伏在盤生的樹根之間，仰頭望著他的媽媽。

「我們現在還不能停下來。」蕨雲還沒答腔，棘爪低沉的聲音便已經響起。「等我們找到新家時，星族會告訴我們的。」

「但如果我們在這裡等，或許就會有預言出現。」塵皮喵聲說。

「在這裡等？」泥爪瞪著這隻雷族貓兒。「這些樹對你來說可能和你的老家很像，但對我們而言可不一樣。」

「這裡的河流不夠寬，沒有魚。」豹星直言道。

鼠掌點點頭。「我們必須繼續向前走。」

「到底得走到哪裡？」鷹霜不悅地說道。

鼠掌瞇起眼睛。「我們怎麼會知道？」

棘爪輕拍尾巴，要她別說了，然後看著煤皮。「妳有從星族那兒得到指示嗎？」

煤皮搖搖頭。「我沒有，不過葉掌曾做了一個夢。」她喵聲說。

所有族貓的目光一下子全移到葉掌身上，在幽暗的光線下，他們的眼睛尤其顯得晶亮，葉掌突然怯場。「我……我不知道那是不是預言。」她很快地答道：「我夢到我坐在一大片閃閃發亮的水域前面。」

「閃閃發亮的水域？」豹星打斷道：「妳是說河流嗎？」

葉掌搖搖頭。「不，不是河流，那片水域很平靜，沒有波濤。我可以在水面上看見銀毛星群的倒影。所有星星都很閃亮，有如浮游在夜空之中。」

「就這樣？」黑星追問道。

「斑葉也在那裡，祂告訴我，星族會找到我們的。」即使她的腿抖得很厲害，葉掌仍鼓足勇氣迎向影族族長的目光。

「所以我們應該朝有水的地方前進嘍？」高星滿心期待地說道。

葉掌抽動著耳朵。「我以為那只是一場夢。」她低聲說道：「從那次以後，我就一直沒再得到星族的指示。」她有些不滿意地看看自己的腳爪。「所以我在想，會不會是因為日有所思，夜有所夢的關係，我才做了那個夢。」

「所以我們還是沒有頭緒嘍！」黑星喃喃說道，轉身離開。

「妳確定那只是一場夢？」棘爪問葉掌。

她在心中不斷反問自己，想找出真正的答案。「我不知道。」

她以前做的夢，向來都能應驗，但如果這個夢真的是戰士祖靈所降下的訊息，那麼現在是不是應該有另一個預言來告訴他們，星族是與他們同在的，譬如流星或再做另一個夢？

「好吧！我們還是得繼續上路。」棘爪緩步走出林子。在他面前是一片綠草坡地，下方即是狹窄的山谷。更遠的地方，可以看見靛藍天空下突起的山脊，旁邊蜿蜒著大片林木。

貓兒們開始慢慢走出灌木林，有的還瞇著眼，沒完全睡醒，有的趕緊伸伸懶腰。葉掌抬頭看看天空，星星已經被雲層遮住。

「別擔心預言了。」她父親的聲音突然響起，讓她嚇了一跳，她轉頭一看，發現他就站在她旁邊。「妳還是隻正在見習的巫醫，」他低聲說道：「不必為了星族還沒降下預言而感到內疚。」

她感激地凝視那雙琥珀色的眼睛，火星則繼續說道：「我很為妳感到驕傲，也為鼠掌感到驕傲……雖然煤皮之前的預言曾讓我害怕了好一陣子。」

「煤皮的預言？」葉掌重複說道。

「星族曾降下指示，說火和老虎會毀了部族。」

葉掌眨眨眼睛，煤皮以前說的那個凶兆，好像已經是很久遠以前的事了。

「我想我現在終於明白那個預言的意思了。」火星看著正領著族貓走入山谷的鼠掌和棘爪，他們的毛色如月兒和月影一樣閃爍不定。「火星的女兒和虎星的兒子的確毀了部族。」他喵聲說：「但不是像我當初擔心的那樣；反而是帶領我們離開老家，遠離危險，進入未知的領域。很多貓兒常會因眼前困難而退縮不前，但他們卻堅守信念，把我們平安帶到這裡。」他看著守在貓群兩側的褐皮和鴉羽。「這些戰士們不畏艱難地越過重重險阻的高山，不管他們此刻仍和我們在一起，抑或已和別的戰士一塊生活，四大部族將永遠記得他們，感佩他們的膽識與勇氣。」

然後他才彈著尾巴，跳離這裡，跟上沙暴的腳步。葉掌為自己的姊姊感到驕傲，也很感激她父親這麼願意相信棘爪與鼠掌，相信他們可以帶領大家找到安全的家園。

她穿過貓群，走到栗尾身邊，這時他們已經來到斜坡腳下，正開始要爬上山谷的另一邊。

「我好餓。」栗尾抱怨道。

「天快要亮了。」葉掌回答她。「我相信等一下我們就可以狩獵了。」

「至少這裡看起來是個狩獵的好地方。」栗尾轉頭看看斜坡上新長出來的眾多山毛櫸。

葉掌聽見她姊姊的聲音從上方傳來。「我聞到獵物、葉子，還有蕨葉的味道，好像回到了以前的森林。」鼠掌一路跳回她們這裡。「我真希望我們能在這兒得到一點預言的指示。」她的目光穿過林子，棘爪的身影像魚一樣在林間不停遊走穿梭。「我希望他沒事，他今天幾乎都不說話。」

「他只是在擔心而已。」葉掌安慰她。

「妳們覺得到底會出現什麼樣的預言？」栗尾煩躁地問道。

葉掌搖搖頭。「我不知道。」她承認道。林子底下幾乎見不到前方的腳印，但她一直循著族貓們的氣味而走，慢慢地往上爬。

一股緊張的氣氛在貓兒們之間緩緩蔓延開來，他們彷彿正在等候什麼似地全都繃緊了肌肉，倒豎著寒毛。等他們全都爬上山脊頂時，竟都噤聲不語，沿著山頂一字排開，身影盡皆襯在幽暗的天色下。冷風襲來，葉掌的毛髮隨之翻飛，她閉上眼睛好一會兒，絕望地向星族致上她最誠摯的禱詞。

願斑葉的話語能夠成真，請讓我知道祢們正等著我們。她在心中默默祈禱。

風勢愈來愈強，吹亂了她的毛髮，上空雲層正逐漸飄移，露出了圓圓的月亮，閃閃發光地照耀著下方的貓群。

葉掌睜開眼睛，突然覺得喘不過氣。山脊的那一邊，地面陡峭而下，即是一方寬闊平滑的水域。所有銀毛星群都映照在鏡面一樣的湖水上，璀璨奪目，與靛藍的夜色相互輝映，有如在夜空中靜靜地浮游。

葉掌的心充滿喜悅，她知道他們已經走到旅程的終點。她深深相信，他們的戰士祖靈早已等在這裡。

她抬眼遠眺，遠方的地平線正隨著曙光的出現而暈染成一片的紅，黑夜終於遠離，四大部族的新家正在眼前逐漸成形。

這就是我們一直在找的地方，星族就在這裡。

國家圖書館出版品預編目資料

貓戰士二部曲新預言 . 三, 重現家園 / 艾琳 · 杭特（Erin Hunter）著;迪特 · 霍爾（Dieter Hörl）繪;高子梅譯 . -- 三版 . -- 臺中市：晨星 , 2022.10
面；　公分 . --（Warriors；9）

暢銷紀念版
譯自：Warriors : The New Prophecy. 3, Dawn
ISBN 978-626-320-059-3（平裝）

873.59　　110022147

貓戰士暢銷紀念版二部曲新預言之III

重現家園 DAWN

作者	艾琳 · 杭特（Erin Hunter）
繪者	迪特 · 霍爾（Dieter Hörl）
譯者	高子梅
責任編輯	陳涵紀、謝宜真
文字編輯	張家彰、郭玟君、陳品蓉、陳彥琪
文字校對	曾怡菁、程研寧、蔡雅莉
封面設計	陳柔含
美術設計	張蘊方
創辦人	陳銘民
發行所	晨星出版有限公司 台中市407工業區30路1號 TEL：04-23595820　FAX：04-23550581 E-mail: service@morningstar.com.tw http://www.morningstar.com.tw 行政院新聞局局版台業字第2500號
法律顧問	陳思成律師
初版	西元2009年05月30日
三版	西元2023年08月15日（二刷）
讀者訂購專線	TEL：（02）23672044 /（04）23595819#212
讀者傳真專線	FAX：（02）23635741 /（04）23595493
讀者專用信箱	service@morningstar.com.tw
網路書店	http://www.morningstar.com.tw
郵政劃撥	15060393（知己圖書股份有限公司）
印刷	上好印刷股份有限公司

定價250元

（缺頁或破損的書，請寄回更換）

ISBN 978-626-320-059-3

☐ 我已經是會員，卡號 ____________________

☐ 我不是會員，我要加入貓戰士會員

姓　名：________________ 性　別：________ 生　日：________________

e-mail：____

地　址：☐☐☐ ______ 縣／市 ______ 鄉／鎮／市／區 ______ 路／街

______ 段 ______ 巷 ______ 弄 ______ 號 ______ 樓／室

電　話：____

我要收到貓戰士最新消息　☐要　☐不要

我要成為晨星出版官網會員　☐要　☐不要

貓戰士鐵製鉛筆盒抽獎活動

請將書條摺口的蘋果文庫點數與貓戰士點數黏貼於此，集滿2個貓爪與1顆蘋果(點數在蘋果文庫書籍)後寄回，就有機會獲得晨星出版獨家設計「貓戰士鐵製鉛筆盒」1個!

點數黏貼處

若有問題，歡迎至官方Line詢問

請填妥後對折裝訂，再貼妥郵票寄出

請黏貼
8 元郵票

407

台中市工業區30路1號

晨星出版有限公司

TEL：（04）23595820　FAX：（04）23550581
e-mail：service@morningstar.com.tw
http://www.morningstar.com.tw

請沿虛線摺下裝訂，謝謝！

加入貓戰士俱樂部

【貓戰士會員優惠】

憑卡號在晨星出版社購書可享優惠、擁有限定商品、還能獲得最新消息等會員福利。

【三方法擇一，加入貓戰士會員】

1. 填妥本張回函，並寄回此回函。
2. 拍照本回函資料，加入官方Line@，再以Line傳送。
3. 掃描後方「線上填寫」QR Code，立即填寫會員資料。

Line ID：api6044d

「線上填寫」QR Code

★寄回回函後，因郵寄與處理時間，需2～3週。